JANA VOOSEN

Allein auf
Wolke Sieben

Roman

WILHELM HEYNE VERLAG
MÜNCHEN

Verlagsgruppe Random House
FSC-DEU-0100
Das für dieses Buch verwendete
FSC-zertifizierte Papier *Holmen Book Cream*
liefert Holmen Paper, Hallstavik, Schweden.

Vollständige Taschenbucherstausgabe 05/2009
Copyright © 2009 by Jana Voosen
Copyright © 2009 dieser Ausgabe
by Wilhelm Heyne Verlag, München,
in der Verlagsgruppe Random House GmbH
Printed in Germany 2009
Umschlagillustration: © Dorling Kindersley; Floresco Productions/
OJO Images/Getty Images
Umschlaggestaltung: © Eisele Grafik-Design, München
Satz: KompetenzCenter, Mönchengladbach
Druck und Bindung: GGP Media GmbH, Pößneck
ISBN: 978-3-453-40658-2

www.heyne.de

*Das Leben ist schwächer als der Tod,
und der Tod ist schwächer als die Liebe.*

(Khalil Gibran)

Hamburg, den 1.12.1985

Lieber Herr Gott,
kannst Du bitte dem Weihnachtsmann sagen, dass er mir dieses Jahr unbedingt ein Pony bringen soll? Auf Dich hört er sicher. Ich habe ihm meinen Wunschzettel geschickt, aber weil er so viel zu tun hat, vergisst er immer die Hälfte. Ich verspreche auch, mich mindestens eine Woche nicht mit meiner Schwester zu streiten.
Mit freundlichen Grüßen,
Deine Lena

Milchstraße 7, den 7.05.2009

Sehr geehrter Herr Gott,
da Sie meine letzten vierhundertfünfunddreißig Briefe nicht beantwortet haben (die aus meiner Kindheit nicht mit eingeschlossen, obwohl diese ebenfalls ohne Antwort blieben), ersuche ich Sie hiermit nochmals dringend um einen persönlichen Termin. Dass ich das gewünschte Pony nie bekommen habe, kann ich verkraften, aber dass Sie mich vor sechs Jahren kurz vor der Hochzeit mit meiner großen Liebe Michael haben holen lassen und seitdem beharrlich eine Stellungnahme verweigern, kann und werde ich nicht akzeptieren.
Hochachtungsvoll,
Lena, geborene und leider auch gestorbene Kaefert

Kapitel 1

MEIN HOCHZEITSTAG 3. MAI 2003

»Jetzt mal ehrlich, Julia, ist das Kleid nicht ein bisschen zu …?«

»Überladen? Drüber? Teuer?«, unterbricht meine ältere Schwester mich wie aus der Pistole geschossen und grinst unverschämt von einem Ohr zum anderen. »Absolut. Aber zu dir passt es irgendwie.«

»Frechheit«, gebe ich zurück und bin kein bisschen beleidigt. Entzückt betrachte ich mich in dem mannshohen Spiegel im Schlafzimmer meiner Eltern und muss mich schwer zurückhalten, nicht vor lauter Glück und Freude loszuquietschen. Dieses Kleid ist ein Traum. Und die Braut erst. »Sissi« ist ein Dreck dagegen. Meine langen, sonst schnittlauchgeraden dunkelbraunen Haare hat Julia mithilfe von Spezialwicklern in akkurate Korkenzieherlocken verwandelt, die mein Gesicht mit den braunen, rauchig umschatteten Augen und den zart rosa geschminkten Lippen sanft umrahmen. Die fein bestickte Korsage des Kleides schmiegt sich eng an meinen Oberkörper und puscht meine eher jämmerliche Oberweite zu einem recht ansehnlichen Dekolleté hoch. Von der eng geschnürten Taille fällt der Rock in unzähligen Lagen weit und bauschig bis auf den Boden herab und endet in einer fast eineinhalb Meter langen Schleppe.

»Ich fühle mich wie in eine Wolke eingehüllt«, sage ich feierlich und streiche behutsam mit der Hand über den edlen, elfenbeinfarben schimmernden Stoff. »Am liebsten möchte ich es nie wieder auszuziehen.«

»Das wäre bei dem Preis auch das einzig Sinnvolle«, kommentiert Julia trocken, während sie prüfend um mich herum geht. »Die brauchen morgen früh wahrscheinlich nicht mal den Festsaal auszufegen, du wirst den ganzen Müll in dieser monströsen Schleppe mit nach Hause tragen.« Gespielt empört stemme ich die Hände in die Hüften und sehe sie kopfschüttelnd an.

»Auch wenn du mir wie aus dem Gesicht geschnitten bist, ich weigere mich, jegliche genetische Übereinstimmung zwischen uns anzuerkennen.«

»Einer muss schließlich auf dem Teppich bleiben, Prinzessin«, meint sie grinsend und ich wende mich wieder meinem Spiegelbild zu. Ja, ich sehe aus wie eine Prinzessin. So, genau so habe ich mir das vorgestellt. Und was noch wichtiger ist als jedes Kleid der Welt: Ich habe einen echten Prinzen gefunden. Wie aufs Stichwort erklingen in diesem Moment die ersten Takte des Hochzeitsmarsches von Mendelssohn, seit Michaels Antrag sein Klingelton auf meinem Handy.

»Hey du«, säusele ich zärtlich ins Telefon.

»Na, mein Krabbelkäferchen, wie siehts aus? Du bist doch wohl nicht durchgebrannt?«, ertönt seine tiefe, immer leicht amüsiert klingende Stimme.

»Nein. Und du?«

»Ich habe mir sogar vorgenommen, pünktlich zu sein.«

»Ich habe genau das Gegenteil geplant«, kichere ich.

»Ist mir klar, du kleine Dramaqueen«, neckt er mich.

»Keine Sorge, ich werde unruhig von einem Bein aufs andere treten und mich bis zur letzten Sekunde bangend fragen, ob meine große Liebe erscheinen wird.«

»Ich hoffe, du bist nicht enttäuscht, wenn dann bloß ich auftauche«, grinse ich und er lacht.

»Bitte sei so nett.«

»Ich denke, ich werde es einrichten können«, sage ich großmütig. »Dann bis später.«

»Ja, bis dann. Weißt du was, mein Krabbelkäferchen?«

»Du liebst mich?«

»Das auch. Aber außerdem …« Er macht eine bedeutungsschwangere Pause.

»Ja?«

»Ich hätte nie gedacht, dass ich so was jemals sagen würde, aber ich bin wirklich gespannt auf dein Kleid.«

Ich liebe diesen Mann!

Um halb drei machen sich meine Eltern auf den Weg zur Kirche, um kurz nach halb klingelt Oliver, Michaels bester Freund und Trauzeuge, an der Tür.

»Hi, Oli, hat alles geklappt mit dem Blumenschmuck für das Auto?«, höre ich Julia, die ihn hereinlässt, fragen und atme erleichtert auf, als er das bejaht.

»Und wo ist die Braut?«

»Hier bin ich«, rufe ich zu den beiden hinunter, raffe mit einer Hand meine Röcke und steige vorsichtig die Treppe meines Elternhauses hinunter.

»Hallo, Oli«, begrüße ich ihn strahlend, als ich unten angekommen bin und genieße seinen fassungslosen Gesichtsausdruck.

»Ich ... äh ... hallo, also, wenn ich das so sagen darf: wow!«

»Danke«, lächele ich geschmeichelt.

»Sag mal, warst du immer schon so groß?«, erkundigt er sich und Julia lacht.

»Nein, das liegt an ihren Schuhen. Komm schon, zeig ihm deine Schuhe«, fordert sie mich auf und ich strecke meinen Fuß unter dem Kleid hervor, der in einer zierlichen Riemchensandale aus weißem Satin steckt, mit einem Neun-Zentimeter-Absatz.

»Ah, das erklärt einiges«, nickt Oli verstehend, während Julia unkt: »Spätestens nach dem Sektempfang kannst du in den Dingern nicht mehr stehen, wetten?«

Ich ignoriere ihren blöden Kommentar heldenhaft und wende mich stattdessen an Oliver, der übrigens in seinem schwarzen Smoking mit dem rosafarbenen Hemd ebenfalls klasse aussieht.

»Schick«, lobe ich ihn, »an dir ist ja ein James Bond verloren gegangen.«

»Danke.« Er wird ganz rot und fährt sich durch das kurz geschnittene, blonde Haar.

»So, wollen wir dann noch schnell einen Kaffee trinken?«, frage ich aufgeräumt und er sieht erst mich, dann seine Armbanduhr an.

»Wir sollten besser los.«

»Ach was, wir haben massig Zeit, die Kirche ist doch nur fünf Minuten entfernt.«

»Schon, aber es ist doch schon Viertel vor und ...«

»Glaub nicht, dass meine kleine Schwester vorhat, auch nur eine Minute früher als um fünf nach drei zu ihrer eigenen Hochzeit zu erscheinen«, wirft Julia grinsend dazwischen, was den armen Mann vollends in Verwirrung zu stürzen scheint.

»Ja, aber die Trauung beginnt doch schon um drei«, meint er ratlos und sieht mich hilfesuchend an. Ich tätschele lässig seinen Arm und flöte: »Ohne mich beginnt sie sicher nicht.«

»Da hat sie zweifelsohne Recht, nicht wahr?«

»Ja, aber, wieso ...?«, stammelt Oliver.

»Das ist doch nicht so schwer«, sagt Julia in einem Tonfall, als spräche sie mit einem begriffsstutzigen Maultier, »sie möchte den Bräutigam ein bisschen zappeln lassen.« Über so viel weibliche Unverfrorenheit bleibt Oli der Mund offen stehen. Er sieht mich an, als sei ich der Teufel selbst, so dass ich beschwichtigend sage: »Es sind doch nur fünf Minuten.«

»Was heißt hier nur fünf Minuten?«, regt er sich auf. »Kannst du dir vorstellen, wie lang diese fünf Minuten sind, wenn man auf die Frau seines Lebens wartet? In einer Kirche mit hundert Gästen, die einen anstarren? Ganz alleine vorne am Altar? Du liebe Güte, wenigstens ich als sein Trauzeuge sollte bei ihm sein.«

»Du wolltest ja unbedingt fahren«, gebe ich spitz zurück.

»Ja, damit ich sicher sein kann, dass du pünktlich bist.«

»Ich will jetzt einen Kaffee«, sage ich von oben herab und wende mich Julia zu, die unserer Konversation mit einem breiten Grinsen lauscht.

»Du magst gar keinen Kaffee, Süße«, sagt sie sanft und ich schüttele störrisch den Kopf.

»Jetzt will ich einen. Oder wenigstens ein Glas Prosecco«, schwenke ich um, weil mir gerade noch rechtzeitig einfällt, dass ich von Kaffee tatsächlich immer schreckliche Bauchschmerzen bekomme. »Das beruhigt die Nerven.«

»Du hast doch Nerven wie Drahtseile«, ätzt Oli und ich funkele ihn wütend an.

»Ich hole dir ein Glas«, erklärt meine Schwester ungewohnt friedfertig und verschwindet in Richtung Küche.

»Können wir danach bitte fahren?«, schlägt Oli jetzt einen anderen Ton an, »ich möchte mich wirklich nicht mit der Braut streiten, aber versteh doch, Michael ist mein bester Freund.«

»Weiß ich doch«, begrabe auch ich das Kriegsbeil. »Falls es dir bisher entgangen sein sollte, ich kann ihn auch recht gut leiden.« Damit zwinkere ich Oli spitzbübisch zu und stürze den Prosecco in einem Zug hinunter. Ups, mir wird ganz warm im Bauch, vielleicht hätte ich doch etwas frühstücken sollen. »Dann wollen wir mal.«

Mit einiger Mühe verfrachten wir mich samt meinem üppigen Brautkleid auf dem Rücksitz des mit einer Rosengirlande geschmückten, schwarzen BMW. Kaum ist Julia auf der anderen Seite eingestiegen, drückt Oli aufs Gas.

»Sei so nett und bring uns lebend ans Ziel«, ruft sie empört und klammert sich am Haltegriff fest.

»Hauptsache pünktlich«, kommt es zurück. Ich halte mich ebenfalls gut fest und sehe aus dem Fenster in den klaren, tiefblauen Himmel hinauf. Was für ein traumhafter Tag! Die Maisonne schickt ihre wärmenden Strahlen wie einen vorzeitigen Hochzeitsgruß. Gerade durchfahren wir die frühlingsgrüne Allee in Richtung Kirche. Vögel zwitschern in den Baumkronen, ein lauer Wind streicht durch die Blätter. Es ist alles genau so, wie frau es sich für ihren Hochzeitstag erträumt.

»Da oben meint es jemand wirklich gut mit euch«, sagt Julia und ich nicke. Dies verspricht ein absolut perfekter Tag zu werden. Und ein perfekter Start in ein perfektes Leben mit dem perfekten Mann. Ich spüre das Blut in meinen Adern rauschen, wenn ich daran denke, dass ich in weniger als einer halben Stunde tatsächlich verheiratet sein werde. Nun gut, streng genommen bin ich das ja bereits. Schließlich haben wir schon gestern auf dem Standesamt die Ringe getauscht, sie aber gleich darauf wieder abgenommen und bei Oliver in Verwahrung gegeben. Für mich hatte dieser Behördengang nichts mit der eigentlichen Hochzeit zu tun. Ein stickiger Raum, in dem es nach muffigem Teppich und einem Hauch von Schimmel riecht, ein Beamter, der seinen Text runterrattert, Zettel, die man unterschreibt, als würde man eine Waschmaschine kaufen, nein, das alles passt für mich nicht zu Liebe und Romantik. Und auch den Namen Sintinger werde ich erst annehmen, nachdem ich vor Gott und der Welt Michaels Frau geworden bin. Selbst wenn ich dafür noch mal zum Standesamt latschen muss. In einiger Entfernung erklingt Glockengeläut, einmal, zweimal, dreimal.

»Ich habe Michael übrigens am Telefon schon gesagt, dass ich ein paar Minuten später komme«, gebe ich in Olis Richtung Entwarnung. »Du brauchst dir wirklich keine Sorgen zu machen.«

»Ich kapier's trotzdem nicht«, grummelt der vor sich hin. »Aber jetzt sind wir ja da.« Und tatsächlich. In diesem Moment erscheint vor uns die kleine, weiße Hochzeitskirche mit den bunten Fenstern und den blühenden Rhododendronbüschen drumherum. In der strahlenden Nachmittagssonne ist sie sogar noch schöner, als ich sie in Erinnerung habe. Das Portal steht weit offen, im Vorraum entdecke ich meinen Vater, der darauf wartet, mich zum Altar zu führen. Er winkt mir zu und ich winke zurück. Ansonsten ist der Kirchenvorplatz wie ausgestorben. Sämtliche Gäste befinden sich schon im Inneren und warten. Auf mich. Die Braut. Mein Herz beginnt aufgeregt zu pochen.

»Verdammt, jetzt ist hier natürlich kein Parkplatz mehr«, flucht Oli durch die Zähne hindurch und wirft mir über den Rückspiegel einen giftigen Blick zu.

»Weißt du was? Du kannst wirklich von Glück sagen, dass ich so ruhig bin und nicht das geringste Anzeichen von Panik oder kalten Füßen zeige. Ansonsten wärst du mit deiner Aufgabe hoffnungslos überfordert.«

»Dann wäre ich ja auch noch hier«, wirft Julia ein. »Also keine kalten Füße?«

»Überhaupt nicht.« Ich strahle sie an. »Ich werde gleich da reingehen und den tollsten Mann der Welt heiraten.«

»Falls wir irgendwann einen Parkplatz finden«, unkt Oli, dessen Gesichtsfarbe mittlerweile ins Purpurrote gewechselt hat, während er Runde um Runde um die Kirche dreht.

»Stell dich doch da in die Einfahrt«, schlage ich vor und deute mit dem Finger in Richtung eines rot gestrichenen Garagentors.

»Willst du nachher zu Fuß zum Empfang laufen?«, fragt er mich. »In den Schuhen?«

»Die werden doch nicht das Brautauto abschleppen«, sage ich wegwerfend.

»Aber das hier ist ein Firmenwagen«, gibt er noch zu bedenken und ich kann förmlich sehen, wie es in seinem

Gehirn rattert. Schließlich entscheidet er, dass es im Moment nichts Wichtigeres gibt, als endlich zu Michael zu eilen und ihm in dieser schweren Stunde zur Seite zu stehen. Also parkt er den Wagen und hält mir die Tür auf.

»Wenn du nichts dagegen hast, laufe ich schon mal vor und sage Michael, dass du jetzt da bist. Dass alles in Ordnung ist und du, also, dass du gleich kommst. Das tust du doch, oder? Ich kann ihm sagen, dass du in drei Minuten da bist?« Verwundert sehe ich ihn von unten herauf an. Dem Armen stehen die Schweißperlen auf der Stirn und er atmet kurz und stoßweise.

»Ja«, sage ich mit meiner sanftesten Stimme und nehme seine Hand, die er mir hilfreich entgegenstreckt. »Es ist alles in bester Ordnung. Ich komme gleich nach. Ich werde nicht ausreißen.«

»Alles klar. Gut. Dann renne ich mal. Schließt ihr bitte ab?« Damit wirft er Julia über das Wagendach die Autoschlüssel zu, die diese geschickt auffängt.

»Gut. Bis gleich. Ach, warte noch kurz, Oli«, rufe ich ihm hinterher.

»Ja?«

»Hast du die Ringe?« Für den Bruchteil einer Sekunde sieht er mich so entsetzt an, dass es auch um meine Ruhe geschehen ist. Doch gleich darauf fasst er sich an die Brusttasche und seine Gesichtszüge entspannen sich.

»Klar, ich hab sie. Dann bis gleich.«

»Ja, bis gleich«, krächze ich heiser. Muss der mich so erschrecken? Ich lege die Hand auf meinen Brustkorb und versuche, tief ein- und auszuatmen, was bei der Enge der Korsage gar nicht so einfach ist.

»Alles okay, Schwesterherz?«, erkundigt sich Julia aufgeräumt und plötzlich läuft ein Adrenalinstoß durch meinen Körper. Nein, es ist gar nichts okay! »Du bist ja plötzlich rot wie eine Tomate«, stellt meine Schwester erschrocken fest. »Was ist denn?« Aber ich habe keine Zeit, mich um sie zu kümmern. Stattdessen drehe ich mich so schnell, wie es mir in meinem umfangreichen Kleid möglich ist, um und krabbele zurück auf die Rückbank des Wagens, schiebe meine Hand zwischen die Sitzkissen, durchstöbere den Fußraum. »Lena, was um alles in der Welt machst du da?«, ruft Julia, bis ich schließlich wieder aus dem Auto auftauche und mich ihr unglücklich zuwende. »Wozu habe ich mir eigentlich die Mühe gemacht, deine Schnittlauchlocken aufzudrehen?«, schimpft sie mich aus und beginnt, an meinen Haaren herumzuzupfen, doch mein Gesichtsausdruck lässt sie erstarren. »Was ist?«, fragt sie zum wiederholten Mal. »Sag nicht, dass du jetzt doch kalte Füße bekommst.«

»Schlimmer«, sage ich düster, »ich habe Omis Kette verloren.«

Ein paar Sekunden stehen wir einfach nur voreinander und sagen kein Wort. Dann bricht Julia das Schweigen: »Mist.«

»Kann man wohl sagen.«

»Bist du sicher, dass du sie umgelegt hast?« Irritiert sehe ich sie an.

»Wieso ich? Du hast mich doch angezogen.«

»Aber nicht die Kette. Oh, ich weiß, ich wollte sie gerade vom Frisiertisch nehmen, als es an der Tür geklingelt hat und Oli gekommen ist.«

»Oli, natürlich«, murmele ich ärgerlich, als ob er was dafür könnte. Dann fange ich unvermittelt an zu heulen.

»Nicht, hör auf zu weinen«, versucht Julia mich zu beruhigen und zückt ihr Taschentuch. »Immerhin heißt das, dass du sie nicht verloren hast. Sie liegt zu Hause auf dem Frisiertisch.«

»Das eine ist so schlimm wie das andere«, schluchze ich hysterisch. »Ich kann ohne diese Kette nicht heiraten, das weißt du doch. Seit Generationen tragen die Frauen in unserer Familie bei der Trauung diese Kette.«

»Beruhige dich doch«, fleht meine Schwester und tupft vorsichtig mein Gesicht ab. »Denk doch an dein schönes Make-up.« Vor lauter Verblüffung höre ich auf zu weinen. »Na also, es geht doch«, meint sie zufrieden. »Und nun geh schon mal vor, ich fahre rasch nach Hause und hole die Kette, kein Problem.«

»Aber das dauert ja mindestens eine Viertelstunde«, schniefe ich und sie zuckt die Schultern.

»So lange muss der Bräutigam es noch aushalten, bevor er ein ganzes Leben mit dir bekommt«, sagt sie bestimmt und schickt sich an, in das Auto zu steigen.

»Das geht nicht«, sage ich nachdrücklich und Olivers Worte klingen mir im Ohr. Fünf Minuten können eine Ewigkeit sein, wenn man auf seine große Liebe wartet. Kurz entschlossen stöckele ich meiner Schwester hinterher und hindere sie daran, die Autotür zu schließen. Dabei werfe ich einen Blick auf die Uhr am Armaturenbrett. Zehn nach drei. Entschlossen greife ich Julias Arm und ziehe daran. »Bitte lauf in die Kirche und sag Michael Bescheid«, sage ich bestimmt.

»Süße, ich bin doch gleich wieder da.«

»Trotzdem«, drängele ich. »Es ist zehn nach. Der Gag an der Sache ist vorbei.« Sie steigt zögernd aus dem Auto und sieht mir fest in die Augen.

»Lena, jetzt mach nicht so ein Drama daraus. Michael wird nicht eine Sekunde daran zweifeln, dass du auftauchst.«

»Umso schlimmer, dann wird er denken, mir ist was passiert«, sage ich plötzlich erschrocken.

»Auf den dreihundert Metern vom Auto zur Kirche?«, fragt Julia ungläubig, doch mein unerbittlicher Gesichtsausdruck lässt sie schließlich einlenken. »Na gut, dann sag ich ihm schnell Bescheid«, seufzt sie ergeben, »auch wenn wir dadurch noch mal zehn Minuten verlieren. Bin gleich wieder da.« Ich sehe ihr hinterher, wie sie, so schnell es ihre hohen Absätze zulassen, in ihrem pastellgrünen Brautjungfernkleid davoneilt und blicke wieder sorgenvoll auf die Uhr. Viertel nach. Eigentlich sollte ich jetzt schon so gut wie verheiratet sein. Ich spüre, wie der Schweiß mir aus allen Poren bricht. Siedendheiß fällt mir ein, dass wir für den Gottesdienst nur eine Dreiviertelstunde Zeit haben, weil die nächste Trauung bereits für vier Uhr angesetzt ist. Kurz entschlossen steige ich auf den Fahrersitz. Mit einiger Mühe gelingt es mir, die mich umgebenden Stoffmassen ebenfalls im Auto unterzubringen und die Tür zu schließen, bevor ich mit quietschenden Reifen Vollgas gebe.

Sehr viel schneller als erlaubt heize ich über die Elbchaussee, auf der heute zum Glück trotz des schönen Wetters ausnahmsweise mal kein Stau ist. Schon wieder scheint es jemand gut mit mir zu meinen. Wie konnte ich nur so blöd sein, die Kette meiner Oma zu vergessen? Vor meinem inneren Auge erscheint ihr gutmütiges, faltiges Gesicht, dem man ansah, dass sie in ihrem Leben sehr viel mehr gelacht als geweint hat. Sie war siebenundachtzig Jahre alt, als sie vor vier Jahren starb. Das war kurz nachdem ich Michael kennen gelernt hatte. Nachdem ich ihn ihr vorgestellt hatte, nahm sie mich beiseite und gab mir die Kette, ein eng anliegendes Kollier aus unterschiedlich großen Perlen mit einem Saphir-Anhänger.

»Diese Kette hat schon meine Urgroßmutter an ihrer Hochzeit getragen. Sie wird von Generation zu Generation weiter vererbt und ich möchte, dass du sie trägst, wenn du diesen Mann da draußen heiratest, damit eure Ehe so glücklich wird wie meine.« Bei der Erinnerung daran kommen mir erneut die Tränen. Meine Oma wusste schon damals, dass Michael der Richtige für mich ist. Nervös sehe ich auf die Uhr. Fünfzehn Uhr zwanzig. Als ich wieder hochschaue, sehe ich den dunkelblauen Jeep direkt auf mich zukommen. Plötzlich geht alles ganz schnell. Ich reiße das Steuer herum, will bremsen, rutsche mit meiner glatten Sohle vom Pedal ab und spüre einen scharfen Schmerz in meinem Fuß. Ein Knacken hallt in meinen Ohren wider und ich kann nicht zuordnen, ob es mein Fuß oder der Absatz meines Brautschuhs ist, der gebrochen ist. Noch während ich mich frage, was schlimmer wäre, höre ich es krachen.

SECHS JAHRE SPÄTER:

»Finden Sie nun immer noch, dass das Leben, oder vielmehr der Tod, ungerecht zu Ihnen ist?«, beende ich meine Geschichte. »Nach neunzig erfüllten Jahren mit, wenn ich das richtig sehe«, ich lasse meinen Blick durch das vollgestopfte Krankenzimmer schweifen, »drei Kindern und sieben Enkeln?« Herausfordernd sehe ich auf den weißhaarigen Mann nieder, der umringt von seinen Angehörigen im Bett liegt und sich seit vierzehn Stunden beharrlich weigert, seinen letzten Atemzug zu tun. Vierzehn Stunden stehe ich hier schon herum, rede mir den Mund fusselig, dass er endlich loslassen und mit mir kommen soll. Bisher ohne Erfolg. Ich bin erschöpft. So müde, dass ich Wilhelm Küster, so heißt er, schließlich sogar von mir selbst erzählt habe. Von meinem eigenen Tod. Das war vielleicht nicht unbedingt sehr professionell von mir, aber langsam bin ich einfach mit meinem Latein am Ende. Nach einem langen, anstrengenden Tag in diesem stickigen Krankenhaus sehne ich mich danach, endlich wieder in den Himmel zurückzukehren. Und das, obwohl ich immer noch nicht gerade ein Fan meiner neuen Bleibe bin, die ich seit sechs Jahren bewohne. Dennoch, irgendetwas muss sich doch jetzt einmal bewegen. Wie lange soll ich denn noch hier herumstehen? »Also, was ist?«, wende ich mich Wilhelm zu und meine Stimme klingt geradezu flehentlich. Seine ausgemergelte Gestalt ist unter der Decke kaum auszumachen, die Lungen rasseln bei jedem Atemzug, aber in den steingrauen Augen, mit denen er mich mustert, glimmt noch immer der Lebenswille. »Nun?«, hake ich nach und er stößt ein heiseres Lachen aus.

»Dafür, dass sie ein Produkt meiner Phantasie sind, war das eine wirklich rührende Geschichte«, sagt er stumm, so dass nur ich ihn hören kann. Fängt das schon wieder an? Ich dachte, das hätten wir schon vor Stunden geklärt.

»Ich bin hier, um Sie abzuholen«, wiederhole ich und

komme mir langsam vor wie eine Schallplatte, die einen Sprung hat. »Ich bin …«

»Ein Todesengel, ja doch, sicher!« Wer hätte gedacht, dass ein Mensch, der kaum genug Kraft für seinen nächsten Atemzug hat, noch zu solch beißendem Spott fähig ist?

»Nun, ich bevorzuge den Ausdruck Helfer, aber wie Sie mich nennen, ist natürlich allein Ihre Sache«, entgegne ich frostig.

»Ich glaube Ihnen kein Wort. Das bilde ich mir doch bloß alles ein, weil ich hoffe, meine Annie wiederzusehen.« Plötzlich sieht er sehr unglücklich aus und mein Ärger schwindet.

»Sie haben Verwandtschaft oben«, frage ich mitfühlend.

»Meine Frau«, nickt er schwach und murmelt mit flatternden Lidern: »Na gut, ich komme mit. Aber wehe, Sie sind gleich nicht mehr da.« Er wirft mir einen letzten grimmigen Blick zu und schließt die Augen. Ich kann einen Seufzer der Erleichterung nicht unterdrücken, während ich beobachte, wie Wilhelm Küster seinen letzten Atemzug tut. Plötzlich wird es still im Raum. Man könnte eine Stecknadel fallen hören. Alle starren mit weit aufgerissenen Augen auf den Sterbenden. In diesem Augenblick tritt ein dunkelhaariger Mann mit markantem Kinn und athletischem Körperbau an mich heran. Verstohlen beobachte ich ihn von der Seite. Auch nach Jahren in diesem Job fasziniert es mich immer wieder, wenn die Seele eines Menschen sich von ihrem Körper löst. Außer den durchdringend grauen Augen hat mein Gegenüber nichts gemein mit der leblosen Gestalt, die er im Krankenbett zurückgelassen hat. Er wirkt jung und dynamisch und sieht mich misstrauisch an.

»Sie sind ja tatsächlich noch da,« stößt er hervor.

»Selbstverständlich«, nicke ich. »Ich bin hier, um Sie nach oben zu begleiten.«

»Nach oben? Wie meinen Sie das, etwa in den Himmel?«

»Genau.« Ungläubig schüttelt er den Kopf, sieht an sich herunter und stößt einen leisen Pfiff aus.

»Was ist denn mit mir passiert? Ich sehe aus, als wäre ich dreißig.«

»Das liegt daran, dass Sie Ihren Körper abgestreift haben. Und die Seele unterliegt keinem Alterungsprozess«, erkläre ich ihm geduldig, während er seine jungenhaften Hände mit den altersfleckigen Exemplaren seiner leblosen Überreste vergleicht.

»Das ist doch nicht zu fassen«, entfährt es ihm. »Das heißt, es geht wirklich weiter?«

»Immer weiter«, bestätige ich und ein Lächeln breitet sich auf seinem markanten Gesicht aus. Seine Zähne sind ebenmäßig und strahlend weiß.

»Das hätte ich nicht für möglich gehalten«, sagt er und beginnt unvermittelt, in sich hineinzukichern.

»Das sagten Sie bereits«, erwidere ich und sehe ihn ein wenig befremdet an. Sicher, vielleicht muss nicht jeder auf den eigenen Tod so empfindlich reagieren wie ich damals, aber ein wenig Mitleid mit seinen schluchzenden Verwandten könnte der Mann schon haben. Aber es ist nicht meine Aufgabe zu urteilen. Deshalb bemühe ich mich um einen neutralen Tonfall: »Vielleicht möchten Sie sich von Ihrer Familie verabschieden, bevor wir gehen?« Er wirft einen Blick auf seine

Kinder und Enkel und sagt: »Das habe ich schon den ganzen Tag getan. Ausgiebigst! Jetzt möchte ich zu meiner Frau! Sie wartet bestimmt schon auf mich.«

Auf dem Weg nach oben versuche ich Wilhelm vergeblich klarzumachen, dass es durchaus möglich ist, dass seine Frau, die er zärtlich Annie nennt, bereits ein neues Leben begonnen hat. Zehn Jahre sind schließlich eine lange Zeit. Aber davon will er nichts hören.
»Ich weiß, dass sie auf mich gewartet hat«, sagt er in einem so bestimmten Tonfall, dass ich verstumme. Na gut, wenn er meint. Ich wollte ja nur nicht, dass er sich falsche Hoffnungen macht.
»Für jemanden, der bis eben noch nicht einmal an ein Leben nach dem Tod geglaubt hat, sind Sie aber jetzt ziemlich überzeugt«, kann ich mir dennoch nicht verkneifen, und er zuckt mit den Schultern.
»Annie wusste, dass es weitergeht. Sie hat ständig davon geredet. Ich hätte auf sie hören sollen, dann wären die letzten zehn Jahre leichter gewesen.«

Er hatte Recht. Obwohl ich den ganzen Tag auf den Beinen war, hat er mich nach unserer Ankunft im Himmel gezwungen, mit ihm zum Seelenmeldeamt zu gehen, um dort nach der Adresse seiner Annie zu forschen. Und weil er sich hier oben nicht auskennt, musste ich ihn natürlich auch dorthin begleiten. Zwar hat mich die rührende Wiedervereinigung der beiden etwas entschädigt, doch ändert dies nichts an der Tatsache, dass ich in dieser Nacht mal wieder zu wenig Schlaf bekommen habe.

Schlaftrunken wälze ich mich am nächsten Morgen auf die andere Seite und versuche den erbarmungslosen Sonnenstrahlen zu entkommen, die durch die geschlossenen Lider auf meine Netzhaut brennen und dem Körper, oder wie auch immer man das hier oben nennt, unmissverständlich zu verstehen geben, dass es nun vorbei ist mit der Nachtruhe. Ich habe keine Jalousien oder Gardinen, die das Licht aussperren. Ich lebe ganz im Einklang mit der Welt. Dem Himmel. Aber auch nach sechs Jahren habe ich mich noch nicht daran gewöhnt, mit der Sonne aufzustehen. Unten war ich ein erklärter Langschläfer. Ein Morgenmuffel bin ich hier auch noch. Ich bin so müde. Missmutig tapse ich zum Fenster meines Schlafzimmers und blinzele träge zum Horizont in Richtung des flammenden Feuerballs. Auch in den anderen Häusern erwachen die Seelen langsam, ich will nicht sagen »zum Leben«, denn das wäre polemisch. Am mir direkt gegenüberliegenden Fenster erscheint jetzt mein Nachbar Thomas und winkt mir fröhlich zu.

»Guten Morgen«, ruft er herüber, »wir sehen uns gleich!« Ich nicke zur Antwort. Thomas und ich arbeiten nämlich in derselben Abteilung der »Soulflow GmbH«. Nur dass er dort in der Verwaltung beschäftigt und für die Vergabe und Archivierung der Aufträge verantwortlich ist, während ich selbst als Helfer arbeite. Einen langweiligen Schreibtischjob hatte ich schließlich unten schon und da hat er mir auch nicht gefallen. Allerdings war mir das nicht so wichtig. Schließlich hatte ich ja Michael.

»Was ist denn los mit dir?«, ruft Thomas herüber und ich blicke auf.

»Nichts, wieso?«

»Deine Aura ist plötzlich ganz dunkel geworden.«

»Ist schon gut«, wehre ich ab und versuche, den Gedanken an meinen ehemaligen Verlobten und die damit unweigerlich aufkommende Traurigkeit zu verdrängen. Schon spüre ich, wie es um mich herum wieder heller wird, während ich ins Bad gehe und in meine Duschwolke steige. Eine ganze Weile bleibe ich hier, lasse mich von dem feinen Wassernebel beleben, genieße das Britzeln und die angenehme Kühle. Mit geschlossenen Augen denke ich an meinen Auftrag von gestern und frage mich, wie es Wilhelm wohl in seiner ersten Nacht im Himmel ergangen ist. Meine Gedanken schweifen zurück zu meiner eigenen Ankunft vor sechs Jahren, ziemlich genau drei Monate nach dem Autounfall, der mich ins Koma fallen ließ…

Kapitel 2

IM HIMMEL

»So, hier sind wir. Ein besonders schönes Haus«, sagt mein Helfer und sieht mich Beifall heischend an. Ich fühle mich noch immer wie betäubt und würdige das strahlend weiße Gebäude kaum eines Blickes. Theo, der mich hergebracht hat, öffnet die Türe und macht eine einladende Geste. Ich trotte lustlos vor ihm her in meine neue Wohnung und bin einen kurzen Moment überrascht. Von innen wirkt sie nämlich viel größer, als ich das von außen angenommen hätte. Ich stehe mitten in einem leeren Raum mit sehr hohen Decken, dessen weiße Wände warm schimmern. Fragend sehe ich Theo an und bemerke erst jetzt, dass er sich kaum noch auf den Beinen halten kann. Nur mühsam hält er die Augen offen, die tief in ihren Höhlen liegen. Plötzlich wird mir bewusst, dass mein Tod auch für ihn nicht leicht war. Deshalb nicke ich ihm zu und bringe mühsam hervor: »Danke. Es ist sehr schön. Dann auf Wiedersehen.«

»Soll ich dir nicht noch erklären …?«

»Nein danke«, unterbreche ich ihn mitten im Satz und schüttele den Kopf. »Ich wäre jetzt gerne ein bisschen allein.«

»Wenn du meinst.« Ein wenig unschlüssig steht er da. Anscheinend mag er mich in meinem Zustand nicht alleine lassen.

»Ich komme klar, wirklich«, sage ich nachdrücklich.

»Auf Wiedersehen.« Zögernd tritt er den Rückzug durch die Tür an.

»Wenn du irgendetwas brauchst ...«

»Jaja, danke«, sage ich gepresst. Wenn er doch endlich gehen würde, damit ich weinen kann. Stattdessen kommt er noch einmal auf mich zu, greift in die Tasche seiner weißen Hose und zieht ein Kärtchen hervor, das er mir entgegenstreckt.

»Meine Karte, falls du mich erreichen willst«, meint er mit dem Versuch eines Lächelns. Ausdruckslos sehe ich ihn an. »Na schön, also, ich lasse sie dir hier«, schlägt er vor und in derselben Sekunde erscheint neben der Eingangstür ein kleiner, runder Tisch, auf den er seine Visitenkarte legt. Eine Sekunde lang erwache ich aus meiner lethargischen Stimmung und starre fassungslos auf das Möbelstück.

»Cool, nicht?«, fragt Theo, »ich könnte dir zeigen, wie ...«

»Kannst du jetzt bitte gehen?«, presse ich mit letzter Kraft hervor und endlich versteht er.

»Ja, natürlich, tut mir leid. Also, wie gesagt, wenn du etwas brauchst, jederzeit, ich, und, also, gute Eingewöhnung«, stammelt er zusammenhanglos, während er rückwärts durch die Tür tritt. Ich will ihn nicht mehr sehen, ich will ihn einfach nicht mehr sehen. Im selben Moment schlägt die Tür wie von Zauberhand geführt zu und ich bin allein. Mein Blick wandert durch den riesigen, kargen Raum. Das soll mein neues Zuhause sein?

Wie schrecklich! Wie trostlos! Vor meinem inneren Auge erscheint das Bild der wundervollen Altbauwohnung im Hamburger Stadtteil Eimsbüttel, in der ich zusammen mit Michael gewohnt habe. Die stuckverzierten Decken, die Holzdielen auf dem Fußboden, die gemütliche Wohnküche mit dem uralten Küchenschrank seiner Großmutter. Der Schmerz durchfährt mich so heftig, dass mir schwindelig wird. Ich lasse mich auf den Boden sinken, lege mein Gesicht auf den schwer zu definierenden Untergrund und warte auf die Tränen.

Doch ich kann nicht weinen. Obwohl mir die Trauer die Luft abschnürt und den Magen zusammenkrampft, bleiben meine Augen trocken.

So liege ich nur da und warte. Ich weiß nicht, wie lange, vielleicht vier Wochen, vielleicht auch vier Monate. Zeit ist ein relativer Begriff, wenn man die Ewigkeit hat. Und wenn irdische Dinge wie Hunger, Durst oder Pipi-machen einen nicht mehr betreffen. Ab und zu klopft es an meiner Tür, und eines Tages antworte ich mit einem schwachen: »Wer ist da?«

»Darf ich reinkommen?«, erschallt es von der anderen Seite.

»Von mir aus.« Sekunden später steht ein junger Mann mit zerzaustem blondem Haarschopf, bekleidet mit einem schlichten T-Shirt und einer braunen Leinenhose, vor mir und sieht aus seinen hellen Augen auf mich herunter.

»Guten Tag«, sagt er lächelnd, »ich bin Thomas und wohne nebenan.«

»Hallo«, gebe ich zögernd zurück, ohne meine Position zu verändern.

»Wollte mich mal vorstellen und ein kleines Willkommensgeschenk vorbeibringen«, fährt er fort und streckt mir seine Hand entgegen, die er bisher hinter dem Rücken verborgen hatte. Geblendet schließe ich die Augen vor dem hellen Licht. »Mir ist aufgefallen, dass es bei dir Tag und Nacht dunkel im Haus ist. Also habe ich dir gestern Nacht diesen Stern gepflückt. Als Beleuchtung.« Verständnislos blinzele ich zu ihm hoch, während er sich neugierig umsieht: »Aber wie ich sehe, fehlt hier noch einiges mehr als bloß die Lampen«, kommentiert er mein karges Zuhause. »Ist das alles?« Er wirft einen schiefen Blick auf das wackelige Tischchen im Eingangsbereich. Ich zucke mit den Achseln und er geht neben mir in die Knie. »Du bist jetzt schon fast ein halbes Jahr hier oben«, sagt er.

»Wirklich?« Ich bin zugegebenermaßen etwas erschrocken. Sechs Monate lang liege ich schon auf dem Boden?

»Wirklich! Was hältst du davon, aufzustehen?«, schlägt er mir vor und ich sehe zweifelnd zu ihm hoch. Aufmunternd nickt er mir zu. Nun ja, vielleicht hat er Recht. Vielleicht sollte ich aufstehen. Kann ja schließlich nicht ewig hier herumliegen. Mühsam rapple ich mich in eine sitzende Position auf und wundere mich darüber, dass mir nicht ein einziger Knochen wehtut. Mein Herz, ja, das schmerzt immer noch, aber an meinem Körper scheint die Zeit spurlos vorbeigegangen zu sein.

»Du hast keinen Körper«, erklärt Thomas mir sanft und ich sehe ihn entsetzt an.

»Aber ...«

»Jedenfalls keinen aus Fleisch und Blut. Sondern einen aus Energie.« Ich sehe an mir herunter und kann keinen

Unterschied feststellen. Gedankenverloren starre ich auf meine Oberschenkel und merke plötzlich, dass ich noch immer den rosafarbenen Snoopy-Schlafanzug trage, in dem ich gestorben bin. Auch wenn es mir eigentlich gleichgültig ist, schäme ich mich ein bisschen für die ausgeleierten Shorts und wünschte, ich hätte etwas anderes an. Im nächsten Augenblick spüre ich eine Veränderung, etwas legt sich um mich herum und ich sehe einen verwirrten Ausdruck in den Augen meines Gegenübers. »Was?«, frage ich verwirrt, während meine Hand über etwas Seidiges, Weiches streicht. Eine Erinnerung steigt in mir auf und ahnungsvoll senke ich erneut meinen Blick.

»Das ist ein sehr schönes Kleid«, höre ich Thomas sagen, während ich fassungslos auf die bauschenden Röcke meines Brautkleides sehe. Wie ist denn das passiert? Wo kommt das Kleid so plötzlich her? Und wo ist mein Snoopy-Schlafanzug? Das alles ist zu viel für mich.

»Ich glaube, ich muss mich wieder hinlegen«, sage ich tonlos und tue genau das.

»Das ist wohl dein Hochzeitskleid?«

»Erraten!« So ein Schlauberger.

»Wolltest du nicht aufstehen?« Ich schüttele den Kopf.

»Ich bin noch nicht so weit«, antworte ich und versuche, eine etwas bequemere Lage einzunehmen. Gar nicht so einfach, die Stäbchen der Korsage stechen unangenehm in meine Achselhöhle. Na ja, dieses Kleid war ja ursprünglich auch nicht dafür gemacht, darin auf dem Boden herumzuliegen. Im selben Moment hört das Pieksen auf und ich atme erleichtert aus.

»Entschuldige, äh ...«, sagt Thomas.

»Lena«, sage ich mit geschlossenen Augen. »Lena Kaefert.«

»Lena, nicht dass ich etwas dagegen hätte, aber jetzt bist du nackt.« Ich öffne das linke Auge gerade so weit, dass ich einen Blick auf meine Brust werfen kann, und schließe es dann wieder. Er hat Recht. So plötzlich, wie das Kleid gekommen ist, ist es auch wieder verschwunden. Na und? Dann liege ich eben hier auf dem Boden meiner neuen Wohnung in der Milchstraße 7, vollkommen nackt zu den Füßen eines Mannes, von dem ich nicht einmal den Nachnamen kenne. Ist mir doch egal. Mir fehlt einfach die Kraft, aufzustehen und mir was zum Anziehen zu besorgen. Die Sache mit dem Brautkleid hat mich um Monate zurückgeworfen. Meine Gedanken wandern zu Michael. Wie es ihm wohl geht, jetzt, wo ich schon ein halbes Jahr tot bin? Ob es ihm etwas ausmachen würde, wenn er wüsste, dass Thomas mich nackt sieht? Gequält öffne ich die Augen und sehe direkt auf ein Paar Männerfüße in hellen Turnschuhen. Mein Nachbar hat sich nicht vom Fleck gerührt, sondern hält noch immer geduldig die Stellung.

»Wärst du so nett, mir was zum Anziehen zu besorgen?«, bitte ich ihn. Er lässt sich wieder neben mich in die Hocke nieder.

»Was hättest du denn gerne?«

»Ach, ist mir egal«, gebe ich erschöpft zurück. »Jeans und T-Shirt.«

»Steht dir auch gut!« Bruchteile von Sekunden später trage ich ein weißes, langärmeliges Shirt und schmalgeschnittene Jeans.

»Warst du das?«, frage ich verblüfft und er schüttelt lächelnd den Kopf. Verwirrt zupfe ich an meinem Ärmel herum und denke: »Was, wenn ich lieber ein rotes Oberteil hätte? Oder ein grünes? Oder ein weiß-blau gestreiftes? Oder ein ...?«

»Hör auf, mir wird ja ganz schwindelig«, unterbricht Thomas mich und kneift die Augen zusammen, während mein Outfit zum dritten Mal die Farbe wechselt. Mit offenem Mund sehe ich zu meinem Nachbarn auf, der mich freundlich anlächelt.

»Cool, nicht wahr?«

»Ja«, gebe ich widerwillig zu.

»Na komm, steh auf. Es ist wirklich Zeit dazu.« Wenn es sein muss. Langsam rapple ich mich auf und stehe dicht vor Thomas, der mich um Haupteslänge überragt.

»Ich hätte gerne ein Paar Schuhe mit hohem Absatz«, sage ich laut und scheine in Sekundenschnelle um zwölf Zentimeter zu wachsen. Zufrieden lächelnd schaue ich auf meine Füße hinunter und erstarre beim Anblick der spitzen Plateaustiefeletten aus rotem Lackleder. »Äh, schwarze Schuhe!« rufe ich aus und die Stiefel wechseln ihre Farbe. »Keine Stiefel«, korrigiere ich und schwups, bin ich wieder barfuß. Thomas kichert unterdrückt, ich stoße einen genervten Seufzer aus und versuche es erneut: »Ich wünsche mir schwarze Riemchensandalen mit einem Sieben-Zentimeter-Absatz. Und bequem sollen sie sein.« Zufrieden betrachte ich mein Werk und wackele mit den Zehen.

»Sehr gut, du lernst schnell«, lobt Thomas. »Was hältst du davon, wenn wir jetzt deine Wohnung einrichten? Ich finde, hier sollten wir dringend ein bisschen Gemütlichkeit reinbringen.« Ich sehe mich in dem kargen Raum um und muss ihm Recht geben.

»Lass mich raten«, sage ich mit einem schiefen Grinsen, »wir gehen nicht zu Ikea!«

Den ganzen Tag brachten wir damit zu, eine exakte Kopie meines ehemaligen Hamburger Zuhauses herzustellen. Das machte mich so traurig, dass ich am Abend alles wieder weggewünscht und die Wohnung nur mit dem Nötigsten ausgestattet habe: Bett, Tisch, zwei Stühle und ein schlichtes Badezimmer mit Duschwolke, in der ich jetzt, fünfeinhalb Jahre später, traurig aus meinen Erinnerungen erwache. Seufzend tapse ich hinüber ins Schlafzimmer und greife wahllos in meinen Kleiderschrank. Ich streife mir ein knielanges, hellblaues Kleid über. Eigentlich ist es mir sowieso ganz gleichgültig, wie ich aussehe. Für wen soll ich hier hübsch sein? Als wolle er darauf eine Antwort geben, klopft in diesem Moment Thomas an meine Tür und strahlt mich an.

»Hallo, Schönheit! Sollen wir gemeinsam zur Arbeit gehen?« Ganz offensichtlich hat er unten keine große Liebe hinterlassen, denn seit unserer ersten Begegnung macht er mir hartnäckig den Hof, obwohl ich ihm sicher schon tausendmal gesagt habe, dass außer Freundschaft zwischen uns nichts sein kann. Dabei ist er wirklich ein lieber Kerl und attraktiv noch dazu mit seinem blonden Haar, der athletischen Figur und den strahlend hellgrünen Augen. Dennoch schüttele ich mal wieder den Kopf und sage: »Tut mir leid. Ich muss vorher noch einen Brief schreiben.«

»An den Boss, verstehe schon«, grinst er. »Der wievielte ist das dann?«

»Der vierhundertsiebenunddreißigste«, antworte ich und er schüttelt den Kopf.

»Deine Hartnäckigkeit in allen Ehren, aber wie viele Briefe willst du ihm noch schreiben, bevor du merkst, dass er sich nicht zu der Sache äußern will?«

»Von mir aus noch eine Million. Zeit genug habe ich ja«, sage ich verstockt und er seufzt mitleidig.

»Ach Süße«, meint er kopfschüttelnd.

»Nenn mich nicht so«, bitte ich ihn, »du weißt doch ...«

»Ich weiß«, nickt er und sieht kein bisschen beleidigt aus, »du liebst deinen Michael und wir können nur Freunde sein.«

»Genau«, bestätige ich und er grinst noch breiter.

»Keine Sorge, selbst wenn ich wollte, hier oben kann ich dir doch sowieso nicht an die Wäsche gehen. Ich kann dir doch nicht einmal die Hand geben. Aber ich kann in dich verliebt sein. Ist das okay?« Ich nicke zögernd: »Ja, natürlich. Nur ...«

»Schon klar«, winkt er ab. »Du bist nicht verliebt in mich, das weiß ich doch.« Ein wenig verlegen sehe ich auf meine Füße hinunter. »Dafür musst du dich nicht schuldig fühlen, wirklich nicht«, beruhigt er mich. »Ich sag dir was, schreib du in Ruhe deinen Brief und ich komm dann in einer halben Stunde noch mal rum. Ein Spaziergang am frühen Morgen ist doch was Schönes.« Damit weist er über die friedlich wogende Wolkendecke, die im Morgenlicht schimmert, und macht sich auf den Weg. Ich sehe ihm nachdenklich hinterher, dann stelle ich mich ans geöffnete Fenster und konzentriere mich auf mein Vorhaben. Am Horizont erscheint ein heller Fleck, der langsam näher kommt. Wenige Augenblicke später schwebt eine weiße Brieftaube herein, lässt sich vor mir auf dem Boden nieder und gurrt einen Willkommensgruß.

»Hallo, Paula«, sage ich, denn weil sie seit Jahren mindestens einmal die Woche vorbeikommt, um meine Post entgegenzunehmen, habe ich ihr einen Namen gegeben.

Unwillkürlich strecke ich die Hand aus, um ihr über den Kopf zu streichen, denn ich habe mich noch immer nicht daran gewöhnt, dass wir Seelen, ob Mensch oder Tier, einander nicht berühren können. Jedenfalls nicht körperlich. Meine Geste kommt trotzdem bei Paula an, denn sie gurrt erneut und sieht mich aus ihren schwarzen Knopfaugen verständnisvoll an. Dann legt sie erwartungsvoll den Kopf schief, und ich setze mich schnell an den Tisch, um meinen Brief zu verfassen. Grübelnd kaue ich eine Weile auf meinem Kugelschreiber herum, um die richtigen Worte zu finden. Entgegen meiner Behauptung habe ich nämlich nicht vor, Gott noch eine Million weitere Briefe zu schreiben. Nur noch diesen einen.

Milchstraße 7, den 25. Mai 2009

Sehr geehrter Herr Gott,
 zunächst einmal möchte ich mich für den Ton, den ich Ihnen gegenüber vor allem in den letzten zweihundert Briefen angeschlagen habe, entschuldigen. Ich war einfach schrecklich wütend, dass Sie mich haben holen lassen. Dass ich nicht mehr die Gelegenheit hatte, Michael zu heiraten. Ihm noch nicht einmal mehr sagen konnte, wie sehr ich ihn liebe. Ich kann es einfach nicht verstehen. Warum? Er war meine große Liebe, und ich dachte immer, dass es das ist, was Sie von uns Menschen wollen: dass wir einander lieben. Heiraten, Kinder bekommen. Warum haben Sie uns auseinandergerissen? Ich bin jetzt seit sechs Jahren hier oben und ich gebe zu, dass es wirklich ganz nett ist. Wenn die Menschen dort unten wüssten, dass die Seele tatsächlich weiterlebt, und dann auch noch an diesem wundervollen Ort, dann würde es den meis-

ten nicht so schwer fallen zu gehen. Auch meine Arbeit als Helfer gefällt mir, besser als mein Job auf der Erde. Dennoch war ich dort glücklicher, um ein Vielfaches glücklicher, und ich kann es noch immer nicht begreifen. Sehr geehrter Herr Gott, mir ist klar, dass Sie auch diesen Brief nicht beantworten werden, ich habe sogar den Verdacht, dass Sie meine Korrespondenz möglicherweise überhaupt nicht zu Gesicht bekommen haben. Dies hier ist mein letzter Brief. Mir ist klar, dass ich nicht ändern kann, was geschehen ist, und mittlerweile habe ich auch begriffen, dass Sie nicht ändern werden, was geschehen ist (obwohl ich in der Bibliothek Präzedenzfälle zu meinem aufgestöbert habe und weiß, dass Sie dazu in der Lage wären). Ich werde Sie also in Zukunft nicht mehr belästigen, sondern versuchen, mein Dasein hier im Himmel anzunehmen.

Hochachtungsvoll,
Lena Kaefert
PS: Ich ziehe sogar in Erwägung, innerhalb der kommenden Dekade einen Antrag bei der Reincarnation GmbH & Co KG einzureichen und auf die Erde zurückzukehren.
PPS: Ich hoffe, Sie nehmen es mir unter den gegebenen Umständen nicht übel, wenn ich mein nächstes Leben als Atheistin führen werde. Nichts für ungut!

Konzentriert lese ich meine Zeilen noch einmal durch. Habe ich etwas Wichtiges vergessen? Neben mir gurrt Paula ungeduldig und hüpft auf der Tischplatte auf und nieder.

»Entschuldige«, sage ich hastig, »du hast sicher nicht den ganzen Tag Zeit.« Damit falte ich den Brief sorgfältig zusammen und stecke ihn in einen Umschlag. »Tut mir leid, wenn ich dich aufgehalten habe, aber dies hier wird wohl mein letzter Brief an Gott sein und deshalb ist er etwas länger geworden.« Fragend guckt sie mich von unten herauf an und ich nicke bestätigend. »Es ist an der Zeit, nach vorne zu schauen«, sage ich und reiche ihr den Brief, den sie zwischen den Schnabel nimmt. »Dann guten Flug«, wünsche ich ihr, während sie sich mit einem kräftigen Flügelschlag in die Lüfte hebt und durch das Fenster davonfliegt. »Mach's gut«, rufe ich ihr noch leise und ein wenig wehmütig hinterher, während sie kleiner und kleiner wird. Nun werde ich sie wohl so schnell nicht wiedersehen.

»Fertig?«, erklingt da Thomas' Stimme und ich mache vor Überraschung einen kleinen Hüpfer.

»Puh, hast du mich erschreckt«, ächze ich und er zuckt bedauernd die Schultern.

»Das war bestimmt nicht meine Absicht«, beteuert er. »Wollen wir dann?« Ich nicke.

Gemeinsam schlendern wir zu unserer Firma, die eine gute Viertelstunde Fußweg entfernt in der Himmelsstraße 17 liegt.

»Fühlen sich die Sonnenstrahlen nicht herrlich an?«, meint Thomas begeistert und ich nicke mechanisch. »Und das Gefühl der Wolken an den Füßen, einfach phänomenal«, schwärmt er weiter. Ich richte meinen Blick nach unten und bemerke das erste Mal, seit ich hier oben bin, dass er Recht hat. Fasziniert spüre ich die samtweiche, leicht unregelmäßige Oberfläche des Bodens. Ist es nicht vollkommen absurd, dass hier oben keinerlei Körperlichkeit zwischen den Seelen möglich ist, gleichzeitig aber ein solches Einssein mit der Natur? Das ist doch verrückt! Verwirrt bleibe ich stehen, um die Erfahrung noch deutlicher wahrnehmen zu können. Und dann nehme ich auch die Wärme der Sonne wahr, die mich einhüllt wie ein flauschiger Bademantel, der auf der Heizung gelegen hat. Nein, noch besser, wie eine warme Umarmung. Ein Gefühl von Geborgenheit überschwemmt mich, und mit ihr die Erinnerung an den ersten Morgen, an dem ich neben Michael aufgewacht bin.

»Schön, nicht wahr?«, reißt mich Thomas aus meinen Gedanken und ich hole schnell zu ihm auf.

»Ja«, sage ich knapp, »komm, wir müssen uns beeilen.«

Bald darauf stehen wir vor dem hohen, silbernen Firmengebäude der »Soulflow«. Lautlos öffnen sich die gläsernen Schiebetüren, um uns einzulassen. In der großen Empfangshalle herrscht reger Betrieb, vor den sieben Schreibtischen am hinteren Ende, von denen nur fünf besetzt sind, haben sich meterlange Warteschlangen gebildet.

»Hab einen schönen Tag, ja?«, wünscht Thomas mir noch und eilt dann zu dem leeren Tisch ganz links. »Hier bitte auch anstellen, kommen Sie gerne auch zu mir«, lädt er dabei die Anstehenden ein. Innerhalb von Sekunden haben sich fünfzehn eifrige Helfer vor mir aufgereiht, aber das ist mir eigentlich auch ganz lieb.

»Hey, Lena, guten Morgen«, höre ich eine vertraute Stimme sagen und sehe mich nach der zarten, rothaarigen Kollegin um, die hinter mich getreten ist.

»Hallo, Nina«, lächele ich zurück, aber ihrem durchdringenden Blick aus klaren grünen Augen entgeht mal wieder nichts.

»Dir geht es wohl nicht gut?«, stellt sie fest und ich schüttele den Kopf.

»Nein, nicht besonders«, gebe ich zu, weil ich weiß, dass Lügen zwecklos ist. Schließlich kann man hier oben meine Gemütslage jederzeit an der Farbe meiner Aura ablesen.

»Noch immer keine Antwort vom Boss, was?«, erkundigt sie sich mitfühlend.

»Nein, aber ich habe mich damit abgefunden«, antworte ich. »Heute habe ich den letzten Brief an ihn geschrieben, sozusagen, um das Ganze abzuschließen, weißt du. Ich fange ein neues Leben an.«

»Wirklich?«, fragt sie aufgeregt. »Hast du dir schon überlegt, wo? Ich denke auch darüber nach, vielleicht könnten wir nach Dienstschluss zusammen zur ›Reincarnation GmbH & Co. KG‹ gehen und uns eine Broschüre holen.«

»Äh, nein, nicht so ein neues Leben«, wehre ich ab, »jedenfalls noch nicht.« Die Terminologie hier oben kann wirklich eine Menge Verwirrung stiften. »Ich meinte erst mal hier im Himmel. Vielleicht kann es ja ganz schön sein, wenn man nicht die ganze Zeit der Vergangenheit hinterhertrauert.«

»Vielleicht?«, echot sie überrascht. »Aber es ist doch großartig hier.«

»Na ja.« Ein wenig verlegen zucke ich mit den Schultern.

»Findest du nicht?«

»Na ja.« Sie sieht mich verständnislos an.

»Aber wie überzeugst du den Kunden, den du abholst, mit dir zu kommen, wenn du es hier gar nicht schön findest?«

»Äh, nun ja«, stammele ich und trete verlegen von einem Fuß auf den anderen. Das ist eine berechtigte

Frage. Langsam begreife ich, warum ich für meine Aufträge in der Regel viermal so lange brauche wie meine Kollegen. Das hat mir Thomas unter dem Siegel der Verschwiegenheit anvertraut. Ich fand es nicht weiter schlimm, denn so etwas wie Leistungsdruck gibt es hier oben nicht. Jeder macht einfach so viel, wie er kann, und niemand wird rausgeschmissen, nur weil er irgendwelche vom Unternehmen vorgegebenen Zahlen nicht erfüllt. Mit einem Mal dämmert mir, was schiefgelaufen ist: Klarer Fall von falscher Berufswahl.

Kapitel 3

»Hey, Lena, aufwachen«, reißt Nina mich aus meinen Gedanken und ich zucke zusammen. »Mann, ist das wieder ein Stau heute Morgen«, meint sie grinsend, »das hatte ich früher schon im Supermarkt raus, mich grundsätzlich da anzustellen, wo es am längsten dauert. Ja ja, schon klar«, winkt sie ab, noch bevor ich den Mund aufmachen kann, um Thomas zu verteidigen, »ich weiß, ihr seid Freunde und er ist der tollste Nachbar weit und breit, hast du schon oft genug erzählt. Aber findest du nicht auch, dass er seinen Job ein bisschen organisierter angehen könnte?« Mit einem Kopfnicken weist sie auf Thomas' Schreibtisch, auf dem ein ziemliches Durcheinander herrscht. Gerade durchwühlt er fieberhaft den gefährlich schwankenden Stapel von Auftragsumschlägen zu seiner Rechten, während er gleichzeitig mit einer blonden Helferin, die geduldig wartend vor ihm steht, ein Schwätzchen hält.

»Ihm geht es eben auch ein bisschen um den persönlichen Kontakt«, sage ich achselzuckend zu Nina, die vielsagend lächelt.

»Also, wenn ich nicht wüsste, dass du immer noch deinem Michael hinterhertrauerst, dann würde ich wetten, dass da was ist zwischen Thomas und dir.«

»So ein Quatsch«, gebe ich brüsk zurück. »Und selbst wenn es Michael nicht gäbe: Wie soll hier oben überhaupt irgendetwas laufen, so ohne Körper?« Fragend sehe ich Nina an, doch die scheint durch irgendetwas abgelenkt zu sein. Ihre Aura wechselt plötzlich die Farbe, vom ursprünglichen zarten Fliederton in ein kräftiges Pink. Verwirrt folge ich ihrem Blick zum Eingang, wo gerade ein dunkelhäutiger, hoch gewachsender Mann mit funkelnden schwarzen Augen die Halle betritt. Er winkt in unsere Richtung herüber und auch seine Aura strahlt für einen Augenblick auf. Dann verschwindet er in Richtung der Fahrstühle.

»Körperlich natürlich nicht«, beantwortet Nina meine vorherige Frage, nachdem sie sich wieder gefangen hat, »aber emotional dafür umso mehr.«

»Schon klar«, gebe ich zurück und rücke einen Schritt vor, weil es endlich weitergeht. »Jedenfalls: Zwischen Thomas und mir läuft nichts, weder körperlich noch emotional. Wir sind einfach gute Freunde und nur weil er seinen Job ein bisschen gründlicher macht, ist er deshalb kein schlechter Mensch. Äh, ich meine, keine schlechte Seele.« Um vom Thema abzulenken, erzähle ich Nina von meinem gestrigen Einsatz, woraufhin sie leise durch die Zähne pfeift.

»Wow, für einen Neunzigjährigen hast du den ganzen Tag gebraucht?«

»Ja, und das, obwohl er Witwer und schon seit Monaten bettlägerig war«, setze ich noch einen drauf.

»Aber wieso denn bloß?«

»Das frage ich mich auch. Als er dann endlich gestorben war, konnte er es nämlich kaum abwarten, nach oben und zu seiner Annie zu kommen. Da habe ich ihn dann nach Feierabend noch abgeliefert«, erzähle ich.

»Aber wieso ist er denn dann nicht sofort mitgekommen? Das verstehe ich nicht.«

»Ich glaube, er hatte einfach keine Lust«, sage ich achselzuckend und füge, weil sie ungläubig die Augen aufreißt, hinzu: »Außerdem hat er nicht an ein Leben nach dem Tod geglaubt.«

»Obwohl du da warst?«, staunt Nina und ich nicke resigniert. »Also, vielleicht solltest du doch mal drüber nachdenken, ein Fortbildungsseminar zu belegen. Die werden doch laufend angeboten, ich hab letztes Jahr selber eins gemacht, zum Thema Durchsetzungsvermögen und Rhetorik. Seitdem brauche ich im Durchschnitt eine ganze Stunde weniger pro Auftrag.« Unschlüssig wiege ich den Kopf hin und her. Ich weiß nicht so recht. »Die gesparte Zeit kannst du abbummeln, ist doch super«, fährt sie fort. »Na komm, gib dir einen Ruck. Du kannst das ganz einfach beim Chef beantragen.«

»So, beim Chef also, ja?«, fahre ich sie plötzlich wütend an und sie zieht ein wenig erschrocken den Kopf ein, während um uns herum die Gespräche verstummen. Alle Helfer drehen sich in meine Richtung und auch Thomas sieht besorgt von seinem Papierwust hoch. Ich versuche, ein möglichst harmloses Gesicht zu machen, während ich aus dem Mundwinkel heraus zische: »Falls du es noch nicht mitbekommen hast, habe ich dem Chef, seit ich hier bin, vierhundertsiebenunddreißig Briefe geschrieben, den von heute mit eingerechnet. Und hat er sich bequemt, auch nur auf einen einzigen davon zu antworten?«

»Nein«, gibt Nina kleinlaut zu.

»Also scheint die Kommunikation zwischen ihm und mir ja nicht besonders gut zu funktionieren«, stelle ich fest. »Und außerdem sehe ich es überhaupt nicht ein, mich fortzubilden, wenn ich sowieso keine Lust mehr auf den Job habe.«

»Aber du hast ihn dir doch …«

»Ich weiß, dass ich ihn mir ausgesucht habe. Damals war ich jung und naiv. Aber jetzt habe ich keine Lust mehr, den Handlanger zu spielen für diesen Mistkerl, der in völliger Willkür unschuldige Menschen aus dem Leben reißt«, sage ich heftig und sehe, wie Nina zusammenfährt.

»Pssst«, zischt sie beschwörend und legt den Zeigefinger auf die Lippen. »Um Gottes willen, sei doch still.«

»Wenn es sein Wille ist, dass ich still bin, dann soll er doch bitte herkommen und versuchen, mir den Mund zu verbieten. Ich hätte dem sauberen Herrn noch so einiges zu sagen«, rufe ich kampfeslustig, während Nina aussieht, als sei sie einer Ohnmacht nahe. Mit hochgezogenen Schultern und furchtsamen Augen steht sie da, als erwarte sie jeden Augenblick tatsächlich die Erscheinung des Chefs. »Keine Sorge, der kommt nicht«, versuche ich sie zu beruhigen, denn da bin ich mir wirklich hundertprozentig sicher. Schließlich musste sich Thomas schon weitaus heftigere Klagen über unseren Boss von mir anhören. Aufgetaucht ist er nie. Der alte Feigling! Und jetzt soll ich ihn auch noch gnädigst um Erlaubnis bitten, an einem Seminar teilnehmen zu dürfen? Um die von ihm ausgewählten Menschen noch schneller von der Erde ausradieren zu können? Nein danke! Hätte ich mir doch bloß etwas mehr Zeit für die Berufswahl genommen. Aber nein, kaum stand ich wieder auf zwei Beinen, musste eine Beschäftigung her, obwohl ich damals wirklich noch nicht in der emotionalen Verfassung für eine derart weitreichende Entscheidung war. Ich habe einfach die Stelle angenommen, für die eine möglichst kurze Ausbildungszeit erforderlich war und in der ich möglichst häufig auf die Erde zurückkehren konnte. Weil ich mich dort nach wie vor lieber aufhalte als hier oben. Allerdings hatte ich auch noch ein anderes Motiv …

WIEDER AUF DER ERDE

An meinem ersten Arbeitstag bei »Soulflow«, genau sechs Monate und dreieinhalb Wochen nach meiner Ankunft im Himmel, erwache ich, noch bevor der erste Sonnenstrahl durch mein Fenster fällt und mich in der Nase kitzelt. Mit klopfendem Herzen liege ich auf meinem Bett und sehe hinaus in den dunklen Himmel, an dem Abertausende von Sternen funkeln. Zum ersten Mal, seit ich hier oben bin, sehne ich den Sonnenaufgang herbei. Ich bin so unruhig, dass ich schließlich aufstehe und mich in meinem weißen, bodenlangen Nachthemd auf das Fensterbrett setze. Die Luft ist angenehm klar und so kühl, dass ich mir schnell noch eine flauschige Wolldecke um die Schultern wünsche. Endlich bequemt sich die Sonne, hinter dem Horizont hervorzukommen und den Wolkenboden während ihres Aufstiegs erst zartrosa, dann leuchtend orange und schließlich flammendrot zu färben. Fasziniert betrachte ich dieses wundervolle Schauspiel und kann mich an den vielfältigen Farben kaum sattsehen. Vielleicht sollte ich öfter mal ein wenig früher aufstehen, überlege ich, als mir einfällt, was für ein Tag heute ist und dass ich eigentlich gar keine Zeit habe, herumzusitzen. Aufgeregt hüpfe ich von der Fensterbank herunter und stelle mich vor den großen, goldgerahmten Spiegel, den ich erst gestern angeschafft habe. Bisher war es mir nämlich immer ziemlich egal, wie ich aussah. Das ist nun ganz anders. Konzentriert sehe ich an mir herunter. Was ziehe ich bloß an?

»Einen knielangen, braunen Wickelrock«, sage ich laut und spüre sofort eine Veränderung um meine Beine herum. »Das Nachthemd aus«, kommandiere ich dann, damit ich etwas sehen kann. Jetzt bin ich oben ohne, aber der Rock sitzt wie angegossen. »Dazu ein Paar halbhohe, dunkelbraune Stiefel. Oder doch lieber flache Ballerinas. Vielleicht besser beige Pumps. Und eine weiße Bluse. Nein, ein langärmeliges Shirt. Oder doch einen leichten Sommerpullover? In rosa vielleicht? Nein, braun. Oder schwarz? Hellblau?«, probiere ich herum und von dem schnellen Farbwechsel wird mir ganz schwummerig vor Augen. Dann beschließe ich, dass ein Rock sowieso eine dumme Idee ist und entscheide mich für einen schmalgeschnittenen, ockerfarbenen Hosenanzug. Dann ist das Make-up an der Reihe. Seit ich hier bin, habe ich mich nicht mehr geschminkt, es ist gar nicht so einfach, die richtigen Nuancen zu treffen.

»Alles noch mal runter«, befehle ich angesichts meiner Kriegsbemalung und füge, kaum dass ich den kühlen Luftzug auf meiner nackten Haut spüre, ein genervtes »Nicht die Klamotten, nur das Make-up« hinzu. Dann greife ich zu etwas dezenteren Farben und betrachte verzückt, wie meine Gesichtshaut auf Kommando einen sanften Schimmer erhält, sich die Wimpern nach oben biegen und ein Hauch puderiges Rouge auf den Wangen mir Frische verleiht. »Wunderbar«, seufze ich zufrieden und drehe mich noch einmal um die eigene Achse, als es klingelt.

»Herein«, trällere ich, woraufhin sich die Türe weit öffnet.

»Guten …«, beginnt Thomas und hält mitten in seinem Gruß inne. Mit offenem Mund steht er da und starrt mich an.

»… Morgen«, ergänze ich gutgelaunt. »Na, wie sehe ich aus?«

»Himmlisch«, antwortet er, nachdem er seine Sprache wiedergefunden hat, und ich lächele geschmeichelt.

»Danke.«

»Ich wollte, äh …« Anscheinend hat mein Nachbar keine Ahnung, was er eigentlich wollte, also helfe ich noch einmal nach.

»Wahrscheinlich mit mir gemeinsam zur Arbeit gehen, richtig?«

»Äh, genau, das war's.« Sein Gesicht hellt sich auf und er nickt eifrig.

»Das ist lieb von dir«, sage ich, während ich vor dem Spiegel noch schnell ein paar Ohrringe ausprobiere. Perlenstecker? Silberne Kreolen? Nein, lieber doch nicht. »Also dann, ich bin bereit!«

Gemeinsam schlendern wir durch die Milchstraße und biegen rechts in die Wolkenallee ein. Während ich leise vor mich hinsumme, spüre ich immer wieder Thomas irritierten Blick auf mir ruhen. Das kann ich ihm nicht verdenken, immerhin kennt er mich bisher nur als miesepetrigen Trauerkloß.

»Ähm, Lena«, spricht er mich nun vorsichtig von der Seite an, »du weißt aber schon, dass du Michael nicht besuchen kannst?« Ich erstarre mitten in der Bewegung und sehe ihn fassungslos an. Sein Blick ist voller Mitgefühl, doch er schüttelt nachdrücklich den Kopf. »Hast du denn das R.A.B.S.E. nicht gelesen, das ich dir vorbeigebracht habe?« Schuldbewusst senke ich den Kopf. Nein, ehrlich gesagt liegt das dicke, zerfledderte Buch, auf dessen verschlissenem Ledereinband in goldenen Lettern »Regelwerk zur Abholung und Begleitung der Seelen von der Erde« steht, noch unberührt auf meinem Nachtschränkchen. »Da steht es ganz klar und deutlich, Paragraph siebzehn, wenn ich mich nicht irre: ›Dem Helfer ist es nicht gestattet, seine Einsätze auf der Erde für private Ausflüge zu missbrauchen. Insbesondere ist es ihm strengstens untersagt, während der Geschäftszeiten die eigenen Hinterbliebenen zu besuchen.‹«

»Wo sollte ich denn wohl sonst hinwollen?«, frage ich ärgerlich, weil mir dieser Zusatz noch hirnloser vorkommt als der Paragraph an sich. Meine gute Laune ist auf einmal wie weggeblasen und Thomas sieht aus, als würde er mich am liebsten in den Arm nehmen, wenn er mich denn berühren könnte. »Was ist denn das für eine schwachsinnige Regel?«, schimpfe ich vor mich hin. »Wozu soll das gut sein?« Mein Gegenüber hebt nur hilflos die Schultern.

»Keine Ahnung. So steht es eben im Regelwerk.«

»Und alle halten sich daran?« Wieder ein Achselzucken.

»Glaub schon.«

Schweigend setzen wir unseren Weg fort. Ich mache mir gar nicht erst die Mühe, meine Enttäuschung zu verbergen. Ich hatte mich so sehr darauf gefreut, Michael wiederzusehen. Wozu habe ich mich wohl ungefähr zehnmal umgezogen? Und jetzt soll ich ihn nicht besuchen dürfen? Wegen eines dämlichen Paragraphen in irgendeinem dummen Regelwerk? Plötzlich habe ich einen Einfall.

»War Helfer früher eigentlich mal ein Männerberuf?«, erkundige ich mich bei Thomas, der mich überrascht ansieht.

»Nicht dass ich wüsste, wieso?«

»Was ist das dann für ein blödes Buch, das nicht einmal die weibliche Berufsform berücksichtigt?«

»Hä«, fragt er begriffsstutzig.

»Na ja, es ist DEM Helfer verboten, das und das zu tun. Was ist denn mit der HelferIN?«

»Na ja, ich schätze, für die gilt dasselbe.«

»Ja, vermutlich«, sage ich missmutig und beschließe, dass Thomas nicht der richtige Gesprächspartner für meine aufrührerischen und feministischen Ideen zu sein scheint.

»Tut mir echt leid, dass du so enttäuscht bist«, sagt er nun mitfühlend und ich nicke stumm, weil der Kloß in meinem Hals mich daran hindert, irgendetwas zu sagen. »Aber, ich meine, wahrscheinlich ist es besser so, diese Regel wird schon ihren Grund haben«, fährt er fort und ich sehe ihn kampfeslustig an.

»Natürlich hat sie einen Grund. Wir sollen unsere wertvolle Arbeitszeit nicht darauf verschwenden, rührselig die Vergangenheit heraufzubeschwören. Wenn man selber unsterblich ist, fällt es leicht, solche Gesetze aufzustellen. Der Typ hat ja nicht die geringste Ahnung, wie es ist, einfach so aus dem Leben gerissen zu werden, ohne Vorwarnung, und alles zu verlieren, was man geliebt ...« Ich breche abrupt ab und atme tief durch. Es ist unfair, Thomas so anzuschreien, schließlich kann er nichts dafür.

»Glaub mir, es ist besser, wenn du Michael nicht da unten aufsuchst«, dringt er jetzt in mich und ich hebe trotzig das Kinn.

»Und warum nicht?«

»Er kann dich nicht sehen, kann nicht mit dir reden. Als Geist sichtbar zu sein, ist sehr schwer zu erlernen. Du musst mindestens sieben der zehn Kurse zum Thema ›Geistern‹ belegt haben, damit er dich auch nur als Windhauch wahrnehmen kann. Und selbst dann wird er dich wahrscheinlich für genau das halten: einen Windhauch.«

»Michael ist hochsensibel, er wird meine Gegenwart natürlich spüren«, behaupte ich störrisch, aber Thomas geht darauf gar nicht ein.

»Du bist vor über einem halben Jahr gestorben. Er muss damit irgendwie fertigwerden, muss sein Leben weiterführen, auch ohne dich. Und vielleicht ...« Der Satz hängt unvollendet in der Luft und meine Nerven sind plötzlich zum Zerreißen gespannt.

»Vielleicht ... was?«, frage ich ahnungsvoll und er fährt leise fort: »Vielleicht willst du gar nicht wissen, wie er das macht.«

Als wir in der Himmelsstraße ankommen, bin ich noch immer wie betäubt. Mechanisch verabschiede ich mich von Thomas, fahre wie ferngesteuert mit dem Aufzug in den zweiten Stock, wo ich mich im Sekretariat melde. Dort wartet schon Theo, derselbe Helfer, der mich damals abgeholt hat. Meine vierwöchige Traineeausbildung werde ich bei ihm absolvieren.

»Hallo, Lena, schön, dass du so pünktlich bist«, begrüßt er mich freundlich und beginnt, während wir gemeinsam mit dem Fahrstuhl wieder hinunterfahren, ohne Punkt und Komma auf mich einzureden: »Ich freue mich wirklich sehr auf die nächsten Wochen, ist doch mal eine nette Abwechslung, zu zweit unterwegs zu sein. Also, ich schlage vor, dass wir uns jeden Morgen eine halbe Stunde nach Sonnenaufgang hier in der Halle treffen. Vor einem halben Jahrhundert ist zwar auch bei ›Soulflow‹ endlich die Gleitzeit eingeführt worden, aber ich beginne mein Tagewerk gerne früh. Umso schneller hat man Feierabend, nicht wahr?«

»Ja, klar«, nicke ich, weil er mich so erwartungsvoll anschaut. Eigentlich habe ich gar nicht zugehört. Seit dem Gespräch mit Thomas habe ich nur noch einen einzigen Gedanken im Kopf: Was hat er damit gemeint: Vielleicht will ich gar nicht wissen, wie Michael sein Leben weiterlebt? Glaubt der allen Ernstes, dass mein Fast-Ehemann dort unten schon wieder eine Freundin hat? Natürlich, genau das hat er damit sagen wollen. Bei diesem Gedanken wird mir plötzlich wahnsinnig schlecht.

»Dies ist die Auftragsausgabe, leider gibt es hier immer lange Schlangen, dabei habe ich mich schon des Öfteren beim Chef beschwert. Nun ja, anscheinend will kaum einer den Job machen. Hier, wir stellen uns ganz links an, ist das nicht dein Nachbar? Ich glaube, ich habe euch schon einige Male zusammen gesehen. Wie heißt er doch gleich?«

»Thomas«, antworte ich.

»Genau, Thomas. Bei ihm herrscht zwar immer ein gewisses Durcheinander, aber er ist dennoch sehr beliebt bei den Helfern. Ich weiß nicht, wie er es anstellt, aber irgendwie landen die spannendsten Aufträge immer bei ihm.«

»So?«, frage ich desinteressiert, weil sich vor meinem inneren Auge gerade Michael mit einer gesichtslosen Blondine durch unser Bett wühlt. Dann wechselt die Unbekannte die Haarfarbe und verwandelt sich in meine Schwester Julia.

»Oh mein Gott«, stoße ich hervor und will mich, weil mir plötzlich die Knie weich werden, an Theos Hemdsärmel festhalten. Leider greife ich ins Leere, spüre nur so etwas wie ein leichtes Kribbeln dort, wo unsere Energiekörper ineinanderschmelzen, und gehe ungebremst zu Boden. Irritiert springen die Umstehenden zur Seite und sehen auf mich herunter.

»Hoppla, wie ist denn das passiert, hast du dir wehgetan?«, erkundigt sich Theo besorgt.

»Wohl kaum«, antworte ich sarkastisch, während ich mich wieder aufrapple.

»Stimmt«, meint er fröhlich. »Wo war ich? Ach ja, Thomas hat immer die interessantesten Aufträge. Da hat man dann abends im ›Sternenfänger‹ was zu erzählen! Du glaubst ja nicht, unter was für skurrilen Umständen manche Leute den Weg nach oben finden.«

»Ach ja?«, frage ich spitz. »Du meinst so was wie eine junge Frau, die am Tag ihrer Hochzeit in ihrem rosengeschmückten Brautauto frontal mit einem Jeep zusammenstößt, weil sich ihr Absatz im Gaspedal verfängt? Das war bestimmt 'ne tolle Geschichte!« Theo sieht mich betroffen an und ich erkenne, dass ich ins Schwarze getroffen habe. Das ist doch wohl nicht zu fassen: Mein tragischer Tod – eine Stammtisch-Anekdote.

»Keine Sorge, wir fangen heute mit etwas ganz Harmlosen an«, wechselt er verlegen das Thema und ich zucke gleichmütig mit den Achseln. Mir ist alles egal, denn ich bin mir plötzlich sicher, dass Michael und meine Schwester mittlerweile ein Paar sind. Wie können die nur? Schließlich sind sie Schwager und Schwägerin! Ich schüttele heftig den Kopf, um diesen schmerzhaften Gedanken zu vertreiben, und verfluche innerlich Thomas dafür, ihn überhaupt in mein Hirn gepflanzt zu haben. Was denke ich denn da bloß? Michael hat mich geliebt, wirklich geliebt. Und Julia? Sie war nicht nur meine Schwester, sie war auch meine beste Freundin! Niemals würden die beiden so etwas tun. Oder doch? »Er muss damit irgendwie fertigwerden, muss sein Leben weiterführen, auch ohne dich«, höre ich Thomas' Stimme in mir widerhallen. So viel steht fest: Mein Wunsch, in unsere alte Wohnung zurückzukehren, brennt jetzt sogar noch stärker in mir. Ich brauche Gewissheit. Ich will die beiden von diesem unglaublichen Verdacht reinwaschen. Aber falls doch, denke ich wütend, falls doch, dann werde ich mich noch heute Abend zum ersten Seminar »Geistern« anmelden. Ich werde die zehn Stufen in einem Rekordtempo durchlaufen! Und dann werde ich sie beide das Fürchten lehren!

»Hier, was Leichtes für den Anfang!« Mit diesen Worten streckt mir Thomas, als wir endlich an der Reihe sind, einen cremefarbenen Umschlag entgegen. Nach einem aufmunternden Nicken von Theo strecke ich zaghaft die

Hand danach aus. Das rote Siegel zeigt ein geschwungenes G.

»Gott?«, frage ich und die beiden nicken.

»Schlaues Mädchen«, grinst Thomas, wofür ich ihn mit einem eisigen Blick bedenke. »Dann hab einen schönen ersten Tag«, wünscht er mir noch und wendet sich dem nächsten Helfer zu.

»Ja, danke«, antworte ich wenig enthusiastisch, denn so sehr ich mich darauf gefreut habe, auf die Erde zurückzukehren, so wenig ist jetzt noch von meiner Begeisterung übrig. Plötzlich wird mir klar, worauf ich mich eingelassen habe. Gemeinsam mit Theo soll ich eine Seele abholen. Was im Klartext heißt: einen Menschen sterben lassen. »Helfer«, dass ich nicht lache. All die Seelen ringsum, die gemütlich miteinander plaudernd auf ihre Aufträge warten, sind in Wahrheit Todesengel. Bei dieser Erkenntnis läuft mir ein Schauer über den Rücken und ich renne durch die gläserne Eingangstür ins Freie so schnell ich kann.

»He«, sagt Theo etwas atemlos, als er mich eingeholt hat, »wo willst du denn so eilig hin?«

»Ich glaube nicht, dass Helfer der richtige Job für mich ist.« Damit halte ich ihm den noch immer versiegelten Umschlag unter die Nase. Verwirrt sieht er darauf, ohne jedoch Anstalten zu machen, danach zu greifen.

»Aber wieso denn nicht?«

»Ich, äh, habe ein sehr gespaltenes Verhältnis zum Tod«, versuche ich ihm zu erklären. »Eigentlich habe ich meinen eigenen noch immer nicht verwunden und deshalb wäre es vielleicht besser …«

»Papperlapapp«, schneidet er mir das Wort ab, »du solltest es wenigstens einmal versuchen. Los, mach den

Umschlag auf.« Von seinem plötzlichen Befehlston überrumpelt, gehorche ich. Zwei goldene Münzen kullern mir entgegen, von denen Theo mir eine abnimmt.

»Das sind unsere Passiermarken«, erklärt er, während ich eine Karte hervorziehe.

»Harald Klose, Alter: 98, Adresse: Seniorenheim Liliental, Hamburg, Todesursache: Herzversagen«, steht darauf in goldenen Buchstaben eingestanzt.

»98 Jahre«, sagt Theo anerkennend und pfeift leise durch die Zähne. »Alle Achtung. Siehst du, das wird ein Pappenstiel. Und weit haben wir es auch nicht, komm mit!« Verwirrt sehe ich ihm hinterher, wie er zielstrebig über die Wolkendecke davonmarschiert. Wie kommen wir eigentlich runter auf die Erde? Zum zweiten Mal an diesem Tag ärgere ich mich, dass ich nicht einmal einen Blick in das R.A.B.S.E. geworfen habe. Dann wäre ich jetzt schlauer. Ich traue mich aber nicht, meinem Vorgesetzten meine Ahnungslosigkeit einzugestehen und folge ihm daher schweigend.

Wenige Minuten später stehen wir vor einem runden Holzhäuschen, an dessen Tür ein freundlich aussehender Mann in dunkelblauer Uniform die Helfer einen nach dem anderen passieren lässt.

»Dies ist die nächstgelegene Abflugstation, sie trägt die Nummer 723B13«, erläutert Theo, während wir uns anstellen. Es geht ziemlich schnell voran, bedeutend schneller jedenfalls als in der Schlange bei »Soulflow«, und schon bald sind wir an der Reihe.

»Guten Morgen, guten Morgen«, wünscht der Portier freundlich. »Ah, ein neues Gesicht, wie schön. Paul ist mein Name!«

»Lena«, stelle ich mich meinerseits vor, während Theo Paul seine Passiermarke reicht und im Gegenzug zwei silberne erhält.

»Damit kommen wir wieder zurück«, erklärt er mir und hält die Silbermünzen in der ausgestreckten Rechten.

»Du und Harald Klose«, nicke ich verstehend und reiche Paul meine Münze.

»Holst du auch schon jemanden ab?«, erkundigt er sich, doch ich schüttele den Kopf.

»Nein, ich bin noch in der Ausbildung.«

»Dann viel Spaß«, wünscht er fröhlich, während er mir meine Silbermarke in die Hand drückt.

»Ja, danke«, sage ich mit sarkastischem Unterton und folge Theo in das Holzhäuschen, das im Inneren ganz mit dunkelrotem Samt ausgekleidet ist.

»Hier war ich doch schon mal«, erinnere ich mich plötzlich und mein Begleiter nickt.

»Natürlich. Auf diesem Wege sind wir natürlich auch angekommen. Aber du warst ein bisschen neben der Spur, wenn ich mich recht erinnere.«

»Ein bisschen ist gut«, unke ich.

»Dann wollen wir mal«, fordert Theo mich auf. Schließlich hat er auch nicht die allerbesten Erinnerungen an meine Ankunft. »Du weißt Bescheid?«

»Nein«, muss ich beschämt zugeben, was mir ein rügendes Kopfschütteln einbringt. »Tut mir leid«, hauche ich.

»Nun gut, dann werde ich dich anleiten«, seufzt er. »Schließ deine Augen und entspann dich.« Gehorsam klappe ich die Lider herunter, aber sofort erscheint das Bild von Michael und Julia vor mir. Wie soll ich mich dabei entspannen? »Du bist kein bisschen entspannt«, stellt

Theo unzufrieden fest und ich öffne mein rechtes Auge wieder einen Spalt weit.

»Ich tue mein Bestes«, sage ich trotzig.

»Augen zu. Atme tief durch. Stell dir vor, du stehst in einem Fahrstuhl, der von hier oben bis in das Seniorenheim Liliental reicht.«

»Aber ich weiß doch gar nicht, wie es dort aussieht«, werfe ich ein.

»Das macht nichts. Stell es dir einfach vor. Mit einem großen Schild davor, auf dem Liliental steht. Entspann dich. Sieh dich selbst in diesem Aufzug.« Ich bemühe mich redlich, mir einen Fahrstuhl vorzustellen, einen aus Glas, wie ich ihn schon mal in einem schicken Hotel gesehen habe, mit silbernen Knöpfen und einem uniformierten Mann, der den ganzen Tag nichts anderes tut, als die Gäste hinauf- und hinunterzubegleiten. Es war das Wochenende in Paris, wo Michael mir den Heiratsantrag gemacht hat. Ich sehe ihn ganz deutlich vor mir, seine hellbraunen Augen mit den unverschämt langen Wimpern, die zerzausten, dunkelblonden Haare. »Die Türen des Aufzugs schließen sich lautlos und die Fahrt geht abwärts«, höre ich Theos Stimme wie aus weiter Ferne. »Du sinkst tiefer und tiefer.« Ich spüre Michaels schmalen, heißen Nacken unter meiner Handfläche, während ich ihn mit beiden Armen umschlinge, seine Lippen pressen sich auf meine. »Zwölf, elf, zehn, du sinkst immer tiefer …« Wir liegen gemeinsam in unserem breiten Bett in meiner Lieblingswäsche aus dunkelrotem Satin. »… sieben, immer tiefer, sechs, fünf …« Ich spüre die Wärme seines Körpers, seine Brusthaare kitzeln mich. »…drei, zwei, eins.« Ich spüre eine Erschütterung und das Gefühl des Fallens endet abrupt. Plötzlich habe ich Angst. Die Augen noch immer fest geschlossen, wage ich nicht, mich zu rühren.

»Theo?«, wispere ich. »Theo?« Keine Antwort. Aber etwas anderes kann ich hören. Jemand atmet. Ansonsten Stille. Unheimliche Stille. Was mache ich denn jetzt? Ich lausche reglos, noch immer dieses Atmen. Vorsichtig öffne ich das linke Auge ein klitzekleines bisschen und sehe einen dunkelgrünen Pullover, abgewetzte Jeans und ein weißes T-Shirt zerknüllt auf einem Haufen liegen. Die darunter liegenden Holzdielen kommen mir seltsam bekannt vor. Erschrocken reiße ich die Augen auf.

Mein ehemaliges Schlafzimmer versinkt im Chaos, überall sind Klamottenberge angehäuft, auf dem Bett sitzt, gegen die Wand gelehnt, Michael. Er trägt hellblaue Boxershorts und starrt vor sich hin. Aber obwohl ich direkt vor ihm, am Fuße des Bettes stehe, sieht er mich nicht, sondern schaut durch mich hindurch. Völlig regungslos. Nur das Heben und Senken seiner Brust deutet darauf hin, dass er lebt.

»Michael«, flüstere ich, gehe um das Bett herum und setze mich auf die Kante. »Michael, bitte, hör mich doch.« Natürlich hört er mich nicht. Er sieht schrecklich aus. Die früher strahlenden Augen liegen matt und glanzlos in tiefen Höhlen, die Haare hängen ihm zerzaust in die Stirn. Er sieht so traurig aus, wie ich mich fühle. In diesem Moment erklingt ein schrilles Piepsen und ich mache vor Schreck einen Hüpfer. Michael zuckt nicht einmal, streckt nur die rechte Hand aus und haut auf den Wecker auf dem Nachtschränkchen, der Viertel nach sieben anzeigt. Daneben steht ein silberner Rahmen, aus dem ich mir selbst entgegenlache.

»Guten Morgen«, sagt Michael, worauf ich erneut zusammenzucke. Mein Blick fliegt hinüber zur Badezimmertür, aber keine nackte Frau steht im Rahmen. Weder Julia noch sonst irgendjemand. Ich atme erleichtert auf und sehe wieder zu meinem Mann, dessen Blick auf dem Foto ruht, das er vom Nachtschränkchen genommen hat. »Ich vermisse dich auch heute Morgen kein bisschen weniger als gestern«, sagt er und es bricht mir das Herz. Sorgfältig stellt er das Bild zurück an seinen Platz, dann steht er auf und geht ins Badezimmer. Ich sitze auf der Bettkante und muss mich erst mal sammeln. Als im Nebenzimmer das Rauschen der Dusche einsetzt, erhebe ich mich schwerfällig und folge Michael nach nebenan. Beobachte ihn dabei, wie er duscht und bemerke, dass er schmal geworden ist. Ich kann beinahe jede Rippe zählen. Er rasiert sich, putzt seine Zähne, zieht Jeans, Hemd, Sakko und Wintermantel an und verlässt ohne Frühstück das Haus.

»Kein Wunder, dass du so dünn bist. Du musst doch etwas essen«, rede ich auf ihn ein, während er auf sein Fahrrad steigt und losfährt. Ich denke gar nicht darüber nach, sondern renne einfach neben ihm her. Früher hätte ich das keine drei Minuten ausgehalten, unsportlich, wie ich war. Jetzt halte ich mühelos mit. Nach zehn Minuten hält Michael vor der Werbeagentur »Die Advertiser« in Eppendorf, in der er als Projektmanager arbeitet. Ich folge ihm ins Innere des modernen Büros. Er begrüßt seine Kollegen, setzt sich an den gläsernen Schreibtisch, fährt den Computer hoch, dessen Bildschirmhintergrund ein weiteres Foto von mir ziert. Sorgenvoll beobachte ich Michael dabei, wie er mit der Arbeit beginnt. Sein Gesichtsausdruck hat sich nicht verändert, seit er heute Morgen aus dem Bett gestiegen ist. Telefonate mit Kunden, eine Konferenz, Mittagessen mit seinen Kollegen Benjamin und Andrea, ich weiche keine Sekunde von seiner Seite. Während ich zusehe, wie er bei dem Italiener um die Ecke in seinen Nudeln herumstochert, wünsche ich mir schon fast, dass ich einen kleinen Flirt zwischen ihm und Andrea mit ansehen dürfte. Alles wäre besser, als ihn wie einen Zombie durch sein Leben gehen zu sehen. Aber natürlich gibt es keinen Flirt, nicht mal ein Lächeln. Fast sieht es so aus, als sei Michael mit mir gestorben. Am Nachmittag erhält er einen Anruf auf seinem Handy. »Julia Mobil«, erkenne ich auf dem Display.

»Hallo, Julia.« Ich spitze die Ohren und halte mein Gesicht ganz dicht an seines.

»Michael, wie geht's dir heute?«

»Ganz gut, alles klar«, gibt er zurück, aber seiner Stimme ist eindeutig anzumerken, dass das gelogen ist.

»Das ist doch gelogen«, sagt meine Schwester dann auch und ich nicke vehement.

»Kann sein.« Schweigen.

»Ich wollte dich fragen, ob du Lust hast, heute Abend zu uns zu kommen. Peter kocht. Seine berühmte Ente in Orangensauce.«

»Peter? Wer ist Peter?«, rufe ich aufgeregt in den Hörer, erhalte aber natürlich keine Antwort. So ein Mist! Das ist bestimmt ihr neuer Freund. Endlich ist mein Schwesterchen unter der Haube. Das ist die erste gute Nachricht dieses bis jetzt tieftraurigen Tages.

»Danke, das ist nett. Aber ich habe leider schon was vor.«

»Das ist doch gelogen«, meint Julia zum zweiten Mal

und ich möchte wetten, dass sie damit wieder Recht hat.

»Kann sein.« Am anderen Ende höre ich meine Schwester seufzen.

»Ich vermisse sie auch, Michael«, sagt sie schließlich sanft, »aber es sind jetzt bald sieben Monate.«

»Das weiß ich.«

»Sie würde nicht wollen, dass du so unglücklich bist. Du musst dein Leben irgendwie weiterleben, so kannst du doch nicht ...«

»Julia, ich muss Schluss machen, mein Chef kommt gerade rein«, unterbricht Michael sie, »danke für den Anruf, tschüss.« Damit unterbricht er die Verbindung. Erstaunt sehe ich auf die geschlossene Tür seines Büros und warte geduldig auf das Erscheinen von Herrn Doktor Wiedemann. Dann wende ich mich kopfschüttelnd an Michael, der blicklos vor sich hinstarrt.

»Sie hat Recht«, flüstere ich, »du muss irgendwie weiterleben.«

Als Michael um halb sieben Anstalten macht, das Büro zu verlassen, beschließe ich, dass es auch für mich an der Zeit ist, zu gehen. Vom Fenster aus sehe ich ihm zu, wie er auf sein Fahrrad steigt und davonradelt. Dann schließe ich die Augen und stelle mich in Gedanken wieder in den gläsernen Aufzug. Der Liftboy lächelt mir freundlich zu, aber mir ist das Lachen vergangen.

»Eins, zwei, drei ...«, ich schließe die Augen. Hätte ich doch Michael niemals so gesehen. Ich habe einfach nicht richtig nachgedacht. Ich will nicht, dass Michael sein Leben lang um mich trauert, ich möchte, dass er glücklich ist. »...zehn, elf, zwölf.« Ich öffne die Augen und stehe im blutroten Inneren der Abflugstation, die mich plötzlich an eine Gebärmutter erinnert. Ob das Absicht ist? Ich stoße die Tür auf und kneife geblendet vom Sonnenlicht die Augen zu.

»Hast dich wohl verlaufen, was?«, erkundigt sich Paul mit einem gutmütigen Grinsen. »Dann sag ich am besten mal Theo Bescheid, er ist ganz außer sich vor Sorge.«

»Das wäre nett, danke«, sage ich schwach, drücke ihm meine Passiermünze in die Hand und mache mich auf den Weg nach Hause. Gedankenversunken laufe ich die Milchstraße entlang und pralle um ein Haar mit Thomas zusammen, der eben in seinen Vorgarten einbiegt.

»Da bist du ja, Gott sei Dank«, ruft er, als er mich erblickt, und ich verziehe das Gesicht. »Theo hat sich solche Sorgen gemacht, er ist schon seit Stunden wieder da. Wo warst …?« Mitten im Satz hält er inne und schüttelt mitfühlend den Kopf. »Oh, ich verstehe schon.« Ich schlucke schwer und nicke.

»Bitte sag jetzt nicht, du hättest mich gewarnt«, bitte ich ihn schwach.

»Natürlich nicht. Aber falls du drüber reden möchtest, ich meine, na ja, ich weiß glaube ich ziemlich genau, wie du dich jetzt fühlst.« Erstaunt sehe ich ihn an.

»Aber laut R.A.B.S.E. ist es doch …«

»Na ja«, wiegelt Thomas ab und zuckt ein wenig verlegen mit den Schultern, »wie auch immer, was ich sagen wollte: In diesem Fall hat der Boss Recht, findest du nicht?«

»Allerdings«, sage ich bedrückt.

Kapitel 4

»Lena, aufwachen, wo bist du denn schon wieder mit deinen Gedanken«, höre ich Thomas rufen.

»Verzeihung«, entschuldige ich mich hastig, weil ich anscheinend verpennt habe, dass ich an der Reihe bin.

»Jetzt aber los, vorwärts, was ist denn das für eine Rumtrödelei?«, grummelt es etwa einen halben Meter hinter mir und ich sehe mich nach dem Miesepeter um, der mit heruntergezogenen Mundwinkeln in der Reihe steht und mich vorwurfsvoll aus dunklen Augen ansieht.

»Wieso haben Sie es denn so eilig?«, frage ich ihn angriffslustig und er sieht mich konsterniert an.

»Nun, schließlich habe ich nicht den ganzen Tag Zeit.«

»Sie können es wohl gar nicht abwarten, schon wieder eine arme Seele hier hochzuschleifen. Warum entspannen Sie sich nicht einfach mal und gönnen ihr noch ein paar Extraminuten unten auf der Erde?«, blaffe ich so aggressiv, dass er zurückweicht.

»Lena«, höre ich Thomas' warnende Stimme.

»Ist doch wahr!«

»Wie heißen Sie?«, fragt mich der Miesepeter empört und seine Aura färbt sich leuchtend rot. »Ich werde mich über Sie beschweren.«

»Tun Sie das«, gebe ich heftig zurück. »Mein Name ist

Lena Kaefert. K – A – E – F – E – R – T. Haben Sie das? Aber machen Sie sich keine allzu großen Hoffnungen auf eine Reaktion vom Chef. Für den existiere ich nämlich gar nicht.« Damit drehe ich mich wieder zu Thomas herum. »So, und jetzt her mit meinem Auftrag.« Auffordernd halte ich Thomas meine ausgestreckte Hand hin, doch der schüttelt den Kopf.

»Ich glaube, das ist keine gute Idee«, sagt er.

»Jetzt mach schon. Du hast es doch gehört. Wir haben nicht den ganzen Tag Zeit.«

»Geh nach Hause«, fordert er mich sanft, aber bestimmt auf. »Ich glaube, du bist heute nicht in der richtigen Verfassung, um zu arbeiten.« Meine Wut scheint plötzlich aus mir herauszuweichen wie die Luft aus einem angepieksten Ballon. Hilflos hebe ich die Schultern und sage weinerlich: »Das war ich doch noch nie.«

»Vermutlich hast du Recht«, meint Thomas nachdenklich. »Komm, ich bringe dich nach Hause.« Damit greift er unter seinen Schreibtisch und zieht ein weißes Schild hervor, auf dem in schwarzen Buchstaben »BIN GLEICH ZURÜCK« steht. Sorgfältig stellt er es auf und erhebt sich mit einem bedauernden Lächeln in Richtung der langen Reihe von Helfern hinter mir. »Tut mir leid«, sagt er entschuldigend.

»Also, das darf doch wohl nicht wahr sein«, beschwert sich der Nörgler von eben schon wieder lautstark, »das war das letzte Mal, dass ich mich hier angestellt habe. Ich habe es satt, immer diese Verzögerungen.« Ein Blick von Thomas lässt ihn schließlich verstummen und übertrieben seufzend fügt er sich in sein Schicksal, sich woanders anstellen zu müssen, wo er sofort wieder zu schimpfen beginnt: »He, ich war doch eben noch vor Ihnen, so eine Frechheit, ich werde mich beschweren.«

Bedrückt laufe ich neben Thomas her. Was ist denn bloß los mit mir? Das ist doch eigentlich gar nicht meine Art, fremde Menschen anzupöbeln.

»Vielleicht solltest du dich auf Dauer tatsächlich nach etwas anderem umsehen«, sagt Thomas und ich nicke kläglich. »Schade«, seufzt er. »Ich fand es schön, jeden Tag mit dir gemeinsam zur Arbeit zu gehen. Aber so langsam sollte ich wohl einsehen, dass du für den Job einfach nicht geschaffen bist.« Ich schüttele den Kopf.

»Ich glaube, das ist es gar nicht.«

»Wie meinst du das?«

»Es ist nicht der Job. Es ist einfach alles hier oben.« Mit einer unbestimmten Handbewegung deute ich auf unsere Umgebung, den Wolkenteppich, den strahlend blauen Himmel. »Ich mag einfach nicht hier sein. Ich vermisse Bäume und Blumen. Ich vermisse das Meer. Und...«

»Und Michael«, vollendet Thomas meinen Satz und ich nicke.

»Ich habe wirklich versucht, meinen Tod zu akzeptieren. Ich habe es versucht. Meine Oma hat immer gesagt, wir müssen die Dinge akzeptieren, die wir nicht ändern können. Aber sie hat mir nie verraten, wie man das macht.«

So sitze ich also mutterseelenallein in meiner Wohnung auf dem Boden und grübele. Grübele darüber nach, was ich mit meinem Leben, oder besser gesagt, mit meiner Zeit anfangen möchte. So viel steht fest: Meine Tage als

Helferin sind gezählt, und das ist auch ganz gut so. Vielleicht hätte ich schon vor Jahren einen neuen Job suchen sollen. Und aufhören, ständig Briefe an den Boss zu schreiben. Aber die Dinge brauchen nun einmal ihre Zeit. Noch ein weiser Spruch von meiner Oma. Ich blinzele in die Mittagssonne hinaus und beschließe, mich ein wenig nach draußen zu setzen. Also trete ich vor meine Tür und wünsche mir schnell eine Hängematte in den Garten, in der ich mich niederlasse. Sanft werde ich vom Wind geschaukelt und richte meinen Blick auf den Horizont. Dort türmen sich die Wolkenberge. Ich beobachte, wie sie stetig ihre Form verändern und lasse meine Gedanken einfach wandern.

»Lena«, ruft jemand mit lauter Stimme und ich fahre erschrocken hoch. Muss tatsächlich eingedöst sein. In diesem Moment steigt eine kleine, zierliche Frau mit dunklen Haaren über meinen Gartenzaun und läuft auf mich zu. »Lena«, ruft sie erneut, »Lena, das kann doch nicht wahr sein.« Mit diesen Worten bleibt sie genau vor meiner Hängematte stehen und sieht mich aus funkelnden blauen Augen aufmerksam an. Ein wenig unschlüssig breitet sie die Arme aus, lässt sie dann mit einem frustrierten Seufzer wieder sinken. »Oh, es ist doch ein Ärger, dass wir hier oben keinen Körper haben. Da sehe ich dich nach so vielen Jahren endlich wieder und kann dich noch nicht einmal in die Arme schließen«, meint sie kopfschüttelnd und wirft mir statt dessen ein paar Kusshände zu. Irritiert sehe ich die fremde Frau vor mir an. Kennen wir uns denn? Irgendetwas an ihr kommt mir seltsam vertraut vor, das schon. Angestrengt krame ich in meiner Erinnerung, aber es will mir einfach nicht einfallen. Nun hört sie auf, mich mit fliegenden Küssen zu bewerfen, und lässt die Hände wieder sinken. »Es ist so schön, dich wiederzusehen. Was für ein Glück, dass ich dich überhaupt antreffe, arbeitest du denn gar nicht? Und wofür hast du dich denn überhaupt entschieden? Oh, du musst mir alles erzählen, meine Süße. Ich war ja schockiert, dass du schon da bist, das muss ich sagen. Es tut mir wirklich leid, dass ich erst jetzt gekommen bin, weißt du, ich war auf der anderen Seite.« Auf der anderen Seite? Wie meint sie denn das? »Also, über Australien. Aber das ist eine lange Geschichte, erzähl du doch erst mal.« Erwartungsvoll sieht sie mich an und ihre blauen Augen blitzen. Plötzlich überfällt mich eine Erinnerung. Die Erinnerung an eine kleine, alte Frau mit strahlend blauen Augen in einem gutmütigen, faltigen Gesicht. Mit sehr geradem Rücken sitzt sie auf einem altmodischen, geblümten Ohrensessel, neben sich eine Tasse dampfenden Tees, hat ihre Familie um sich versammelt und lauscht interessiert ihren Geschichten.

»Oma Liesel?«, frage ich atemlos und sie lächelt mich an.

»Natürlich«, nickt sie. »Hast du mich etwa nicht erkannt?«

Auch eine halbe Stunde später kann ich es immer noch nicht fassen, dass meine geliebte Großmutter wirklich neben mir in der Hängematte sitzt.

»Ich hatte es mir so schön vorgestellt, deinen Großvater endlich wiederzusehen und dann alsbald mit ihm auf die Erde zurückzukehren.« Mein Opa war zwanzig Jahre älter als meine Oma und ist gestorben, als ich noch ein kleines Mädchen war.

»Und was ist schiefgelaufen?«

»Nun, dein Opa hatte es anscheinend satt, auf mich zu warten, und ist ohne mich gegangen. Er hat ein neues Leben in Australien angefangen.«

»Oje!«

»Das kannst du laut sagen«, sagt meine Oma verstimmt. »Ich bin sofort rüber, als ich davon erfahren habe, um ein Auge auf ihn zu haben. Und was muss ich sehen? Er hat eine schlanke, braungebrannte Blondine zur Frau genommen und macht sich mit ihr ein schönes Leben. Was sagt man dazu?«

»Das tut mir leid«, sage ich mitfühlend und würde ihr gerne tröstend die Hand auf den Arm legen. Geht aber leider nicht. So begnüge ich mich mit einem mitleidigen Seufzer.

»Ich habe mich über Australien häuslich niedergelassen und dort mein Studium absolviert.«

»Was machst du denn?«, werfe ich neugierig ein und stoße einen bewundernden Pfiff aus, als sie »Schutzengel« antwortet.

»Ehrlich? Das dauert doch eine Ewigkeit. Ich habe gehört, es ist unheimlich schwer.«

»Das stimmt, man muss fast einhundert Seminare besuchen. Aber es ist der tollste Job der Welt! Und was machst du?«

»Ach, ich bin Helfer«, sage ich wegwerfend und sie rümpft die Nase. »Ich weiß«, nicke ich, »das war eine Kurzschlussentscheidung. Und keine besonders gute. Jedenfalls habe ich mir fest vorgenommen, etwas anderes zu suchen.«

»Also, ehrlich, Süße, hast du denn von unten nichts gelernt?« Damit spielt sie auf meine Arbeit als Industriekauffrau an, die mir auch nie wirklich Spaß gemacht hat. »Du solltest dich für nächstes Semester für das Schutzengelstudium einschreiben. Schutzengelwissenschaften, das wäre was für dich.«

»Mal sehen«, wäge ich ab und wechsele das Thema. »Du wolltest gerade erzählen, warum du über Australien geblieben bist.«

»Na, warum wohl?«, ruft sie empört, »weil ich Hinrichs Ankunft auf keinen Fall verpassen möchte. Jetzt heißt er übrigens John. Na, dem werde ich vielleicht was erzählen. Jedenfalls habe ich erst vor einem Jahr erfahren, dass du hier bist. Da habe ich mich sofort auf den Weg gemacht!«

»Du bist zu Fuß von Australien hierher gelaufen«, frage ich erstaunt und sie nickt.

»Natürlich. Wie sonst? Das war nicht weiter schlimm, schließlich bekommt man hier ja keine Blasen, nicht wahr?«

Eine halbe Stunde später lassen wir uns im »Sternenfänger« auf dem gemütlichen Ecksofa aus dunkelrotem Samt nieder, das seit vielen Jahren mein Stammplatz ist. Das Lokal ist mit plüschigen Polstermöbeln in Knallfarben vollgestopft, denn hier treffen sich die Seelen der Umgebung gerne, um ihren Feierabend einzuläuten. Zwar gibt es hier oben keine Getränke, denn ohne Körper kann man nun mal keine Nahrung zu sich nehmen. Aber riechen können wir, und deshalb gibt es in Flaschen abgefüllte Aromen, an denen man sich ergötzen, und, zumindest in meinem Fall, sogar berauschen kann.

»Hier hat sich ja einiges verändert«, verkündet Oma Liesel und sieht sich neugierig um. »Aber ich bin ja nun auch schon bestimmt sieben Jahre nicht mehr hier gewesen. Und wer ist das?« Interessiert mustert sie Samuel, den Besitzer des »Sternenfängers«, der jetzt verschlafen hinter dem Tresen erscheint. Verwirrt fährt er sich durch die wuscheligen, schwarzen Haare, seine dunklen Augen schauen verwundert zwischen uns und der großen, antiken Standuhr hin und her.

»Nanu, Lena, was macht ihr denn schon hier, ich meine, warum …? Hä?« Anscheinend haben wir ihn aus dem Tiefschlaf gerissen. Entschuldigend lächele ich ihn an.

»Ich bummele ein bisschen Gleitzeit ab«, erkläre ich ihm der Einfachheit halber, während ich meiner Oma zuzischele: »Das ist Samuel.«

»Aha«, sagt sie laut und lächelt ihm entgegen. »Du warst vor sieben Jahren auch noch nicht hier.«

»Das ist meine Oma Liesel, Omi, das ist Samuel«, stelle ich die beiden einander vor.

»Angenehm. Wisst ihr schon, was ihr wollt?«

»Vanille-Kokos«, sage ich prompt.

»Alles andere hätte mich überrascht«, gibt Samuel trocken zurück, während Omi sich in die Karte vertieft.

»Ich überlege noch.«

»Kein Problem, ich komme gleich noch mal wieder.« Damit zieht Samuel sich hinter den Tresen zurück. Seite um Seite studiert Omi den dicken Aromakatalog, fährt mit dem Zeigefinger die Zeilen entlang und murmelt halblaut vor sich hin.

»Lavendel, Latschenkiefer, Limette …«

»Das ist doch langweilig«, unterbreche ich sie, nehme ihr kurzerhand das Buch weg und schlage die hinteren Seiten auf. »Hier«, sage ich triumphierend, »davon möchtest du etwas.«

»So? Möchte ich das?« Sie hebt ihre linke Augenbraue um einen Millimeter und plötzlich frage ich mich, wie ich sie nicht auf Anhieb erkennen konnte. Auch wenn sie hier oben zugegebenermaßen völlig anders aussieht. Aber ihre Mimik ist dieselbe. Plötzlich durchströmt mich ein warmes Gefühl. Ich bin so froh, dass sie hier ist, endlich jemand, den ich kenne und den ich liebe. Wie gerne würde ich meine Arme um sie schlingen, mich auf ihren Schoß setzen und den Kopf an ihrem Hals vergraben wie früher, als ich noch ein ganz kleines Mädchen war. Aber das geht ja leider nicht. So bleibt mir nur, sie zu betrachten, ihre aufrechte Haltung zu bewundern, ihr glattes, vollkommen faltenfreies Gesicht mit den funkelnden blauen Augen, die glänzenden braunen Locken, die ihr bis auf den Rücken fallen. Sie bemerkt meinen Blick und lächelt mich an.

»Na, versuchst du, mich mit der alten, verschrumpelten Frau von unten zusammenzubringen?« Verlegen zucke ich mit den Schultern und sie lacht vergnügt: »Ja ja, der Körper wird alt, die Seele wird klug.« Ich sehe in ihre funkelnden Augen und muss ihr Recht geben. Auch wenn ihre Erscheinung die einer ganz jungen Frau ist, so sieht man doch in ihrem Blick die Weisheit vieler Leben.

»Hast du gewählt?«, werden wir in diesem Moment von Samuel unterbrochen, der nun einen verschnörkelten Flakon vor mir abstellt, in dem sich eine hell schimmernde Substanz befindet.

»Oh, noch nicht«, entschuldigt sich Oma Liesel und blättert unschlüssig im Katalog. »Das klingt alles köstlich. Ich hätte nicht gedacht, dass ich das auch hier oben einmal sagen würde, aber: Das gab es zu meiner Zeit noch nicht.« Spitzbübisch lächelt sie mir zu.

»Samuel hat den ›Sternenfänger‹ vor vier Jahren übernommen und seitdem über hundert neue Kreationen erfunden«, erkläre ich und Samuels Aura nimmt eine leichte Rosafärbung an.

»Nun ja«, meint er bescheiden, »es macht mir einfach Spaß, die Aromen zu kombinieren.«

»Er stellt sein Licht gerne unter den Scheffel«, sage ich zu Oma Liesel, »aber seit er den Laden führt, ist es hier jeden Abend brechend voll.«

»Was nehme ich denn nur? Was hast du denn da bekommen?«

»Oh, das ist eher eine einfache Kombination«, winke ich ab, »du solltest wirklich lieber etwas ...«

»Sie nimmt jeden Abend Vanille-Kokos«, unterbricht mich Samuel und klingt dabei einen Hauch frustriert, »aber dir würde ich ›Schneegestöber‹ empfehlen. Oder, wenn du es etwas ausgefallener magst: ›Kirmesköstlichkeit‹. Spritzig, variationsreich und der absolute Renner in diesem Monat.«

»Einverstanden«, strahlt Omi Liesel, »das nehme ich.«

»Eine ausgezeichnete Wahl.«

»Der ist aber wirklich schnuckelig«, meint sie, während ich vorsichtig den Korken von meinem Flakon löse und ihn mir unter die Nase halte. Der Inhalt, irgendwo zwischen Gas und Flüssigkeit, windet sich spiralförmig die gläserne Wand entlang nach oben. Der Duft von Kokos und Vanille steigt auf. Ich lehne mich in das flauschige Sofa zurück und schließe genießerisch die Augen. Während der samtige Geruch intensiver wird, höre ich das Rauschen heranrollender Wellen, spüre die Wärme der Sonne und kraftvolle, sanfte Hände, die über meinen gesamten Körper gleiten und Sonnenöl auf meiner Haut verteilen. Ich sehe Michaels Gesicht vor mir, ganz nah. Sein Arm liegt nun leicht auf meiner Brust, gemeinsam atmen wir in einem Rhythmus, über uns ...

»Schätzchen?« Ein wenig unwillig öffne ich die Augen und sehe Oma Liesel an, die jetzt ebenfalls einen Flakon in der Hand hält. Darin wirbeln die Aromen lustig durcheinander, wechseln laufend die Farben, zerbersten in feuerwerksähnlichen Explosionen, um sich dann neu zu formatieren. »Sieh mal, ist das nicht toll?«, fragt Liesel begeistert und nickt Samuel zu, der geschmeichelt von einem Fuß auf den anderen tritt.

»Nun koste doch endlich«, nötigt er meine Großmutter und sie öffnet den Flakon, dessen Aromen ihr sofort in die Nase fliegen. Sie atmet tief ein und ruft verzückt: »Wie wundervoll! Schätzchen, das musst du probieren!« Damit hält sie mir auffordernd die Kirmesköstlichkeit hin, aber ich schüttele den Kopf und sehe besorgt auf den Flakon in meiner Hand. Nur noch ein winziger Rest befindet sich darin, und ich verschließe ihn hastig mit dem Korken. »Nun komm schon«, drängelt Liesel.

»Nein danke, ich will nicht«, sage ich und sie sieht mich verwundert an.

»Aber warum denn nicht?«

»Weil ich eben nicht will«, antworte ich heftig. »Darf ich vielleicht meins zu Ende nehmen?« Damit schließe ich die Augen und gebe mich wieder dem Duft und meiner Erinnerung hin.

»Sie nimmt nie etwas anderes«, höre ich Samuel leise zu meiner Großmutter sagen, »seit ich sie kenne.«

»Wirklich? Aber warum denn nur?« Ich versuche, Michaels Gesicht vor mir zu sehen, das Gewicht seines Armes zu spüren, aber es will mir nicht so recht gelingen. »Sie wirkt ja vollkommen weggetreten. Schätzchen?« Nein, ich lasse mir diesen Moment nicht nehmen. Mit fest zusammengepressten Augen sitze ich da, atme tief ein, um auch noch das letzte Duftpartikelchen in mich aufzunehmen, aber der Geruch nach Vanille und Kokos verblasst. »Schätzchen, geht es dir gut?« Unter mir spüre ich das weiche Sofapolster statt des warmen Sandstrandes. Entnervt öffne ich die Augen und sehe meine Oma vorwurfsvoll an.

»Ja, es geht mir gut. Was ist denn?«

»Ein bisschen Kirmesfeeling?« Ehe ich es verhindern kann, krabbelt mir der Geruch von Zuckerwatte, Paradiesäpfeln, Schmandgebäck und in Knoblauch gebratenen Pilzen in die Nase. Ich rieche eingelegte Gurken und karamellisiertes Popcorn. Fast ist mir, als würde ich Kinder auf dem Kettenkarussell jauchzen hören.

»Ganz nett«, gebe ich widerwillig zu, was mir einen entrüsteten Blick einbringt. »Nichts gegen deine Kreation, wirklich nicht«, entschuldige ich mich bei Samuel, der beleidigt die Mundwinkel nach unten zieht, »aber ich habe nun mal meinen Favoriten gefunden.« Versöhnlich lächelnd reiche ich ihm den geleerten Flakon.

»Noch einen?«

»Worauf du wetten kannst!« Mit einem vielsagenden Blick in Richtung meiner Oma macht Samuel sich in Richtung Tresen davon. Liesel schnuppert genussvoll die letzten Partikel Kirmesduft, dann stellt sie den Flakon mit Schwung auf den vor uns stehenden Holztisch und sieht mich mit ihren blauen Augen durchdringend an.

»Mein Fräulein, es scheint mir an der Zeit, dass wir ein ernstes Wort miteinander reden!«

»Ich – ein Junkie?«, frage ich ungläubig und Omi Liesel nickt so heftig mit dem Kopf, dass ihre braunen Locken nur so um den Kopf fliegen.

»Und was für einer«, sagt sie nachdrücklich und hält Samuel, der gerade meinen zweiten Smell bringt, gebieterisch die Handfläche entgegen. »Nein danke«, befiehlt sie streng, »sie hat genug für heute.«

»Na gut!« Widerspruchslos macht er auf dem Absatz kehrt.

»He«, rufe ich ihm empört hinterher, »das ist ja wohl ganz alleine meine Entscheidung!«

»Jetzt nicht mehr, junges Fräulein!« Es kommt mir plötzlich sehr absurd vor, dass eine Frau, die optisch nicht älter aussieht als ich selber, mich »junges Fräulein« nennt.

»Aber ...«, will ich protestieren, doch schon schneidet sie mir das Wort ab.

»Erzähl mir nichts, mit Süchten kenne ich mich aus. In meinem vorvorletzten Leben war ich Alkoholikerin.«

»Woher weißt du das?«, platze ich, ohne es zu wollen, heraus, denn soviel ich weiß, kann sich jede Seele immer nur an ihr letztes Leben auf der Erde erinnern, angeblich, weil dies der beste Weg für ihren Reifungsprozess ist. »Sag schon«, wiederhole ich neugierig, doch meine Großmutter rollt nur geheimnisvoll mit den Augen.

»Ich habe da so meine Informationsquellen«, sagt sie vage, »aber darum geht es im Moment nicht. Kind, ich mache mir Sorgen um dich, wirklich. Wäre ich doch bloß schon früher zurückgekommen, um mich um dich zu kümmern. Aber ich konnte doch nun wirklich nicht ahnen, dass du mir so schnell folgen würdest, mit so was rechnet man doch nicht. Wie ist es eigentlich passiert? Du musst ja noch blutjung gewesen sein.«

»Neunundzwanzig«, nicke ich.

»Neunundzwanzig?«, ruft sie entsetzt aus. »Aber was ist denn passiert?« Ich erzähle ihr die ganze Geschichte und ihre Augen werden größer und größer. Als ich geendet habe, sitzt sie stumm da, die Hände ineinander verschlungen.

»Samuel«, ruft sie dann, »bring uns bitte das Gleiche noch mal!«

Am nächsten Morgen dreht sich alles vor meinen Augen, als ich mich vorsichtig in meinem Bett aufrichte. Ich fühle mich so gerädert, dass ich sofort wieder in die weichen Kissen zurücksinke und beschließe, noch ein paar Stunden zu schlafen. Meine Karriere bei »Soulflow« ist ja sowieso schon so gut wie beendet, da kann ich ruhig einen Tag blaumachen. Ein Sonnenstrahl fällt mitten auf mein Gesicht. »Ich wünsche mir dicke, lichtundurchlässige Vorhänge vor dem Fenster«, nuschele ich mühsam und schon umfängt mich gnädige Dunkelheit. Na also, jetzt kann ich so lange im Bett bleiben, wie ich will. Zufrieden rolle ich mich auf die Seite.

Etwas reißt mich unvermittelt aus meinen Träumen. Verwirrt sehe ich mich um. Jemand klopft an der Tür, laut und ausdauernd.

»Ich bin nicht da«, rufe ich und ziehe mir die Decke über den Kopf.

»Lass mich rein, Lena, ich bin es«, höre ich Thomas rufen.

»Ich will mir ein paar Tage freinehmen. Um über meine beruflichen Perspektiven nachzudenken«, stöhne ich, aber das rhythmische Klopfen hört nicht auf. Was für eine

Nervensäge. »Dann komm halt rein«, fordere ich ihn mit erhobener Stimme auf und Sekunden später steht er in meinem Schlafzimmer.

»Bist du krank?«, fragt er besorgt und ich nicke wehleidig.

»Ich glaube, der letzte Smell gestern Abend war schlecht.« Ich grinse ihn Beifall heischend an, aber leider fand er den Witz nicht so komisch. Kannte er wahrscheinlich schon von unten. Ernst sieht er auf mich herunter.

»Schon wieder ein Vanille-Kokos-Gelage? Lena, ich will mich wirklich nicht einmischen, aber das solltest du mal in den Griff bekommen.«

»Fang du nicht auch noch an. Meine Großmutter hat mich gestern schon wie einen halben Junkie behandelt«, winke ich stöhnend ab.

»Deine Großmutter?«

»Lange Geschichte. Darf ich fragen, was du hier willst? Sag bloß, du hast auch die Nase voll von ›Soulflow‹?«

»Da komme ich gerade her«, antwortet er und geht zu meinem Fenster, um die Vorhänge zurückzuziehen. Die Sonne steht schon ziemlich hoch.

»Ah, verstehe, Mittagspause«, schlussfolgere ich, doch er schüttelt den Kopf. Seine hellen Augen ruhen auf mir und der Ausdruck in ihnen gefällt mir gar nicht. So ernst und irgendwie, ja, ich kann es gar nicht beschreiben. Auf jeden Fall macht er mir Angst. »Warum guckst du mich so an?«, frage ich nervös, und er seufzt tief auf. Das klingt nicht gut, gar nicht gut. »Nun sag doch schon«, drängele ich.

»Vielleicht ist es das Beste, wenn du mitkommst«,

schlägt Thomas vor und ich werde irgendwie das Gefühl nicht los, dass er mir ausweicht.

»Jetzt machst du mich aber wirklich neugierig«, sage ich in bemüht lapidarem Tonfall, obwohl mir die Angst plötzlich den Rücken hochkriecht. Was kann denn bloß passiert sein? Ich habe wirklich nicht die leiseste Ahnung, und das macht das Ganze umso erschreckender.

»Ich warte im Wohnzimmer, bis du dich angezogen hast«, meint Thomas und geht hinaus. Besorgt sehe ich ihm hinterher. Er hat nicht einmal Anstalten gemacht, einen Blick auf meinen nackten Energiekörper zu werfen. Nicht einmal einen der üblichen Flirtversuche unternommen, und das, obwohl wir in meinem Schlafzimmer waren. Da hätte sich ein schlüpfriger Witz doch nun wahrlich angeboten. Ich springe aus dem Bett, schleiche zur Tür und luge durchs Schlüsselloch, ob er mir wenigstens heimlich beim Anziehen zusehen will. Fehlanzeige. Keine hellgrüne Iris mit dunkelgrauem Rand ist zu sehen, die ertappt zurückzuckt. Schnell greife ich in meinen Kleiderschrank und ziehe das erstbeste Outfit hervor, schlüpfe in Jeans und T-Shirt und verlasse mein Schlafzimmer, nachdem ich mir zweimal mit den Händen durch die verwuschelten Haare gefahren bin. In meinem Wohnzimmer wartet Thomas, die Hände in die Taschen seiner Leinenhose vergraben. Zwischen seinen Augenbrauen hat sich eine steile Falte gebildet.

»Ich mache mir wirklich langsam Sorgen um dich«, erkläre ich, während ich in meiner amerikanischen Küchenzeile, die ich mir zu meinem letzten Todestag gewünscht habe, an den hohen, verchromten Kühlschrank trete. Streng genommen ist das hier oben natürlich hirnrissig, aber immerhin kann ich hier ein paar Smells unterstellen. »Kann ich kurz frühstücken«, erkundige ich mich und Thomas nickt knapp. Er macht immer noch dieses furchterregend ernste Gesicht. Ich greife nach einem schmalen Röhrchen, in dem sich die leuchtend gelbe Essenz am Boden abgesetzt hat. Ich schüttele es und öffne mit einem leichten »Plopp« den Korken.

»Zitrone. Willst du auch?« Thomas schüttelt dankend den Kopf und ich nehme einen tiefen Zug. Das säuerliche Aroma belebt meinen Geist und ich kann spüren, wie mein Energielevel steigt. »Ohne werde ich einfach nicht richtig wach, weißt du?« Diesmal ein knappes Kopfnicken. »Sonst bist du gesprächiger«, stelle ich ein wenig beleidigt fest und verkorke das halbleere Fläschchen wieder sorgfältig.

»Tut mir leid. Können wir dann?«

»Ja, ist ja schon gut«, antworte ich säuerlich, und das nicht nur wegen meines zitronigen Frühstücks. »Darf ich wenigstens wissen, wo es hingeht?«

»Zu ›Soulflow‹!«

Aber mehr ist auf dem Weg dorthin nicht aus ihm herauszubekommen. Ganz ernst läuft er neben mir her, wortkarg, in sich gekehrt.

»Bin ich wegen Arbeitsverweigerung verhaftet?«, frage ich irgendwann trotzig, doch er schüttelt nur den Kopf. Als wir »Soulflow« betreten, ist bloß ein einziger Schreibtisch geöffnet, vor dem sich eine ziemlich lange Schlange befindet. Als wir hereinkommen, entsteht eine leichte Unruhe und einige der Hintenstehenden rennen plötzlich los und postieren sich vor Thomas' Schreibtisch, noch bevor wir beide die Halle nur halb durchquert haben. Ich trotte hinter Thomas her, der entschuldigend die Hände hebt.

»Tut mir leid, aber dieser Schreibtisch wird noch nicht geöffnet, bitte stellen Sie sich noch nicht an.« Die Empörung in den Gesichtern spricht Bände und ich muss innerlich ein wenig grinsen, weil es hier oben auch nicht anders zugeht als bei Edeka an der Kasse. Immer diese Hektik. Man sollte doch meinen, dass die Leute hier ein bisschen friedfertiger sind. Unten konnte ich den Zeitdruck doch wenigstens einigermaßen nachvollziehen. Irgendwann ist das Leben nun einmal vorbei.

»Komm, wir gehen da hinein«, sagt Thomas und deutet auf eine massive, mit Schnitzereien verzierte Tür zu unserer Linken.

»Ja, okay.« Eilig folge ich ihm dorthin. Die Tür ist wirklich gewaltig und durch insgesamt sieben Schlösser und schmiedeeiserne Riegel gesichert. Während hinter ihm das Geschimpfe lauter wird, zieht Thomas eilig einen überdimensionalen Schlüsselbund hervor und beginnt aufzuschließen. Als Letztes tippt er eine schier endlose Zahlenkombination ein, wobei er die Tastatur mit der anderen Hand vor neugierigen Blick schützt. Völlig lautlos gleitet die schwere Tür nach innen auf.

»Schnell!« Er winkt mich hinein und ich trete einen Schritt vor, während Thomas die Türe sorgfältig hinter uns schließt. Ich befinde mich inmitten pechschwarzer Finsternis und bleibe instinktiv stehen. Nicht dass ich mir irgendwie wehtun könnte, das Knie blutig schlagen oder den Knöchel verstauchen, es ist mehr so ein Reflex. Prompt läuft Thomas mitten in mich hinein, was sich so anfühlt, als würde eine Schar von Ameisen durch mich hindurchlaufen.

»He«, rufe ich entrüstet, mache schnell einen Schritt nach vorne und schüttele mich, um das Jucken und Bitzeln zu vertreiben.

»Tschuldigung! Warte, ich muss nur eben das Licht einschalten.« Während ich geduldig dastehe und warte, dringt plötzlich ein merkwürdiges Geräusch an mein Ohr, eine Art Summen und Brummen, wie hundert wispernde Stimmen, die zu einem einzigen Ton verschmelzen. Ich horche gebannt und sehe mich selbst als kleines Mädchen auf der Wiese einer Waldlichtung liegen, wie ich das Ohr ganz fest auf den Boden presse, weil meine Oma mir erzählt hat, wenn ich ganz genau hinlausche, dann könnte ich die Elfen, die für das menschliche Auge unsichtbar in den Blütentrichtern der Blumen sitzen, miteinander plaudern hören. »Na also«, ruft Thomas jetzt zufrieden und gleich darauf breitet sich um uns herum ein warmes Licht aus, bis es taghell im Raum ist. Ich brauche einen Augenblick, um mich an die Helligkeit zu gewöhnen, dann schaue ich mich neugierig um. Ich stehe am Ende eines schmalen, scheinbar endlos langen Korridors. Fußboden und Decke sind mit einem dunkelblauen Material ausgelegt, die sicher vier Meter hohen Wände leuchten in den unterschiedlichsten Farben. Beim näheren Hinsehen entdecke ich jedoch, dass sich ihre Oberfläche aus unzähligen bunten Kugeln zusammensetzt, die an kleinen, silbernen Häkchen vor sich hin baumeln. Manche schwingen sanft daran hin und her, andere kreiseln, hüpfen und vibrieren, wieder andere hängen einfach nur da und pulsieren kaum wahrnehmbar.

»Wo sind wir hier? Was ist das?«, erkundige ich mich.

»Das Archiv«, klärt Thomas mich auf. Ich verstehe

nicht wirklich, was er meint, aber die schimmernden Gebilde an der Wand machen mich neugierig. Staunend trete ich näher und richte meinen Blick auf eine hellgrüne Kugel, die an der linken Wand etwa auf Brusthöhe vor mir hängt. In ihrem Inneren wabert dichter, pastellfarbiger Nebel. Und jetzt entdecke ich auch das kleine silberne Schild, das darunter an der Wand befestigt ist und auf dem »Ida Knaup« steht.

»Was ist das?«, frage ich erneut und beobachte fasziniert die aufleuchtenden Farben.

»Das ist ein Leben.« Ruckartig drehe ich mich zu Thomas um und sehe ihn fassungslos an.

»Wie bitte?« Er nickt. »Willst du damit sagen, dass hier alle Leben aufbewahrt werden, die unten auf der Erde sind?« Ich sehe den langen Gang hinunter. Wie lang muss er sein, um sämtliches Leben auf der Erde zu fassen? Doch Thomas schüttelt den Kopf.

»Natürlich nicht. Die befinden sich natürlich im großen Archiv beim Chef. Hier landen sie nur zur Abwicklung.« Abwicklung? Was das bedeutet, kann ich mir vorstellen. Mir läuft ein eisiger Schauer über den Rücken.

»Verstehe«, krächze ich mit heiserer Stimme.

»Sie kommen hierher mit einem Vorlauf von etwa einer Woche«, klärt Thomas mich weiter auf, obwohl ich ihn gar nicht um nähere Informationen gebeten habe. Da könnte ich auch gut drauf verzichten. »Und wir verteilen dann die Aufträge so, wie wir es für richtig halten.«

»Das heißt, es liegt in deiner Hand, wer welchen Menschen abholt?«

»Meistens ja«, antwortet er. »Aber manchmal bekommen wir auch Anweisungen direkt aus der Chefetage.

Und ... da können wir uns natürlich nicht drüber hinwegsetzen.«

»Natürlich nicht.« Ich nicke verstehend, höre aber seinen Ausführungen nur halbherzig zu. Ich habe nämlich an der rechten Wand etwas entdeckt, das meine Aufmerksamkeit fesselt. Wie magisch angezogen trete ich näher und richte meinen Blick nach oben. Da, einen halben Meter über mir, hängt eine Kugel in schimmerndem Blau. Sie funkelt wie ein Diamant und bewegt sich an ihrem Häkchen, als würde sie zu einer sanften Melodie tanzen. Die will ich mir genauer ansehen. Als ich meine Hand danach ausstrecke, verstärkt sich der Lichtschein in ihrem Inneren.

»Nicht anfassen, warte«, erklingt die warnende Stimme von Thomas und ich zucke erschreckt zurück. Schon tritt er hinter mich und sieht mich wieder mit diesem durchdringenden Blick an: »Wie ich sagte, manchmal entscheidet der Boss persönlich, wer ...«

»Ja ja, ich habe es doch verstanden«, falle ich ihm ungeduldig ins Wort. »Darf ich die Kugel da oben mal anschauen?« Ich kann meinen Blick kaum von ihr abwenden.

»Na gut.« Umständlich holt er ein Paar feinseidene Handschuhe hervor und zieht sie an.

»Nun mach schon«, drängele ich.

»Kann ich dir nicht erst ...?«

»Nein.« Ergeben seufzend stellt er sich auf die Zehenspitzen und pflückt vorsichtig das Leben von seinem Haken. Wie ein rohes Ei hält er es in der gewölbten Handfläche vor mich hin, aber mich interessiert plötzlich nur noch eins: Das silberne Schildchen, das noch immer an der Wand hängt. Fassungslos starre ich auf die

Buchstaben und mir wird plötzlich sehr schlecht. Ich schwanke und Thomas streckt hilfreich die Hände aus, um sie gleich darauf resigniert sinken zu lassen.

»Lena, so gerne ich dich mit meinen starken Armen auffangen möchte, wenn du ohnmächtig wirst, ich kann nicht.«

Kapitel 5

Also muss ich wohl oder übel alleine auf meinen Füßen stehen bleiben, obwohl ich mich so fühle, als hätte gerade jemand den Boden unter mir weggerissen. Noch immer starre ich ungläubig auf die Buchstaben, die vor meinen Augen verschwimmen. Dennoch besteht kein Zweifel, dass es sich um Michaels Namen handelt. Michael E. Sintinger. Mein Michael. Meine große Liebe.

»Wir waren schon über zwei Jahre zusammen, als er mir endlich erzählt hat, wofür das E. steht«, sage ich zu Thomas, der mich besorgt ansieht.

»Aha«, macht er hilflos.

»Zwei Jahre«, sinniere ich und schüttele langsam den Kopf. »Rate mal, was es heißt.«

»Ernst?«

»Nein, Egon«, gebe ich zurück. »Gar nicht so schlimm, oder?« Fragend sehe ich ihn an und er schüttelt den Kopf. Na eben, er findet den Namen auch nicht so schlimm. Michael hätte ihn mir auch viel früher verraten können. Das hätte nichts an meiner Liebe zu ihm geändert. Kann er doch nichts dafür, dass sein Patenonkel so heißt.

»Mein zweiter Name war Karen«, plappere ich weiter. »Schrecklich, oder?«

»Na ja.«

»Ich finde schon. Ich finde Karen schlimmer als Egon.« Wie lange kann ich mich noch über das Thema auslassen? Wie lange kann ich meine Gedanken vom Wesentlichen ablenken? Von der Tatsache, dass Michaels Lebenskugel hier hängt. In der »Abwicklung«, wie Thomas es so schön genannt hat, statt im großen Archiv beim Chef.

»Und du? Hattest du auch einen Zweitnamen?« Flehend sehe ich Thomas an, doch der schüttelt in Zeitlupe den Kopf. Mist! Ich krame in meinem Gedächtnis. Worüber kann ich sprechen? Ich will ihm erzählen, dass meine Eltern meiner Schwester Julia keinen zweiten Vornamen gegeben haben und sie immer schrecklich neidisch auf meinen war. Ich persönlich finde ja, es ist besser, keinen zu haben als so einen. Ob Thomas mir da zustimmen würde? Leider bringe ich keinen Ton mehr heraus. Michaels Leben liegt in Thomas' Händen, funkelnd, strahlend. »Das ist doch ein Irrtum, oder?«, bringe ich heiser hervor und sehe ihn hoffnungsvoll an.

»Es tut mir leid«, murmelt er und kann mir dabei nicht in die Augen sehen.

»Wie ...?«, setze ich an und er zieht etwas aus seiner Hosentasche. Es sieht aus wie diese Vergrößerungslupen, die Zahnärzte verwenden. Damit schaut er nun angestrengt in die Kugel hinein, in der kleine Lichtpunkte verschiedenster Farbe umherwirbeln.

»Freitagabend«, sagt er nach einer Weile, »allergischer Schock.«

»Nüsse«, sage ich tonlos und er nickt. Ich ringe um Fassung. »Das ist leider noch nicht alles.«

»Was denn noch?«, frage ich erschöpft, weil ich nicht weiß, ob ich noch mehr ertragen kann.

»Nun, ich habe dir ja eben erklärt, dass der Chef manche Aufträge selber zuordnet ...«

»Ja. Und?«

»Nun, also ...«, druckst er herum, während er gleichzeitig einen winzigen Knopf in der Wand drückt, den ich noch gar nicht bemerkt habe. Genau unter der Stelle, wo sich eben noch Michaels Lebenskugel befand, klafft plötzlich ein schmaler Spalt, aus dem sich uns ein silberner Umschlag entgegenschiebt. Im Gegensatz zu all den Aufträgen, die ich in den letzten Jahren erhalten habe, trägt dieser eine schwarze Beschriftung. Lena Kaefert, lese ich. Das kann nicht sein. Auf keinen Fall. Ja, der Boss und ich haben vielleicht nicht den allerbesten Draht zueinander, ehrlich gesagt kann ich ihn nicht ausstehen. Und er mich vermutlich spätestens seit Brief Nummer zweihundertneunundzwanzig auch nicht mehr. Aber so weit würde er ganz sicher nicht gehen. Oder doch? Unsicher sehe ich zu Thomas auf.

»Du meinst doch nicht ...? Diesen Auftrag soll doch nicht etwa ich ...?«

»Vanille-Kokos, einen Doppelten. Nein, einen Dreifachen«, rufe ich Samuel zu und lasse mich gleichzeitig auf einem der samtbezogenen Barhocker am Tresen nieder. Er hebt die Augenbrauen, doch bevor er noch irgendwelche gut gemeinten Ratschläge erteilen kann, herrsche ich ihn an: »Ich weiß, es ist noch früh, aber ich kann auf mich selbst aufpassen und heute habe ich nun wirklich allen Grund dazu, mich abzuschießen.«

»Na gut.« Ungeduldig sitze ich da und drehe den silbernen Umschlag mit meinem Namen darauf zwischen den Fingern hin und her. Die offizielle Ausgabe an mich wäre natürlich erst am Freitag, aber Thomas meinte, ich bräuchte ein bisschen mehr Zeit, um mich an den Gedanken zu gewöhnen. Das ist wohl die Untertreibung des Jahrhunderts. Zwanzig Jahre wären zu kurz, um mich mit dem Gedanken an Michaels Tod anzufreunden. Schließlich reiße ich mich zusammen und öffne das Siegel mit dem geschwungenen G. Die letzte Hoffnung, dass es sich um ein Irrtum handelt, löst sich in Luft auf, als ich die goldenen Lettern sehe. Jetzt ist es offiziell: Mein nächstes Opfer ist Michael E. Sintinger, Alter: 36 Jahre, Wohnort: Hamburg, Todesursache: Allergischer Schock. Ich vertiefe mich in das Kleingedruckte: Michael wird in einem Restaurant namens »Nola« ein Dessert essen, welches Nüsse enthält. Und daran wird er sterben. Wieder und wieder lese ich die Worte. Das kann nicht sein. Wie soll das überhaupt funktionieren? Michael ist wirklich peinlich darauf bedacht, keine Nüsse zu essen. Er weiß doch, wie gefährlich die für ihn sind. Ich durfte ihn noch nicht einmal küssen, wenn ich in der Stunde zuvor auch nur ein Nutellabrötchen gegessen hatte. Was dazu geführt hat, dass mein Nutellakonsum rapide zurückging. Warum also sollte Michael plötzlich so dusselig sein? Wahrscheinlich wird es einen tragischen Fehler in der Restaurantküche geben, anders kann ich es mir nicht erklären. Logisch, am Freitagabend werden die natürlich alle Hände voll zu tun haben. Und da geht eine Information wie »Bitte den Nachtisch ohne Nüsse, der Gast ist allergisch« schnell mal in der allgemeinen Hektik unter. Wenn ich hier oben schwitzen könnte, würden mir bei dem Gedanken glatt die Hände feucht werden. Was für ein Alptraum. Ich sehe Michael vor mir, wie er genießerisch einen Löffel nimmt, plötzlich stockt, rot anläuft und keuchend nach Luft ringt. Er rutscht von seinem Stuhl, greift sich panisch an die Kehle, die unabwendbar von innen zuschwillt, bevor er … In diesem Moment erscheint ein überdimensionaler Flakon vor mir, in dem die vertrauten Aromen sachte wabern. Genau das, was ich jetzt brauche. Ich schüttele wütend den Kopf, um meine grauenhaften Gedanken zu vertreiben, nicke Samuel dankend zu und nehme mit geschlossenen Augen einen tiefen Zug. Wie immer wirkt das Zeug sofort, ich befinde mich wieder am Strand, das Sonnenöl duftet auf meiner Haut. Lächelnd wende ich mich Michael zu, der mit geschlossenen Augen neben mir liegt, den Arm auf meiner Brust. Ich stupse ihn zärtlich in die Seite. Keine Reaktion. Ich küsse seine Nasenspitze. Keine Reaktion. Ich richte mich halb auf, umfasse seine Schultern und schüttele ihn, doch er wacht nicht auf. Sein Kopf fällt zur Seite. Er ist tot.

Ich öffne wieder die Augen und sehe mitten in das besorgte Gesicht von Samuel.

»Alles okay mit dir?«

»Nein«, stöhne ich und schiebe den Rest des übergroßen Smells angewidert von mir.

»Das kommt davon, wenn man es übertreibt«, meint er und ich sehe ihn böse an. Dann schüttele ich den Kopf.

»Nein«, sage ich langsam, »das kommt davon, wenn man sich mit dem Boss anlegt.«

Irgendwo habe ich mal was über einen rachsüchtigen, zornigen, grausamen Gott gelesen, der die Menschen gnadenlos für ihre Sünden bestraft. Ich selber bin im evangelischen Glauben erzogen worden. Für mich war Gott ein lieber, alter Mann mit langem weißem Bart, der auf seiner Wolke sitzt und wohlwollend auf die von ihm erschaffene Erde hinuntersieht. Das glaubte ich zumindest bis zum Tage meines Todes. Danach ist mein Verhältnis zu ihm bekanntermaßen merklich abgekühlt. Jetzt bereue ich meine zahllosen unfreundlichen Briefe, in denen ich meiner Wut freien Lauf gelassen habe. Nein, streng genommen bereue ich immer noch nicht, dass ich sie geschrieben habe, sondern nur, dass ich jetzt die Konsequenzen dafür zu tragen habe. Und dass Michael mein Fehlverhalten mit dem Leben bezahlen muss.

Den ganzen Tag sitze ich grübelnd im »Sternenfänger« am Tresen, ohne auch nur einen weiteren Smell zu bestellen oder Samuel, der mir vorwurfsvolle Blicke zuwirft, zu beachten. Kurz vor Sonnenuntergang wird es schließlich merklich voller und irgendwann taucht auch Thomas auf und lässt sich neben mir nieder.

»Da bist du ja«, stellt er fest und ich nicke düster. Ja, hier bin ich. »Ich habe mir schon Sorgen gemacht, als du einfach so davongestürmt bist.«

»Nicht nötig«, gebe ich müde zurück. »Was sollte ich denn schon anstellen? Bin ja schon tot.«

»Auch wieder wahr. Samuel, machst du mir eine Meeresbrise, bitte? Und für dich wieder Kokos-Vanille?«, erkundigt er sich, doch ich schüttele vehement den Kopf.

»Nein, nie wieder.«

»Okay.« Er sieht mich verwundert an, sagt aber weiter nichts. Stumm sitzen wir nebeneinander, ab und zu weht ein Hauch von Meeresluft zu mir herüber, aber auch die macht mich tieftraurig. Michael und ich sind so gerne am Meer spazieren gegangen. Irgendwann bricht mein Nachbar das Schweigen.

»Wie geht es dir denn mit der Sache?« Was für eine blöde Frage.

»Wie soll es mir damit schon gehen? Beschissen natürlich.«

»Natürlich.« Er nickt verständnisvoll. »Hast du eine Idee, warum der Chef ausgerechnet dir diesen Auftrag …?« Er kann die Frage nicht zu Ende stellen, da wirbele ich schon auf meinem Barhocker zu ihm herum.

»Ob ich dazu eine Idee habe?«, fauche ich. »Nun, anscheinend hat dem Herrn mein Ton nicht gefallen, den ich in den letzten einhundertsiebenunddreißig Briefen ihm gegenüber angeschlagen habe. Nicht dass ich nicht vorher ungefähr dreihundertmal höflich um eine Audienz bei ihm gebeten hätte, ohne auch nur die kleinste Reaktion auf dieses Anliegen von ihm zu bekommen. Es ist ja nun nicht so, dass ich ihn einfach so ohne Grund einen sadistischen Mistkerl genannt habe.«

»Du hast was?« Entsetzt sieht Thomas mich an und auch Samuel, der scheinbar desinteressiert gegen den Tresen gelehnt steht, stößt einen erschrockenen Laut aus.

»Ääh«, mache ich und werde mit einem Mal ganz kleinlaut.

»Das hast du ihm wirklich geschrieben?«, flüstert Thomas mit weit aufgerissenen Augen und ich nicke beschämt.

»Ich war einfach so wütend, weißt du«, versuche ich mich zu rechtfertigen, »und es war doch auch gar nicht so gemeint. Ich wollte doch bloß endlich eine Reaktion von ihm.«

»Na, die hast du ja jetzt«, meint Thomas trocken.

»Du meinst also auch, dass das eine Strafe für mich sein soll?«, frage ich bedrückt.

»Sieht ganz so aus.«

»Du sollst den Namen des Herrn, deines Gottes, nicht missbrauchen; denn der Herr wird den nicht ungestraft lassen, der seinen Namen missbraucht. So steht es im Tanach«, mischt sich Samuel in unser Gespräch ein.

»Hä?«

»Das ist die hebräische Bibel des Judentums.«

»Aha«, sage ich unbehaglich. »Was du alles weißt.«

»Ich war jüdischer Geistlicher«, meint er achselzuckend und ich sehe ihn überrascht an. Das wusste ich ja gar nicht. Bei mir denke ich, dass es eine schöne Sache ist, dass die unterschiedlichen Religionen hier oben so friedlich miteinander leben. Könnte da nicht mal einer denen unten erklären, wie das geht? Aber im Moment habe ich leider andere Sorgen.

»Was steht denn da genau drin?«, frage ich ahnungsvoll und er zitiert: »Wer seinen Namen lästert, der soll des Todes sterben; die ganze Gemeinde soll ihn steinigen. Ob Fremdling oder Einheimischer, wer den Namen lästert, soll sterben.« Fassungslos sehe ich ihn an. Wie brutal ist das denn bitteschön?

»Und wenn er schon tot ist, dann soll der sterben, den er am meisten liebt?«, frage ich entsetzt.

»Davon steht dort nichts.«

»Mein Go…«, beginne ich, kann mich aber gerade noch rechtzeitig beherrschen. »Meine Güte, wollte ich sagen, das ist doch total unfair«, sage ich weinerlich,

»was kann denn Michael dafür? Wieso wird denn er bestraft? Jetzt hat er nur noch vier Tage zu leben und ich bin schuld daran. Und ich muss auch noch sein Todesengel sein.« Aufstöhnend lasse ich den Kopf auf die Tischplatte vor mir fallen, aber der ersehnte Schmerz bleibt natürlich aus. Ich knalle noch einige Male mit voller Wucht die Stirn gegen das massive Holz, dann gebe ich auf und bleibe einfach zusammengesunken sitzen.

»Das ist echt hart«, gibt Thomas zu und ich kann mal wieder spüren, wie sehr er sich danach sehnt, mich in die Arme zu schließen. Oder mir wenigstens mit der Hand tröstend über die Haare zu streicheln. Ja, jetzt streckt er sie tatsächlich aus und lässt sie über meinem Haupt schweben, bewegt sie hin und her. Das ist skurril, aber irgendwie auch nett von ihm. Ich versuche ein zartes Lächeln, das zwar gründlich misslingt, aber darauf kommt es auch nicht an. Ich fühle mich nicht mehr ganz so allein und mutlos. Vielleicht ist doch noch nicht alles verloren. Entschlossen hebe ich den Kopf und sage: »So schnell lasse ich mich nicht kleinkriegen. Ich gehe jetzt zum Chef.«

»Was?« Zwei Augenpaare, ein braunes und ein grünes, sehen mich voller Entsetzen an. »Aber«, stammelt Thomas, der ganz blass um die Nase geworden ist, hilflos, »niemand darf zum Chef. Ich kenne keinen, der ihn leibhaftig zu Gesicht bekommen hat. Manche haben seine Stimme gehört, aber ...«

»Das ist mir doch egal«, unterbreche ich ihn ungeduldig, denn schließlich höre ich diese Geschichte nicht zum ersten Mal. Thomas hat mir das jedes Mal erzählt, wenn ich Paula mit einer Nachricht an Gott weggeschickt hatte. Dass ich mir nicht zu große Hoffnungen auf ein Treffen machen soll, weil eben der Herr niemanden zu sehen wünscht. Aber darauf kann ich jetzt keine Rücksicht mehr nehmen.

»Was willst du ihm denn sagen?«

»Dass ... dass ...«, ich komme ins Stocken und sage schnell: »Das überlege ich mir auf dem Weg. Jetzt muss ich los, ich habe nur noch vier Tage Zeit, um Michaels Leben zu retten.« Die Vorstellung, seinen Tod möglicherweise doch noch verhindern zu können, überwältigt mich vollkommen. Wieso nur bin ich da nicht früher drauf gekommen? Ich werde einfach zum Chef gehen und mich bei ihm für meinen rüden Ton entschuldigen. Ganz ernst gemeint. Bestimmt wird er mir vergeben, darin soll er schließlich ganz groß sein. Und dann werden wir die Sache vernünftig besprechen. Er wird einsehen, dass Michael nun, da ich meinen Fehler eingesehen habe, nicht sterben muss. Ich habe das sichere Gefühl, dass meine Mission erfolgreich verlaufen wird, und springe voller Elan von meinem Barhocker herunter. Ich bin schon halb aus der Tür, als mir noch etwas einfällt und ich mich den beiden mir verdutzt hinterher schauenden Männern noch mal zuwende: »Da fällt mir ein, weißt du zufällig seine Anschrift?«

»Seine Anschrift«, echot Thomas ungläubig. »Nein.«

»Du, Samuel?« Doch auch der schüttelt den Kopf. Ratlos sehe ich die beiden an, fühle mich in meinem Enthusiasmus ausgebremst. »Okay, wisst ihr denn jemanden, den ich danach fragen könnte?«, frage ich ungeduldig. Muss man denen denn alles aus der Nase ziehen? Wieder ein doppeltes Kopfschütteln.

»Was meinst du, was vor seinem Haus los wäre, wenn er eine öffentlich bekannte Adresse hätte? Dagegen schiebt dieser Brad Pitt da unten 'ne ruhige Kugel«, erklärt Samuel und grinst Beifall heischend. Ja, sehr lustig. Ich bin nur leider gerade nicht zu Scherzen aufgelegt.

»Ihr habt also keine Ahnung? Na gut, dann muss ich mir was einfallen lassen.«

In Gedanken versunken laufe ich durch die Abenddämmerung nach Hause. Die Sonne verschwindet gerade hinter dem Horizont und taucht die Wolken in tieforanges Licht. Der Weg vor mir schimmert wie ein Strom aus glühender Lava, aber ich habe jetzt kein Auge für die Schönheit der Natur. Wie komme ich an Gott heran? Und das innerhalb der nächsten vier Tage? Der Postweg scheidet aus, das hat mich in den letzten sechs Jahren schließlich nicht einmal in seine Nähe gebracht. In diesem Moment fällt mir Paula ein. Genau, das ist doch die Idee! Ich gebe ihr einen Brief an den Chef, dann folge ich ihr unauffällig und schon bin ich da. So schnell ich kann, laufe ich nach Hause. Im zweiten Stock meines Hauses sitzt Omi Liesel auf der breiten Fensterbank und betrachtet den Sonnenuntergang. Als sie mich erkennt, beginnt sie wild mit den Armen zu rudern und mir ein Dutzend Kusshände entgegenzuwerfen. Überrascht sehe ich zu ihr herauf.

»Schätzchen, Lena, da bist du ja. Wusstest du, dass die Wohnung über dir schon seit Jahren leer steht? Ist das nicht ein glücklicher Zufall? Jetzt sind wir Nachbarn. Komm hoch, von hier hat man einen traumhaften Ausblick. Schau doch bloß mal, diese Farben«, ruft sie begeistert aus und zeigt in den Himmel.

»Ja, habe ich gesehen«, nicke ich.

»Komm rauf zu mir, dann plaudern wir ein bisschen«, fordert sie mich auf und ich schüttele den Kopf.

»Tut mir leid, ich hab zu tun.«

»Aber ...«

»Sei nicht böse, es ist wirklich wichtig. Bis morgen.« Damit öffne ich schnell die Wohnungstür und trete ein. »Paula«, rufe ich gleich darauf halblaut aus dem geöffneten Fenster, das nach hinten hinauszeigt. »Paula?« Ungeduldig sehe ich hoch in den dämmerigen Himmel, kann aber nirgendwo eine weiße Taube entdecken. »Paula«, wiederhole ich lauter, »bitte komm doch zu mir.« Gerade will ich die Hoffnung schon aufgeben, als ich in weiter Ferne einen Fleck erkennen kann, der langsam näher kommt. Gleichzeitig klopft es an meiner Tür.

»Es ist offen«, rufe ich und gleich darauf steht Omi Liesel vor mir.

»Omi«, rufe ich und sie zuckt entschuldigend mit den Schultern.

»Ich weiß, du möchtest deine Ruhe haben, aber deine Aura sah von oben gar nicht gut aus. Und von hier sieht sie sogar noch schlimmer aus.« Sie nickt ernst.

»Aber nein, es ist alles in Ordnung«, wehre ich ab, als im selben Moment Paula mit einem Plumps auf dem Fensterbrett landet und ein Begrüßungsgurren ausstößt.

»Hallo, Paula«, sage ich und lade sie mit einer Handbewegung ein, auf den Küchentresen zu fliegen. Fragend wandern ihre schwarzen Knopfaugen von meiner Großmutter zu mir und zurück. »Das ist meine Omi Liesel. Omi, das ist Paula«, stelle ich die beiden einander vor.

»Angenehm«, lächelt Omi breit, während Paula zufrieden mit dem Kopf nickt. »Schätzchen, wäre es vielleicht möglich, dass du mich deinen Freunden in Zukunft nicht mehr mit Omi vorstellst? Das macht mich so alt.«

»Ach so, natürlich«, nicke ich zustimmend.

»Und jetzt raus mit der Sprache, was ist los?« Sie heftet ihre klaren blauen Augen auf mich und ich senke den Blick. »Nichts da, mein Fräulein, hör auf, mir auszuweichen«, sagt sie. »Nun rede schon mit mir, vielleicht kann ich dir helfen.« Ich schüttele heftig den Kopf.

»Ich fürchte nicht«, sage ich mit Grabesstimme, »es sei denn, du hast zufällig gerade die Adresse vom Boss parat.«

»Willst du seine Privatanschrift oder sein Büro?«

Ich entschuldige mich bei Paula dafür, sie unnötig herbestellt zu haben, und winke ihr zum Abschied nach. Dann drehe ich mich langsam wieder zu Omi um und hole tief Luft.

»Schätzchen, du musst nichts sagen, ich weiß über alles Bescheid«, unterbricht sie mich. »Vielleicht ist es dir noch nicht aufgefallen, aber ich weiß so manches, was die anderen nicht wissen. Geheimnisse haben mich von jeher gereizt. Was meinst du wohl, wie ich deinen Großvater ausfindig gemacht habe? Manchmal muss man sich über Regeln hinwegsetzen, wenn man ein Ziel hat. Und mittlerweile macht es mir einfach Spaß, Dinge zu wissen, die andere nicht wissen. Und wenn ich nachts nicht einschlafen kann und darüber nachdenke, dass dein Großvater in seinem derzeitigen Leben auf der anderen Seite der Welt mit einer anderen Frau zusammenlebt, nun, dann hacke ich mich in die Datenbank der WWLA ein ...«

»Der was?«

»Weltweite Lebensarchivierung. Und dort vertiefe ich mich ein bisschen in meine früheren Leben. Einige davon habe ich zwar mit Hinrich verbracht, aber einige auch nicht. Du glaubst ja nicht, mit wem ich schon alles ...« Sie lächelt verträumt, während ich ein wenig beschämt zur Seite gucke. Für meinen Geschmack ist das ein bisschen zu viel Information. Omi bemerkt meine Verlegenheit und sagt: »Nun, jedenfalls geht es mir dann gleich besser. Übrigens, möchtest du ein Geheimnis über unseren gut aussehenden Freund, den Barkeeper, wissen?«

»Der war ein jüdischer Geistlicher«, sage ich stolz, weil ich auch endlich mal etwas weiß, aber sie schüttelt den Kopf.

»Das war doch erst im letzten Leben, das weiß ja sogar er noch. Nein, ich bin ein bisschen weiter in seine Vergangenheit gegangen und du wirst nicht glauben, was ich herausgefunden habe!« Sie macht eine bedeutungsschwangere Pause und ich hänge an ihren Lippen. Nun hat sie mich doch neugierig gemacht.

»War er jemand Berühmtes?«, frage ich und sie nickt.

»Sehr berühmt! Eigentlich hätte ich selbst drauf kommen können. Hast du mir nicht erzählt, dass diese Kreationen allein seine Idee waren?« Ich nicke und sie seufzt: »Eine echte Künstlerseele, fürwahr.«

»Jetzt mach es doch nicht so spannend«, rufe ich aus.

»Er war Wolfgang Amadeus Mozart.«

»Ach Quatsch«, entfährt es mir.

»Wenn ich es dir doch sage. Kein Zweifel. Ist das nicht wundervoll? Er hat mir von Anfang an imponiert«, sagt sie mehr zu sich selbst. »So habe ich mir den Himmel immer vorgestellt: Ich mit Mozart zusammen auf einer Wolke.«

»Du willst mit Samuel auf einer Wolke sitzen?«, frage ich alarmiert.

»Ja natürlich«, strahlt sie mich an.

»Und was ist mit Opa?«

»Dein Opa schläft jede Nacht mit einer langbeinigen Blondine namens Sandy«, antwortet sie verstimmt.

»Schon, aber ...« Ich weiß nicht, was ich sagen soll, aber da hebt Omi beschwichtigend die Hand. »Schätzchen, es ist nicht so, dass ich deinen Opa nicht liebe. Ich liebe ihn sehr. Was meinst du, warum ich sonst schon seit so vielen Jahren hier oben bin? Ich werde auf ihn warten. Er war die Liebe vieler meiner Leben und er wird auch die Liebe meines nächsten Lebens sein. Aber wäre es nicht phantastisch, wenn Mozart die Liebe meiner Zwischenleben würde?«

»Hier oben kann man doch gar nicht...«, erinnere ich sie, doch sie wischt meine Bedenken vom Tisch.

»Das will ich doch auch gar nicht. Mit einem Mozart schläft man doch nicht, mit dem philosophiert man. Dabei fällt mir ein, hast du nicht Lust, mit mir in den ›Sternenfänger‹ zu gehen?«

»Du willst es ihm doch nicht verraten, oder?«

Sie schüttelt nachdrücklich den Kopf.

»Selbstverständlich nicht. Ich gehe zwar nicht ganz konform mit dem Boss, was Paragraph 14 Absatz 3 im RzS anbelangt, aber ...« Mein wenig intelligenter Gesichtsausdruck lässt sie stocken. »Das Regelwerk zur Seelenwanderung. Um die Reifung der Seelen zu optimieren, wird ihre Erinnerung auf das jeweils letzte Leben auf Erden begrenzt«, erläutert sie knapp und fährt dann fort: »Aber in diesem Fall könnte die Information den armen Samuel vielleicht tatsächlich überfordern.

Wie geht man damit um, in einem vorherigen Leben ein Genie gewesen zu sein? Nein, ich werde nichts sagen. Aber es wird ein Heidenspaß werden, ihn mal unauffällig zu seiner Meinung über klassische Musik zu befragen. Wollen wir dann?«

»Das geht nicht, ich muss zum Chef«, sage ich, weil mir plötzlich meine Mission wieder einfällt.

»Aber doch nicht mehr heute Abend«, sagt Liesel entrüstet, »das mag er gar nicht.«

»Woher weißt du das denn jetzt schon wieder?« Ich bin perplex. »Sag bloß, du warst schon mal bei ihm. Du hast ihn gesehen?«, frage ich aufgeregt, aber sie schüttelt den Kopf.

»Aber nein«, sagt sie schlicht, »wozu auch?«

»Aber du hast doch gesagt, er mag keinen späten Besuch.«

»Das sagt mir der gesunde Menschenverstand. Nein, nein, wir werden uns hüten, ihn zu dieser nachtschlafenden Zeit in seinen Privaträumen zu stören.«

»Wir?«

»Natürlich wir. Glaubst du etwa, ich lasse dich alleine gehen? Irgendjemand muss doch schließlich auf dich aufpassen!« Gerührt sehe ich meine Großmutter an, wie sie da aufrecht, entschlossen und blutjung vor mir steht. Eine bessere Freundin könnte ich mir hier oben gar nicht wünschen. Ich schöpfe wieder Hoffnung. Vielleicht wird alles gut werden, vielleicht kann ich mit Liesels Hilfe Gott tatsächlich umstimmen.

Obwohl ich mich mit den Smells stark zurückhalte, schlafe ich schlecht in dieser Nacht. Immer wieder sehe ich Michaels toten Körper vor mir, seine gebrochenen

Augen. Es ist furchtbar. Noch vor Sonnenaufgang stehe ich auf und warte, auf der Fensterbank sitzend, ungeduldig auf meine Großmutter. Ich mache mir große Sorgen, ob unser Plan funktionieren wird. Wird man mich wirklich so einfach zum Chef vorlassen? Und wenn ja, kann ich ihn überzeugen? Es ist Dienstagmorgen, und wenn ich versage, dann ist Michael in weniger als hundert Stunden tot. Mausetot. Das möchte ich ihm wirklich gerne ersparen ...

Kapitel 6

MEIN LETZTER TAG

Ich lausche dem gleichmäßigen Schlag meiner eigenen Herztöne, zuverlässig wiedergegeben von der Herz-Lungen-Maschine neben dem Krankenhausbett, die mein einziger Begleiter durch die einsamen Nächte ist. Ich zähle mit, bis tausend, bis zehntausend, verliere mich in unruhigen Träumen. Ich lausche. Noch immer das Piepsen neben mir. Wann wird es endlich Morgen? Dann endlich, Schritte draußen auf dem Flur, Viertel nach fünf, Türen werden geöffnet, Lichtschalter betätigt, Patienten geweckt. Nicht hier, nicht auf meiner Station, aber im Stockwerk darunter. Mein Gehör ist in den letzten Monaten besser geworden, ich nehme alle möglichen Geräusche wahr. Im Zimmer unter mir flucht wieder der Mann mit der rauen Stimme. Warum man ihn zu dieser nachtschlafenden Zeit wecke? Er sei schließlich krank. Gleich darauf die Stimme von Schwester Carmen, ruhig, freundlich, aber auch bestimmt. Jetzt wird die Tür zu meinem Zimmer geöffnet, das Klicken eines Lichtschalters, Birkenstocks auf Linoleum.

»Guten Morgen, Frau Kaefert!« Die Vorhänge gleiten mit einem vertrauten Rascheln zur Seite, jemand berührt flüchtig meine Hand, meine Haut prickelt an der Stelle. Ich spüre eine Veränderung um mich herum, Schwester Klara lehnt sich zu mir herunter und fragt: »Wie geht es Ihnen? Möchten Sie heute vielleicht aufwachen?« Ja, will ich rufen, es gibt nichts, was ich lieber täte. Aber ich kann nicht. »Nun?«, fragt sie erneut. Ich liege da, hilflos. Wieso kann ich meine Augen nicht öffnen? Ich höre, wie mein Herzschlag sich beschleunigt. Nicht gravierend, aber immerhin. Wenn man tagein, tagaus die eigenen Herztöne belauscht, fällt einem jede noch so geringe Veränderung auf. »Sie können mich verstehen, ich weiß«, sagt Klara und ich spüre wieder ihre raue Handfläche auf meinem Arm. Sie hat es also auch gemerkt. Während sie sich an meinem Bett zu schaffen macht, stelle ich mir vor, wie sie aussieht. Ihre Stimme ist außergewöhnlich, irgendwie tief und verrucht. Wahrscheinlich hat sie feuerrotes Haar und eine kurvige Venusfigur. »Tun Sie mir einen Gefallen«, redet sie weiter und hält kurz in ihrer Bewegung inne, »wachen Sie heute auf. Wäre das nicht eine wundervolle Überraschung für Ihren Mann, wenn er Sie diesen Abend besuchen kommt?« Mein Herz klopft noch schneller. »Er sieht wirklich sehr gut aus.« Oh ja, ich weiß! »Möchten Sie noch eine Folge ›Drei Fragezeichen‹ hören?«, fragt sie und hält kurz inne, als würde sie tatsächlich auf eine Antwort warten. Als würde sie daran glauben. Ich konzentriere meine Gedanken darauf, ihr mitzuteilen, dass das eine wirklich ausgezeichnete Idee wäre. Und ich bilde mir ein, dass sie mich versteht. »Ich werte das mal als Ja!« Ich sehe sie förmlich vor mir, wie sie lächelt. Strahlend weiße Zähne in einem breiten Mund. Ich höre, wie die Zähne eines Reißverschlusses sich voneinander lösen, als sie die CD-Sammlung auf meinem Beistelltisch öffnet. Das Rascheln von Plastik. »Der Mann ohne Kopf«, liest sie vor. »Das klingt aber gruselig. Wollen Sie die?« Wieder diese kleine Pause. Ja, die kenne ich noch nicht, antworte ich stumm. Sie nimmt die CD aus ihrer Hülle, öffnet meinen Discman, steckt mir die Kopfhörer in die Ohren. »Viel Spaß damit und bis später«, sagt sie noch, bevor die vertraute Melodie einsetzt. Konzentriert lausche ich den Abenteuern von Justus Jonas, Peter Shaw und Bob Andrews, die vor meinem inneren Auge zum Leben erwachen. Merkwürdig. Nun höre ich die »Drei Fragezeichen« schon, seit ich ungefähr zehn bin, aber ich hatte niemals eine Vorstellung davon, wie sie aussehen. Seit ich hier liege und meine Außenwelt vorwiegend durch mein Gehör wahrnehme, hat sich das geändert. Meine Augen sind geschlossen, aber ich sehe dennoch alles deutlich vor mir. Nach einer knappen Stunde ist das Hörspiel beendet und damit auch meine Flucht aus der Realität. Nun bin ich wieder alleine mit mir und meinen Herztönen. Einen ganzen, endlosen Tag lang. Meine Gedanken fliegen zu jenem schicksalsträchtigen Tag vor drei Monaten, an dem ich mit dem Jeep zusammengestoßen bin. Fliegen zu Michael, der mich seither jeden Tag hier im Krankenhaus besucht hat. Der an meinem Bett sitzt, stundenlang meine Hand hält und zu mir spricht, mir von seinem Tag erzählt und nie vergisst, mir, wenn er geht, noch eine Drei-Fragezeichen-Folge anzustellen. »Die höre ich heute Abend auch«, sagt er dann und küsst meine Lippen. »Das ist fast, als würden wir gemeinsam einschlafen. So wie immer.« Das ist jeden Tag der Moment, der mir am schwersten fällt. Ich mobilisiere dann meine ganze Willenskraft, um endlich meine verdammten Augen zu öffnen. Um die Arme zu heben und um seinen Hals zu schlingen. Wohl tausendmal habe ich mir ausgemalt, auf genau diese Art und Weise aufzuwachen. In diesem Augenblick. Ihn zu mir aufs Bett zu ziehen, seinen Kuss leidenschaftlich zu erwidern. Das wäre doch filmreif, oder? Mittlerweile bin ich nicht mehr so anspruchsvoll. Inzwischen habe ich nämlich begriffen, dass es nicht so einfach ist mit dem Aufwachen. Ob nun morgens oder abends, mit Michael im Zimmer oder nicht, ist mir mittlerweile fast schon egal. Nur aufwachen, mehr will ich gar nicht. Aber auch heute will es mir einfach nicht gelingen. Der Tag geht vorüber, um fünf Uhr rollt auf dem Flur klappernd der Wagen mit den Abendbrottabletts vorbei.

»Es ist fünf Uhr, was erzählen Sie mir hier von Abendbrot?«, klingt die meckernde Stimme von unten zu mir herauf. »Um diese Uhrzeit trinke ich zu Hause meinen Kaffee.«

»Dann lassen Sie das Tablett eben stehen, bis Sie Hunger haben«, antwortet Schwester Carmen friedfertig. »Guten Appetit, Herr Lustig.«

»Mein Name ist Ernst«, kommt es entrüstet zurück.

»Verzeihung. Mein Fehler!« Die Tür schlägt zu. Wie gerne würde ich jetzt richtig laut loslachen. Und danach würde ich zu Herrn Ernst hinunterlaufen und ihm sein Abendbrot klauen. Mir wäre es nämlich vollkommen egal, wie spät es ist. Der würzige Duft von kräftiger Brühe steigt mir in die Nase und lässt mir das Wasser im Mund zusammenlaufen. Sicher, vielleicht gibt es im Krankenhaus nicht gerade Sterneküche, aber wenn man seit drei Monaten über eine Magensonde ernährt wird, ist man auch diesbezüglich nicht mehr so wählerisch.

Ich konzentriere mich ganz auf die Essensgerüche, die durch den Türspalt in mein Zimmer dringen, über den Boden wabern, am Bettgestell hochklettern und schließlich das Innerste meiner Nase kitzeln. Rinderbouillon mit Nudeln und Eierstich. Eine Scheibe Graubrot mit Butter und gekochtem Schinken. Ach, was soll's, ich lege sogar noch eine dicke Scheibe Gouda obendrauf. Zum Nachtisch gibt es cremigen Schokoladenpudding mit Schlagsahne. Oh, wie gut wäre das jetzt, diese drei Gänge nacheinander zu genießen, statt sie als zusammengemixten Pamps direkt in den Magen geleitet zu bekommen. Ich sehe einen riesigen Mixer vor mir, in dem sich Suppe, Brot, Aufschnitt und Pudding in Sekundenschnelle in einen unansehnlichen Brei verwandeln. Das ist so unappetitlich, dass mir bei dem Gedanken schlecht wird. Und dann werde ich plötzlich wütend. So wütend, dass ich am liebsten losbrüllen, mir die Magensonde herausreißen, das ewig piepsende Ding zu meiner Linken kurz und klein hauen möchte. Ich will so nicht mehr leben. Ich will nicht mehr nur so daliegen. Ich will mir die Menschen um mich herum nicht vorstellen müssen. Ich will sie sehen. Ich will meinen Mann anfassen und küssen, mit ihm reden können. Ich will mich schminken und nicht leichenblass hier im Bett liegen, darauf angewiesen, dass andere mich waschen. Ich will nicht mein Dasein fristen, indem ich drei Möchtegern-Detektiven dabei zuhöre, wie sie vollkommen unrealistische Kriminalfälle lösen. Ich will die Sonne sehen, ich will im Regen spazieren gehen, ich will shoppen gehen, obwohl mein Konto in den Miesen ist, will mit meiner Schwester endlich den Yoga-Kurs besuchen, den wir seit Jahren vor uns herschieben, will mit meinem Mann die

Nacht durchvögeln und am nächsten Morgen müde, aber glücklich mit ihm am Frühstückstisch sitzen. Ich will in unser Lieblingsrestaurant gehen und wie immer die Spaghetti in Weißweinsoße bestellen. Ich will endlich auch die anderen Gerichte auf der Speisekarte ausprobieren. Ich will Tiramisu zum Nachtisch essen, obwohl ich schon satt bin. Ich will mir eine Staffelei kaufen und die Aussicht aus unserem Küchenfenster malen. Ich will argentinischen Tango lernen, das Chaos auf dem Dachboden beseitigen und mit Michael ein Baby bekommen. Ein schriller, langgezogener Ton direkt neben mir reißt mich aus meinen Gedanken. Vor lauter Wut über meine Situation hat sich mein Herzschlag beschleunigt. Ob das ein gutes Zeichen ist? Ob ich jetzt endlich aufwache? Die Tür zu meinem Zimmer wird aufgestoßen, um mich herum herrscht hektische Betriebsamkeit, der Arzt und Schwester Klara reden miteinander. Angestrengt versuche ich, ihrem Gespräch zu folgen, aber ich kann kaum etwas von dem verstehen, was sie sagen. Merkwürdig. Etwas berührt meine Stirn an mehreren Stellen, aber ich vermag nicht einzuordnen, was es ist. Das Gemurmel um mich herum wird leiser, mein Körper fühlt sich taub an. Was passiert hier? Plötzlich bekomme ich es mit der Angst zu tun. Ich kann spüren, wie das Herz in meiner Brust immer heftiger schlägt, aber den damit einhergehenden Ton der Maschine höre ich nicht mehr. Es fühlt sich an, als würde sich die Welt um mich herum zusammenziehen, mich ersticken.

»Was ist mit ihr?« Ich höre die mühsam zurückgehaltene Panik in Michaels Stimme, als er ins Zimmer tritt. Staunend sehe ich ihn an. Er trägt helle Jeans und den dunkelbraunen Kapuzenpullover, den ich so an ihm liebe. Seine dunkelblonden Haare sind länger geworden, seit ich ihn das letzte Mal gesehen habe, und er trägt einen eher Sechs- als Drei-Tage-Bart, was ihm ein verwegenes Aussehen gibt. Seine bernsteinbraunen Augen fliegen ängstlich zwischen mir, einem schmächtigen, glatzköpfigen Mann im Kittel und einer hochgewachsenen Blondine hin und her. »Sagen Sie schon, was ist los?«, wiederholt er drängend, während ich noch die Überraschung verdaue, dass das rothaarige Rasseweib aus meiner Vorstellung in Wahrheit aussieht wie Barbie. Dann stoße ich einen Schrei aus.

»Oh mein Gott, ich bin wach!« Ich kann es kaum fassen, meine eigene Stimme zu hören. Die Menschen, das Krankenzimmer zu sehen. Ich lasse meinen Blick durch den Raum gleiten. Entgegen meiner Annahme steht vor dem Fenster keine Eiche mit dichtem Blätterwerk. Stattdessen sehe ich direkt auf die graue Betonwand des Nachbargebäudes. Die Vorhänge sind nicht sonnengelb, sondern weiß. Aber der Blumenstrauß auf meinem Nachttisch, den Michael mir vorgestern mitgebracht hat, sieht genauso aus, wie ich ihn mir vorgestellt habe: feuerrote Gerbera und Minichrysanthemen mit leuchtend pinkfarbenen Rosen. Michael tritt zu mir ans Bett. »Michael, ich bin wach«, rufe ich glücklich und will endlich tun, wovon ich drei Monate lang geträumt habe: ihn umarmen, seinen Körper spüren. Aber nichts geschieht. Verwirrt sehe ich ihn an. Er sieht gar nicht glücklich aus.

»Was ist mit ihr?«, fragt er schon wieder.

»Ich bin wach«, erkläre ich ungeduldig.

»Ihr Blutdruck ist nach oben geschossen und gleich darauf abgefallen, sie hat kaum noch Puls«, sagt Schwester Klara und ihre großen, blauen Augen schauen besorgt auf mich herab. Ich folge ihrem Blick und sehe mich im Bett liegen, totenblass, mit geschlossenen Augen. Meine dunklen Haare umrahmen mein eingefallenes Gesicht wie ein unheimlicher Schleier, auf meiner Stirn kleben ein halbes Dutzend unattraktive Plastikelektroden.

»Guck mich nicht an«, bitte ich Michael inbrünstig, denn ich sehe einfach scheiße aus.

»Das EEG zeigt keine Hirnaktivität«, sagt Schwester Klara und legt meinem Mann die Hand auf den Arm.

»He, Finger weg«, fauche ich sie an, doch sie zuckt nicht einmal. Was ist denn hier bloß los?

»Es ist Zeit«, ertönt da eine mir fremde Stimme aus der Zimmerecke und ich sehe mich überrascht nach dem hochgewachsenen Mann in Weiß um, der mich aus hellblauen Augen aufmerksam ansieht.

»Haben Sie mich erschreckt«, sage ich und greife mir mit der Hand ans Herz, »ich habe Sie gar nicht reinkommen hören, Doktor …?«

»Mein Name ist Theo, aber ich bin kein Arzt.« Lächelnd schüttelt er den Kopf.

»Ach so, Sie sind Krankenpfleger, Verzeihung«, korrigiere ich meinen Fehler und lächele entschuldigend. Erneutes Kopfschütteln. Ich sehe ihn ein wenig irritiert an und wende mich dann wieder Michael zu. Eigentlich ist es mir nämlich vollkommen egal, was der Kerl von Beruf ist, schließlich bin ich gerade aus einem monatelangen Koma erwacht und möchte endlich meinen Mann in die Arme schließen. Der sitzt zusammengesunken an meinem Bett und hält meine merkwürdig schlaffe Hand in seiner. Meine Gesichtsfarbe geht mittlerweile ins Grünliche. Irgendetwas stimmt hier ganz und gar nicht. Und plötzlich überläuft mich ein eisiger Schauer. Das Zimmer um mich herum scheint sich aufzulösen, ich nehme alles nur noch wie durch einen Schleier wahr. Michael, der sich über mich beugt, das Ärzteteam, das mit einem Wagen mit allerlei merkwürdig aussehenden Gerätschaften hereineilt, Barbie, die mir die Decke wegzieht und meine Brust entblößt, Doktor Schultz, der aussieht, als habe er zwei Bügeleisen in der Hand, die er jetzt auf meinen Körper drückt. Hilflos sehe ich von einem zum anderen, alle reden durcheinander, ich verstehe kein Wort. Nur der Fremde von eben steht ruhig in der Ecke und beobachtet. »Wollen Sie nicht auch mal irgendetwas machen?«, frage ich ihn wütend. »Was stehen Sie hier herum? Ich sterbe gerade.« Er nickt. Mit weit aufgerissenen Augen starre ich ihn an. »Ich sterbe?«, flüstere ich und sehe zurück auf das Chaos. Mein Körper zuckt erneut unter den Wiederbelebungsmaßnahmen meines Arztes. »Wie komme ich zurück?«, brülle ich Theo an, doch der hebt bedauernd die Schultern. Was soll das heißen? Kann ich nicht mehr zurück?

Eine Viertelstunde später ist es vorbei. Das Reanimationsteam packt seine Sachen und zieht sich zurück.

»Zeitpunkt des Todes, achtzehn Uhr vierundfünfzig«, sagt Doktor Schultz leise, drückt Michael die Hand und verschwindet. Schwester Klara öffnet weit das Fenster meines Krankenzimmers und Theo nickt mir zu.

»Das ist unser Zeichen«, meint er und macht eine einladende Handbewegung. Verwirrt sehe ich ihn an. »Sie öffnen die Fenster, damit die Seele davonfliegen kann.«

»Aber ich will nicht davonfliegen«, sage ich heftig. »Ich will hierbleiben. Bei Michael.«

»Das wird nicht gehen.«

»Natürlich geht das«, gebe ich aggressiv zurück und stelle mich dicht neben meinen Mann, der fassungslos auf meinen leblosen Körper heruntersieht. »Ich bleibe bei dir«, sage ich zärtlich, aber er hört mich nicht. Er steht einfach da. In diesem Moment kommt ein weiteres Ärzteteam herein, schweigend nicken sie Michael zu und machen sich dann diskret an meinem Bett zu schaffen.

»Wo bringen Sie sie hin?«, fragt er und der ihm am nächsten stehende Mann sieht überrascht auf. Noch ehe er etwas sagen kann, tritt Schwester Klara heran, drückt Michael sanft auf einen Stuhl an der Wand und geht davor in die Hocke, als würde sie mit einem Kleinkind sprechen. Und genauso sieht er im Moment auch aus, so verwirrt und alleine.

»Ihre Frau hatte einen Organspenderausweis«, sagt sie mit sanfter Stimme und macht eine kurze Pause, bevor sie weiterspricht. »Es war ihr Wunsch, mit ihren Organen anderen Menschen das Leben zu retten.« Erneut hält sie inne, sieht Michael angespannt in die Augen, als befürchte sie, er werde protestieren. Das wird er nicht. Er wusste von dem Spenderausweis, er selber hat ja auch einen. Deshalb nickt er jetzt kaum merklich. »Wenn Sie sich noch verabschieden wollen, lassen wir Sie kurz alleine.«

»Ich verstehe schon«, gibt er zurück, »ja, das wäre gut.« Klara gibt den anderen ein Zeichen und sie gehen aus dem Zimmer. Michael erhebt sich mit einem Ruck und tritt an mein Bett. Er starrt mich an, dann beugt er sich über mich. Beziehungsweise über meinen Körper. Er küsst meine kalten Lippen, ganz schnell, dann setzt er sich wieder auf den Stuhl. Ich kauere mich neben ihn, während Theo in seiner Ecke vernehmlich seufzt. Gemeinsam sehen wir den Ärzten dabei zu, wie sie mich aus dem Zimmer fahren, um mir meine Organe zu entnehmen. Soweit habe ich nie gedacht, auch nicht, als ich den Spenderausweis beantragt habe. Insgeheim war ich davon ausgegangen, dass ein hundertjähriges Herz, uralte Leber, Nieren und Lungen sich nicht mehr zur Transplantation eignen. Und so alt wollte ich werden. Mindestens. Stundenlang sitzen wir so da, zu dritt in dem gespenstisch ruhigen Krankenzimmer. Michael starrt den Boden an, und ich ihn. Ich hätte noch so viel zu sagen.

»Können Sie nicht vielleicht mal eine Runde um den Block gehen, damit ich mich richtig verabschieden kann?«, frage ich Theo gereizt, der es sich auf dem Fußboden bequem gemacht hat und interessiert seine Zehen beobachtet. Bedauernd schüttelt er den Kopf.

»Tut mir leid, das ist gegen die Vorschriften.«

»Wie bitte? Was denn für Vorschriften?«, frage ich empört.

»Laut des R.A.B.S.E. ist es mir leider nicht gestattet ...«

»Rappse?« Verständnislos sehe ich ihn an.

»Das Regelwerk zur Abholung und Begleitung der Seelen von der Erde, also R – A – B ...«, beginnt er geduldig zu buchstabieren, doch mir reißt der Geduldsfaden.

»Ist mir scheißegal, wie sich das schreibt. Sie verschwinden jetzt hier, auf der Stelle, damit ich mich ungestört von meinem Mann verabschieden kann.«

»Hören Sie, junge Frau, das würde ich wirklich gerne tun, aber ich sage doch, es ist gegen die Vorschriften. Außerdem«, er wirft einen Blick aus dem geöffneten Fenster in die mittlerweile stockfinstere Nacht, »sollten wir jetzt wirklich langsam aufbrechen.«

»Nicht, bevor ich mich nicht verabschiedet habe. Allein!«, schalte ich auf stur und er seufzt tief auf. Zur Untermauerung meines Entschlusses verschränke ich die Arme vor der Brust und sehe ihn störrisch an. Keinen Millimeter gehe ich hier weg, bevor ich Michael wenigstens noch eine Minute für mich allein hatte.

»Na schön«, stöhnt Theo jetzt übertrieben auf und rappelt sich umständlich vom Boden auf. Zufrieden drehe ich mich zu Michael um, der sich gerade von seinem Stuhl erhebt, ganz schnell, und ehe ich verstehen kann, was passiert, das Zimmer verlässt.

»Warte«, rufe ich und laufe ihm ohne zu zögern hinterher. Er kann doch nicht einfach weggehen. Ausgerechnet jetzt, wo ich noch ein paar Minuten Zweisamkeit für uns herausgeschlagen habe.

»Vorsicht«, höre ich Theos warnende Stimme, als mich etwas wie ein Stromschlag trifft und mitten im Türrahmen zum Anhalten zwingt. Kurz muss ich mich von dem Schock erholen, dann fahre ich zu Theo herum und fauche wütend: »Wag das ja nicht noch mal. Lass mich gehen.«

»Das war nicht ich«, sagt er hilflos. »Es tut mir leid, du kannst ihm nicht hinterher.« Erneut versuche ich, durch die Tür zu kommen, diesmal mit Schwung. Erneut geht ein Ruck durch mich hindurch und mir wird ein bisschen übel. Theo sieht mich mitfühlend an. »Tut mir leid«, sagt er aufrichtig. Ich nicke wie betäubt und sehe

Michael hinterher, wie er den Gang entlangläuft. Er dreht sich nicht mehr um.

Auch in den nächsten Stunden kann ich mich nicht entschließen, Theo nach oben zu folgen. Ich schaffe es einfach nicht. Zuzusehen, wie mein toter Körper abgeholt wurde, war nur halb so schlimm, wie Michael gehen zu sehen. Ich bin vollkommen fertig. Mein Todesengel redet auf mich ein wie auf ein lahmes Pferd. Am Morgen kommt Schwester Klara ins Zimmer und schaudert kurz zusammen. Natürlich, vermutlich ist es kalt hier, nachdem die ganze Nacht das Fenster offen stand. Entschlossenen Schrittes geht sie darauf zu.

»Schnell«, ruft Theo und jetzt klingt seine Stimme panisch, »wir müssen raus, sonst sitzen wir den ganzen Tag hier.«

»Mir doch egal«, sage ich bockig, aber auch erschöpft.

»Jetzt komm schon«, fährt er mich heftig an, »was willst du hier? Vielleicht der Krankenhausgeist werden?« Gleichmütig zucke ich die Achseln. Von mir aus. Besorgt sieht Theo zu Schwester Klara hinüber, deren Hand sich schon am Griff des Fensters befindet. Sie sieht in den Himmel hinauf, an dem bedrohliche Gewitterwolken vorüberziehen. »Dein Mann wird nie wieder einen Fuß in dieses Krankenhaus setzen«, sagt Theo so scharf, dass ich zusammenzucke. »Los jetzt!« Wir schaffen es gerade noch so eben, bevor sich das Fenster vollends schließt. Ich werfe einen Blick zurück auf Klara, die mir zuzunicken scheint.

»Was für eine Scheiße«, schimpfe ich auf dem Weg nach oben, ohne darauf zu achten, was für eine erstaunliche und neue Art der Fortbewegung das ist. Ich bin viel zu sehr damit beschäftigt, mit meinem Schicksal zu hadern. »Totsein ist scheiße«, sage ich inbrünstig und erhalte dafür einen missbilligenden Seitenblick von Theo. »Guck mich nicht so an«, blöke ich unwillig, »oder kannst du mir einen einzigen Grund nennen, weshalb ich im Moment glücklich sein sollte? Weil ich in den Himmel auffahre? Sitze ich gleich zur Rechten Gottes und schaue auf die Erde hinunter?«

»Nun, das wohl nicht, er ist sehr beschäftigt«, gibt er ernsthaft zur Antwort und ich schnappe nach Luft.

»Tatsächlich? Da kann er aber von Glück sagen, wenn ich den nämlich in die Finger kriege, dann ...« Ich lasse den Satz unvollendet, denn was genau ich dann mit Gott anstellen werde, möchte ich mir doch in Ruhe überlegen. Außerdem lässt mich der furchtsame Ausdruck in Theos Augen verstummen. »Hast du Angst, dass du einen Umweg über unten nehmen musst, wenn ich jetzt mit Gotteslästerei anfange?«, erkundige ich mich spöttisch und er schüttelt ernsthaft den Kopf.

»Falls du mit unten die so viel zitierte Hölle ansprichst, dann darf ich dir hiermit mitteilen, dass es keine Hölle gibt.«

»Na wunderbar«, sage ich sarkastisch, »das heißt also, da oben wimmelt es von Arschlöchern? Das sind ja schöne Aussichten.« Kopfschüttelnd sieht Theo mich an.

»Du bist wirklich sehr wütend«, stellt er ruhig fest. So ruhig, dass er mich noch zorniger macht.

»Natürlich bin ich wütend«, platze ich heraus, »wer wäre das nicht, wenn er aus einem derart wundervollen Leben einfach herausgerissen wird?«

»Du meinst, es ist schöner, aus einem schrecklichen Leben herauszusterben«, erkundigt er sich arglos und ich nicke heftig. »Dann hättest du Michael vielleicht lieber gar nicht erst kennengelernt?«, fährt er fort und ich stutze. Wie kommt er denn auf die Idee?

»Natürlich nicht, was für ein Blödsinn«, sage ich grob.

»Du hast dir Glück und Liebe gewünscht in deinem Leben und reichlich davon bekommen. Meinst du nicht, das ist ein Grund, um dankbar zu sein?«

»Schon«, gebe ich schweren Herzens zu, »aber wieso muss es jetzt schon vorbei sein?« In dieser Frage ist nun auch mein Helfer mit seinem Latein am Ende, denn er zuckt mit den Schultern und sagt: »Weil es Gottes Wille ist.«

»Wenn ich den erwische«, knirsche ich durch die Zähne hindurch, aber so leise, dass Theo es mit ein bisschen guten Willen überhören kann. Unglücklich schwebe ich vor mich hin. Michaels Anblick geht mir nicht mehr aus dem Kopf, seine Fassungslosigkeit, dass ich ihn verlassen habe. »Warum konnte ich ihm nicht wenigstens noch sagen, dass ich ihn liebe? Warum konnte ich ihm nicht auf Wiedersehen sagen?«, wimmere ich und Theo sieht mich fast erstaunt an.

»Wozu denn das? Irgendwann wirst du ihn wiedersehen, ist das nicht viel wichtiger?«

Kapitel 7

Ich bin wirklich erleichtert, als Liesel kurz nach Sonnenaufgang endlich aus ihrer Wohnung herunterkommt und ich nicht weiter über meinen Tod nachdenken muss, der mir auch heute, sechs Jahre später, noch immer schwer an die nicht vorhandenen Nieren geht. Gemeinsam machen wir uns auf den Weg, gehen die Milchstraße hinunter, dann weiter über den Kirchweg und bis zur Himmelsstraße, an der keine Wohnhäuser stehen, sondern sich ein Firmengebäude neben das nächste reiht, »Soulflow GmbH«, »Reincarnation GmbH & Co. KG«, aber auch der riesige Verwaltungskomplex »O.R.G.A. oHG« und einige kleinere Geschäftshäuser. In Richtung Süden wandern wir aus der Stadt hinaus und befinden uns nach einer halben Stunde auf einem freien Wolkenfeld. Liesel zieht einen altmodischen Kompass aus der Tasche ihrer Jeans und wirft einen Blick darauf. Dann nickt sie zufrieden.

»Immer da lang«, sagt sie und zeigt mit der Hand in den stahlblauen Himmel vor uns, »immer auf die Sonne zu.« Wir wandern eine Stunde lang, dann noch eine und noch eine. Die Sonne steht mittlerweile fast am höchsten Punkt und wir laufen noch immer direkt darauf zu. Ab und zu kontrolliert Liesel die Richtung mit ihrem

Kompass, ansonsten lässt sie sich ohne Unterlass über die Schönheit der Natur hier oben aus. Ich kann ihre Begeisterung nicht so ganz teilen, wahrscheinlich bin ich viel zu angespannt. Aber selbst wenn nicht, wäre ich kaum in der Lage, mich stundenlang an dem exakt gleichen Ausblick zu erfreuen. Ich wende den Kopf in alle Richtungen, nichts ist zu sehen als der dichte, schneeweiße Wolkenteppich zu unseren Füßen, das satte Blau des Himmels und die strahlend goldene Sonne über uns. Hübsch, ja, zugegeben, aber auf die Dauer doch ein bisschen langweilig. Sehnsüchtig denke ich an die abwechslungsreiche Landschaft auf der Erde, an weiße Sandstrände und türkisfarbenes Meer, steinige Klippen, an denen sich die Wellen brechen. An funkelnde Gebirgsseen, dichtbewachsene Nadelwälder und leuchtend rote Klatschmohnfelder.

»Wie lange brauchen wir denn noch?«, erkundige ich mich leicht quengelig.

»Wieso? Tun dir die Füße weh?«, fragt Liesel zurück und kichert leise vor sich hin. Selten so gelacht.

»Wie lange muss man eigentlich tot sein, um endlich drüber lachen zu können?«, frage ich sarkastisch, denn diese Art von Witzen kann ich gar nicht komisch finden, obwohl man im »Sternenfänger« gerade zu fortgeschrittener Stunde kaum etwas anderes hört. »Ach, einer geht noch oder macht dir schon die Leber zu schaffen, höhöhö.«

»Wenn man so wenig Sinn für Humor hat wie du, dann könnte das noch ein paar Jahre dauern«, beantwortet Omi meine Frage.

»Sag doch mal, wann sind wir denn nun endlich da?«, quengele ich erneut, ohne auf die Beleidigung einzugehen. Sie hat ja Recht. Ich habe meinen Sinn für Humor verloren. Unten war ich immer lustig und humorvoll, ja, irgendwann habe ich sogar gelernt, über mich selbst zu lachen. Aber seit ich tot bin, geht mir diese Fähigkeit ab.

»Um zwölf«, antwortet Liesel und nach einem Blick auf den Sonnenstand atme ich erleichtert auf. Es müsste so ungefähr zwanzig vor sein, also gleich geschafft. Obwohl ringsum noch immer kein Haus oder sonst etwas zu erkennen ist, nichts als Wolken, so weit das Auge reicht.

»Und du bist sicher, dass wir uns nicht verlaufen haben?«, frage ich misstrauisch. Sie nickt voller Überzeugung. »Na, wenn du meinst«, sage ich unsicher, denn plötzlich überkommt mich ein beklommenes Gefühl. Seit Stunden sind wir nun schon unterwegs, um uns unendliche Weiten, eine einzige Wolkenwüste geradezu. Wie leicht man da die Orientierung verlieren kann, Kompass hin oder her. Abrupt bleibe ich stehen.

»Omi? Verzeihung, Liesel, woher weißt du, dass wir noch auf dem richtigen Weg sind? Hier scheint im Umkreis von Kilometern nichts zu sein.«

»Keine Sorge, wir sind gleich da«, beruhigt sie mich.

»Aber wann denn?«

»Das habe ich doch schon gesagt, um zwölf.«

»Aber es ist doch schon zehn vor«, rufe ich verzweifelt und mache eine ausholende Handbewegung. »Und hier ist absolut nichts.«

»Nun sei doch nicht so ungeduldig«, sagt sie mit leichtem Tadel in der Stimme, »ich sage doch, dass wir in zehn Minuten da sein werden.«

»Gib mir mal den Kompass«, sage ich und reiße ihn ihr

förmlich aus der Hand. Irgendwas stimmt doch hier nicht. Wie sollen wir in zehn Minuten bei Gott ankommen, wenn im Umkreis von schätzungsweise zwanzig Kilometern, denn so klar ist die Sicht heute, nichts, aber auch gar nichts zu sehen ist.

»Was für einen Kompass meinst du, Schätzchen?«, fragt Omi überrascht, während ich ihn aufspringen lasse. Aber statt des erwarteten Ziffernblattes mit einem frei darauf schwingenden Zeiger sehe ich in das Innere eines Medaillons. In der linken Seite steckt ein Bild meines Großvaters, das ihn im Alter von schätzungsweise vierzig Jahren zeigt. Das andere ist eine uralte, verblasste Zeichnung eines Mannes mit ernsten Augen und einer weißen, altmodischen Lockenperücke: Mozart. Sprachlos sehe ich meine Oma an, die errötend von einem Bein aufs andere tritt und meinem Blick ausweicht. Ich weiß gar nicht, was ich zuerst fragen soll, die Gedanken überschlagen sich in meinem Kopf. Das sich anbahnende Liebesdreieck zwischen meinen Großeltern und einem 1791 gestorbenen Komponisten ist schon an sich zu viel für meine Nerven. Aber etwas anderes bereitet mir im Moment noch viel größere Sorgen.

»Woher weißt du den Weg, wenn das hier kein Kompass ist?«, bringe ich mühsam hervor.

»Weil wir einfach nur in Richtung der Sonne gehen müssen«, meint sie achselzuckend und hält mir auffordernd die Hand hin. »Darf ich mein Medaillon wiederhaben?« Ich zögere einen Moment, lasse es aber dann in ihre ausgestreckte Rechte fallen. Ihr Liebesleben ist schließlich nicht meine Angelegenheit. Sie wirft noch einen zärtlichen Blick auf die beiden Männerbilder und lässt sie dann zurück in ihre Tasche gleiten.

»In Richtung Sonne«, sage ich verständnislos, »aber die ist doch immer woanders.«

»Sehr richtig. Aber um Punkt zwölf Uhr erreicht man sein Ziel.«

»Du meinst, egal, wie lange man gelaufen ist?«, frage ich ahnungsvoll und sie nickt.

»Raus aus der Stadt und dann in Richtung Sonne bis zwölf«, wiederholt sie, »wir müssten also gleich ...«

»Willst du damit sagen, dass es vollkommen egal ist, ob wir um sieben oder um halb zwölf losgegangen wären?«, hake ich nach und wieder nickt sie lächelnd.

»Genau so ist es. Ist das nicht toll? Das war wirklich ein ziemlich genialer Einfall vom Chef.« Aber mir ist jetzt überhaupt nicht nach Lobhudelei auf unseren Boss.

»Hatte es irgendeinen Sinn, dass wir hier stundenlang durch die Wolken gestapft sind?«, erkundige ich mich und sie nickt erneut.

»Aber ja.« Erleichtert atme ich auf. Ich war gerade kurz davor, echt wütend zu werden. »Du bist einfach wahnsinnig angespannt wegen der ganzen Sache und zu Hause hättest du doch nur stundenlang auf der Fensterbank gesessen und gegrübelt. Körperliche Ertüchtigung ist die beste Ablenkung in so einem Fall.«

»*Körperliche* Ertüchtigung?«, frage ich mit hochgezogenen Augenbrauen und sie lacht fröhlich auf.

»Touché! Das wird ja doch noch was mit deinem Humor«, lobt sie mich anerkennend. Empört öffne ich den Mund, als plötzlich eine fremde Stimme in meinem Kopf erklingt: »Du sollst deinen Vater und deine Mutter ehren.« Erschrocken klappe ich meinen Mund wieder zu und sehe mich verwirrt um. Aber sie ist meine Großmutter, denke ich trotzig. »Du sollst deinen Vater und deine Mutter ehren, auf dass es dir wohlergehe und du lange lebest auf Erden«, höre ich die Stimme erneut. Na, besonders lange war ich nun wirklich nicht auf der Erde. Zumindest nicht beim letzten Mal. Ob ich vielleicht deshalb so früh gestorben bin, frage ich mich unbehaglich, habe ich das vierte Gebot gebrochen? Aber eigentlich hatte ich immer ein gutes Verhältnis zu meinen Eltern. »Du sollst ...« Ja doch, ich sage doch gar nichts.

»Kind, schau mal«, unterbricht Liesel meine Gedanken und ich sehe in die Richtung, in die sie zeigt.

Nur einige hundert Meter von uns entfernt steht ein gigantischer Turm, dessen Oberfläche in der Sonne golden und silbern funkelt. Mit offenem Mund stehe ich da und betrachte das schlanke Bauwerk, das plötzlich wie aus dem Nichts heraus erschienen ist. Es ragt bis hoch in den Himmel hinein und öffnet sich an der Spitze trichterförmig wie eine Blume im Sonnenschein.

»Sieht so aus, als wären wir am Ziel«, sagt Liesel fröhlich. »Los, komm!« Die Sonne steht jetzt an ihrem höchsten Punkt, also ist es zwölf Uhr. Omis Information stimmte tatsächlich. Ich kann es kaum fassen, dass es so einfach war, und ich in wenigen Minuten Gott gegenüberstehen werde. Ich sehe wieder hinauf zu dem glitzernden Turm und frage mich, ob Gott sich in diesem Moment wirklich darin befindet. Ganz oben, direkt unter dem strahlend blauen Himmel. Ob er in einem Thron aus schimmerndem Samt sitzt? »Du sollst dir kein Bildnis machen«, erklingt wieder diese Stimme, die eben schon einmal zu mir gesprochen hat. Scheu sehe ich meine Großmutter an. Hat sie das auch gehört? Aber sie stapft ganz gelassen neben mir her, also scheint sich all das nur in meinem Kopf abzuspielen. »Du sollst dir kein Bildnis machen!« Ja doch, ist ja gut, ich habe doch schon aufgehört.

»Glaubst du, ich kann wirklich einfach so da hineinspazieren?«, frage ich Omi Liesel stattdessen und sie zuckt mit den Schultern.

»Ich wüsste nicht, was dagegen spricht.« In derselben Sekunde erscheint plötzlich ein riesiges, massives Tor aus purem Gold in unserem Blickfeld. Es ist so hoch, dass es die Sicht auf den Turm komplett versperrt. »Hoppla, zu früh gefreut«, kommentiert Omi schlicht und mein Mut sinkt, als ich die zwei großen, breitschultrigen Männer sehe, die den Eingang bewachen. Der linke hat lange blonde Haare und sieht aus wie ein Wikinger, während der andere schwarzes Haar und einen Vollbart trägt und mich ein wenig an Räuber Hotzenplotz erinnert. Beide sehen uns mit unbeweglicher Miene entgegen und machen den Eindruck, als wäre mit ihnen nicht gut Kirschen essen. Einige Meter vor ihnen bleiben wir stehen und stecken die Köpfe zusammen.

»Vielleicht war das doch keine so gute Idee«, wispere ich ängstlich, während Liesel nachdrücklich den Kopf schüttelt.

»Das weißt du doch noch gar nicht. Vielleicht lassen sie uns widerspruchslos vorbei, vielleicht sind sie auch nur Attrappen, oder hast du in einem deiner Leben schon jemals einen Mann mit so einem breiten Brustkorb gesehen?«, erkundigt sie sich und mustert mit schief gelegtem Kopf den blonden Hünen.

»Äh, nein, zumindest nicht in dem Leben, an das ich mich erinnern kann«, gebe ich zu und folge ihrem Blick. Der so Beäugte beginnt ein wenig nervös mit den Augenlidern zu flattern und lässt geräuschvoll die Knöchel seiner riesigen Pranken knacken. Mir läuft ein Schauer über den Rücken, während Omi trocken feststellt: »Doch keine Attrappe. Nun ja, mit denen werden wir schon fertig.«

»Meinst du?«, frage ich unsicher und folge ihr zögernd, während sie forschen Schrittes auf die beiden Männer und das zwischen ihnen stehende goldene Tor zugeht. Neben den Wachen, denen sie gerade mal bis zu der von ihr so bewunderten Brust geht, wirkt sie noch zerbrechlicher als sonst und ich mache mir ernsthaft Sorgen. Unbekümmert streckt sie die Hand nach der geschwungenen Klinke auf Höhe ihrer Nasenspitze aus und ergreift sie. Ich halte den Atem an. Nichts passiert, die Männer machen keine Anstalten, dazwischenzugehen. Die kleine weiße Hand schließt sich um den Griff, drückt ihn hinunter.

»Wie ärgerlich, es ist abgeschlossen«, ruft meine Großmutter mir zu und bleibt mit verschränkten Armen vor dem Tor stehen, ohne die Männer auch nur eines Blickes zu würdigen. »Hast du eine Idee, was wir jetzt machen sollen?«, erkundigt sie sich stattdessen bei mir, als ich vorsichtig nähertrete.

»Hm.« Ratlos stehen wir vor dem verschlossenen Eingang. Ich schiele unauffällig zu dem Räuber Hotzenplotz hinüber, dessen buschige Augenbrauen sich verärgert zusammengezogen haben. Ich glaube, er ist wütend, weil wir ihn nicht beachten. Ich bin auch nicht sicher, ob das eine kluge Taktik ist. »Vielleicht könnten wir einfach außen rum gehen«, schlage ich vor, dem finsteren Blick des noch finstereren Gesellen ausweichend.

»So wie ich den Chef kenne, wird das wohl nicht funktionieren.« Ich gehe in gebührendem Abstand zu den Wachen um die Türe herum und werfe einen Blick dahinter. Es ist nichts zu sehen als ein Meer aus weißen Wattewolken und endlosem Blau.

»Hast Recht, der Turm ist weg.«

»Er ist nicht weg, er ist dahinter«, erklärt Omi im Brustton der Überzeugung. Dann wendet sie sich mit aller Selbstverständlichkeit an die Wachen und stellt ihr gewinnendstes Lächeln zur Schau: »Guten Tag, die Herren. Wären Sie wohl so nett, uns diese Tür aufzuschließen?« Erschrocken über so viel Dreistigkeit halte ich die Luft an und warte beklommen auf die Antwort. Aber auch die beiden müssen sich von der Unverschämtheit erst mal erholen. Irritiert sehen sie erst meine Oma und dann einander an, doch dann findet der, den ich insgeheim Wickie getauft habe, seine Stimme wieder.

»Nein, können wir nicht. Verschwinden Sie!«, donnert er so laut, dass wir beide erschrocken den Kopf einziehen. Hilfe suchend sieht Liesel sich nach mir um, und obwohl ich mich am liebsten leise verkrümeln würde, trete ich beherzt näher. Schließlich geht es hier um meinen Michael, um meine Mission. Ich kann meine Großmutter meinen Kampf nicht alleine ausfechten lassen.

»Ich möchte bitte zum Chef«, sage ich höflich. »Wären Sie so nett, mich anzumelden?«

»Geht nicht«, kommt es kurz zurück.

»Und warum nicht?«

»Weil ...« Ein weiterer ratloser Blickwechsel.

»Das weiß ich auch nicht«, gibt Hotzenplotz schließlich achselzuckend zu.

»Es ist wirklich dringend«, sage ich eindringlich.

»Nicht mein Problem. Niemand darf rein.«

»Aber wieso nicht?«, rufe ich ärgerlich und er sieht mich mit seinen kohlschwarzen Augen an, über denen sich die Brauen schon wieder bedrohlich zusammenziehen. Anscheinend gehe ich ihm auf die Nerven.

»Befehl vom Chef«, sagt er sehr langsam und sehr deutlich.

»Und ihr befolgt diesen Befehl einfach so, ohne ihn zu hinterfragen? Ohne eine Begründung zu verlangen?«, versuche ich zu provozieren, aber die beiden sehen mich nur genervt an.

»Hör zu«, sagt Wickie und macht einen Schritt auf mich zu, so dass wir nur noch wenige Zentimeter voneinander entfernt stehen. Er wirkt jetzt noch riesiger, ich muss meinen Kopf weit in den Nacken legen, um ihm ins Gesicht schauen zu kommen. Ich versuche, möglichst unerschrocken seinen Blick zu erwidern. »Ich mache diesen Job nun schon seit mehreren Jahrzehnten. Ist ein guter Job. Ruhig und alles. Sonst kommt nämlich nie einer vorbei. Die anderen halten sich an die Regeln. Also verschwindet jetzt.«

»Ich muss aber da rein«, beharre ich und mache wieder einen Schritt auf das goldene Tor zu.

»Das geht nicht«, wettert Hotzenplotz los, »sie hat keine Zeit!«

»Sie?«, frage ich, zu überrascht, um über seinen Ausbruch erschrocken zu sein. »Wieso sie?« Plötzlich sieht der Zwei-Meter-Mann vor mir aus wie ein kleiner Junge, der bei einer Dummheit erwischt worden ist. Fragend sehe ich zu Omi Liesel herüber, die jetzt begeistert in die Hände klatscht.

»Willst du damit sagen, dass Gott eine Frau ist?«, fragt sie begeistert.

»Nein!« Er schüttelt heftig den Kopf, während seine Aura knallrot anläuft. »Nein, das will ich damit ganz und gar nicht sagen.«

»Ich wusste es, ich wusste es«, ruft Liesel freudig und hüpft vor lauter Aufregung auf und nieder, dass kleine Wolkenfetzchen um sie herumfliegen.

»Du bist ein solcher Idiot«, wird Hotzenplotz jetzt von seinem Kollegen ausgescholten. »Ist dir klar, dass du soeben deinen Vertrag gebrochen hast?« Schuldbewusst starrt der Riese auf seine überdimensionalen Füße. »Verdam...« Er zuckt zusammen und korrigiert sich: »So ein Mist. Was mache ich denn jetzt? Meinst du, ich verliere meinen Job?« Er tut mir jetzt fast ein bisschen leid.

»Von uns erfährt es keiner«, verspreche ich deshalb, »nicht wahr, Liesel?« Sie schüttelt den Kopf. »Keine Seele«, verspricht sie und will die Hand zum Schwur heben. Dann sieht sie sich verwirrt um und lässt sie schnell wieder sinken.

»Wirklich?« Hoffnungsvoll sieht er uns an. »Das wäre wirklich toll, ich meine, wenn ihr das für euch behaltet.«

»Kein Problem«, versichere ich und kann förmlich spüren, wie ihm ein Stein vom Herzen fällt.

»Danke!«, sagt er erleichtert. »Ihr habt was gut bei mir.«

»Oh, wirklich?«, flöte ich unschuldig. »Da wüsste ich schon was. Wenn du mich reinlässt, dann sind wir quitt!«

Ich lächele gewinnend und erkenne ein unsicheres Flackern in Hotzenplotz' Augen. Gespannt halte ich den Atem an, sehe, wie er unsicher an seinem Gürtel herumfummelt. Erst jetzt entdecke ich den großen, altmodischen Schlüssel, der daran befestigt ist. Der Schlüssel ins Allerheiligste. Er wird es tun, er wird mir tatsächlich aufschließen. Ich werde Gott sehen, der eigentlich eine Göttin ist. Was für ein Glück, dass ich an solch eine Plaudertasche geraten bin. Gerade hat er den Schlüssel vom Gürtel gelöst, da kommt mir sein Kollege in die Quere.

»Das wirst du ganz sicher nicht tun, Klaus«, sagt er drohend und tritt zu uns heran. Ich unterdrücke einen Fluch und sehe Liesel frustriert an. »Das ist Erpressung«, faucht er wütend, »hier kommt niemand rein, Befehl vom Chef.«

»Aber wenn sie rumerzählen ...«, beginnt Klaus unsicher, lässt aber brav den Schlüssel in seiner ausgebeulten Hosentasche verschwinden. Wickie schüttelt ärgerlich den Kopf.

»Lass sie doch, es wird ihnen niemand glauben.«

»Meinst du?«

»Na hör mal, ich konnte es doch selber kaum glauben. Gott eine Frau.« Er stößt einen Laut aus, der sich verdächtig nach »Pfff« anhört. Empört stemme ich die Hände in die Hüften.

»Was soll das denn bitte bedeuten?«, frage ich ihn herausfordernd und er guckt auf mich nieder, als sei ich ein lästiges kleines Insekt.

»Du bist ja immer noch da«, seufzt er, »verschwinde.«

»Nicht, bevor du mir erklärt hast, warum Gott keine Frau sein sollte«, sage ich stur. Gleichzeitig überschwemmt mich ein Gefühl der Solidarität. Und der Hoffnung.

Gott ist eine Frau. Das ändert alles. Mit ihr werde ich reden und sie überzeugen können. Wenn diese Kerle mich nur endlich zu ihr vorließen.

»Emanze, was?«, fragt er spöttisch und mir platzt der Kragen. Wie Rumpelstilzchen springe ich von einem Bein aufs andere und wettere: »Ich werde dafür Sorge tragen, dass sie erfährt, wen sie da eingestellt hat, einen frauenfeindlichen Chauvinisten, der ...«

»Ach du meine Güte«, schreit Liesel plötzlich so laut, dass sie damit sogar meinen Wutanfall übertönt. Ich stocke und sehe sie überrascht an, aber ihr Blick springt zwischen dem Macho und der Plaudertasche hin und her. Sie strahlt über das ganze Gesicht und breitet die Arme aus, während es förmlich aus ihr heraussprudelt: »Jetzt weiß ich endlich, woher ich euch kenne. Die ganze Zeit zermartere ich mir das Hirn, aber eben ist es mir eingefallen. Knut und Roderich!« Verwirrt sehen wir drei sie an, dann schüttelt Klaus den Kopf.

»Ich heiße Klaus, und das ist Wilhelm«, erklärt er, aber diesen Einwand wischt Liesel mit einer lässigen Handbewegung vom Tisch.

»Ja, schon klar, das sind die Namen aus euren letzten Leben, aber wir drei kennen uns schon sehr viel länger. Erinnert ihr euch denn wirklich nicht mehr?« Sie verzieht den Mund zu einer Schnute und schaut mit großen Kulleraugen von einem zum anderen.

»Schwachsinn«, sagt Wilhelm brüsk, »niemand kann sich an seine vorherigen Leben erinnern.«

»Manchmal schon«, gibt Liesel zu bedenken, »vor allem, wenn es eine ganz besondere Begegnung war. Nun kramt mal ein bisschen in euren Gehirnwindungen. Fällt euch gar nichts ein?«

»Was sollte uns denn einfallen, Herrgo..., zum Teu..., also, was denn nun?«, fragt Wilhelm ungeduldig.

»Also, ihr zwei seid mir ja ein paar Schlawiner. Macht wohl so was öfter mit einem Mädchen, was?« Überrascht sehe ich meine Großmutter an, die verlegen in sich hineinkichert. »Ihr wisst wirklich nicht, dass ihr beiden Ritter im Bistum Bamberg ward? Knut und Roderich. Ihr ward die bestaussehendsten Ritter weit und breit. Ich war Dienstmädchen im Schloss des Freiherrn von Rotenhan. Erinnert ihr euch denn nicht an mich? Lange kupferrote Haare hatte ich. Keine gute Haarfarbe für die damalige Zeit. Sie haben mich dann auch mit dreiundzwanzig auf dem Scheiterhaufen verbrannt, das war 1751, eine der letzten Hexenverbrennungen überhaupt. Aber mit sechzehn waren wir drei mal gemeinsam in der Scheune.« Mit offenem Mund starre ich meine Großmutter an, die augenklimpernd vor den beiden Wachen steht. »Ihr wart fabelhafte Ritter. Niemand wusste besser mit seinem Schwert umzugehen. Wenn ihr versteht, was ich meine.«

»Omi«, rufe ich entsetzt aus, und sie fährt mir über den Mund.

»Du sollst mich doch nicht so nennen. Und schon gar nicht, wenn meine ehemaligen Liebhaber anwesend sind«, sagt sie zuckersüß, während es mich innerlich schüttelt.

»Ich glaube, ich erinnere mich«, sagt Klaus alias Roderich plötzlich mit einem dümmlichen Grinsen.

»Na also«, strahlt Liesel und nickt heftig mit dem Kopf, wendet mir den Rücken zu und stellt sich zu ihren beiden Galanen. »Und du? Knut?«, fragt sie und sieht zu dem Macho auf.

»Ich heiße Wilhelm«, sagt der verstockt.

»Aber nicht damals«, fährt Liesel fort. »Du warst immer schon ein stattlicher Kerl. Überall gut ausgestattet.« Angewidert belausche ich das Gespräch. Was ist denn bloß in meine Großmutter gefahren, dass sie sich in ihrem früheren Leben mit solchen Kerlen vergnügt hat? Und dann noch mit zweien auf einmal.

»Ich weiß von nichts. Was haben wir denn so gemacht?«, fragt Wilhelm lauernd und Omi Liesel lächelt schelmisch zu ihm hoch.

»Oh, alles, was man sich nur vorstellen kann. Ich war ein schrecklich böses Mädchen«, lispelt sie und ich beschließe, dass es jetzt aber genug ist. Gerade will ich dazwischengehen und dieses widerliche Gespräch zu einem Ende bringen, als mir auffällt, dass Liesel hinter ihrem Rücken hektisch herumfuchtelt. Ihr linker Arm scheint mich herüberzuwinken, während sie mit dem rechten Zeigefinger auf Klaus' oder besser Roderichs Hintern zu deuten scheint. »An dem darauffolgenden Tag habe ich stundenlang den Beichtstuhl blockiert, nur um mich am nächsten Abend wieder mit euch zu treffen«, plappert sie ohne Unterlass, »na los, Roderich, erzähl Knut, was ihr damals mit mir angestellt habt.« Ihr Zeigefinger weist noch immer nachdrücklich auf sein Hinterteil.

»Naja«, meint der Angesprochene und grunzt ein wenig verlegen.

»Nur zu«, meint sie aufmunternd, während ihr Herumgefuchtele noch energischer wird. In diesem Moment blitzt etwas in der Sonne auf. Natürlich, der Türschlüssel, den er eben einfach so in die Tasche gesteckt hat, guckt daraus hervor. Omi will, dass ich den an mich nehme und durch das Tor gehe, während sie die beiden ablenkt. Wahrscheinlich ist gar nichts dran an der Geschichte vom Dreier in der Scheune, denke ich erleichtert, während ich mich von hinten anpirsche und ganz vorsichtig nach dem Schlüssel greife. »Du brauchst dich wirklich nicht zu schämen«, ermutigt Liesel ihn währenddessen. »Wenn sich hier eine schämen müsste, dann bin ich das, nicht wahr?« Ich erwische den Schlüssel und ziehe ihn mit angehaltenem Atem vorsichtig aus der Tasche. Er ist viel schwerer, als ich dachte. »Aber ich schäme mich nicht. Ich hatte so viel Spaß mit euch Jungs.« Auf leisen Sohlen schleiche ich zum Tor und stecke den Schlüssel ins Schloss.

»Du sollst nicht stehlen«, ertönt da wieder diese Stimme in meinem Kopf und ich zucke erschreckt zusammen. Es geht aber nicht anders, denke ich trotzig und drehe den Schlüssel herum. Lautlos gleitet die Türe auf. »Du sollst nicht stehlen, du sollst nicht stehlen!«, dröhnt es immer lauter in meinem Kopf. Ich werfe einen Blick zurück.

»Da haben wir dich wohl ordentlich durchgevögelt«, meint Knut immer noch zögernd, aber mit unleugbarem Interesse in der Stimme.

»Und wie«, nickt meine tapfere Großmutter. Was passiert wohl, wenn die beiden merken, dass ich verschwunden bin?

»DU SOLLST NICHT STEHLEN!« Ich ziehe den Schlüssel aus dem Schloss und schleiche mich wieder von hinten an das Trio heran. Nirgendwo steht geschrieben, dass man sich nichts borgen darf, sofern man es unbeschadet wieder zurückgibt. Ich lausche und tatsächlich bleibt die Stimme in meinem Inneren stumm, sobald ich den Schlüssel zurück in die Hosentasche des Wachmanns stecke.

»Haben wir es dir beide zusammen besorgt oder hintereinander?«, fragt der gerade und bevor ich die Antwort hören kann, verschwinde ich eiligst durch das goldene Tor, das sich sanft hinter mir schließt.

Kapitel 8

Nur etwa hundert Meter trennen mich jetzt von dem in der Sonne funkelnden Turm. Ein in wechselndem Farbenspiel schimmernder Pfad führt durch das weiße Wolkenmeer darauf zu. Ein Regenbogen. Gott wohnt am Ende des Regenbogens. Was für eine Inszenierung, denke ich fasziniert, während ich zögernd einen Fuß auf den Weg setze. Es fühlt sich so an, als würde man auf frisch gebohnertem Parkettfußboden laufen. Ich mache einige vorsichtige Schrittchen, rutsche aus und schliddere auf meinem Hosenboden weiter. In schneller Fahrt geht es erst bergauf und dann bergab in Richtung Turm und nach der ersten Schrecksekunde kann ich mir ein kleines Jauchzen nicht verkneifen. Das Vergnügen endet abrupt, als das riesige Eingangsportal näher und näher kommt. Panisch suche ich nach einer Bremsmöglichkeit, aber die Geschwindigkeit scheint immer noch weiter zuzunehmen. Zum Glück stehen die Torflügel weit offen. Plötzlich ist das Ende des Regenbogens erreicht, ich fliege durch das Tor und lande bäuchlings auf dem Marmorfußboden der Empfangshalle. Uff! Einen Augenblick verharre ich vollkommen regungslos. Wenn ich Knochen hätte, wären die jetzt zweifelsohne allesamt gebrochen. So aber rapple ich mich unverletzt auf und sehe mich staunend in dem hohen Raum mit den vielen Säulen um. Ein bisschen sieht es hier so aus, wie ich mir den Olymp vorstelle, bis auf die Wendeltreppe, die sich an der hinteren Wand in die Höhe schraubt. Kein Zweifel, dort muss ich hinauf. Ich trete näher an die eng gewundene Treppe heran und verrenke mir den Hals, um das Ende sehen zu können, aber die Treppe scheint endlos zu sein. Zögernd nehme ich die erste Stufe und frage mich, ob ein Aufzug nicht die sinnvollere Alternative wäre. Im selben Moment erfasst mich eine Art Strudel, alles dreht sich und ich klammere mich mit beiden Händen an dem eisernen Treppengeländer fest. Das Rauschen in meinen Ohren wird immer lauter, Sternchen explodieren vor meinen Augen und dann ist plötzlich alles vorbei. Ich stehe vor einer einfachen Holztüre, aus der sogar vereinzelte Splitter hervorstehen. Verwirrt starre ich darauf. Alles habe ich hier oben erwartet, noch mehr Prunk, noch mehr Gold, aber sicher nicht das. Vorsichtig lege ich meine Hand auf das unbearbeitete Holz, spüre seine raue Struktur und rieche seinen Duft nach Wald und Natur. Zaghaft klopfe ich an, doch es ertönt nur ein leises Pochen, dann ist alles wieder still. Na ja, was soll's, die Chefin weiß doch bestimmt schon längst, dass ich hier draußen bin. Oder? Entschlossen drücke ich die Türklinke hinunter. Ein ohrenbetäubender Lärm empfängt mich. Über mir nichts als strahlend blauer Himmel, meine Füße berühren ein undefinierbares Material. Es fühlt sich an wie kurz geschnittenes Gras, warm von einem schönen Sommertag, aber auch wie feiner, weißer Sand, wie kühler Marmor. Alles in einem. Um mich herum tausende und abertausende von Stimmen, die sich gegenseitig überlappen, überschreien. Entsetzt presse ich die Hände auf meine Ohren, doch da dies den Lautstärkepegel kein bisschen verringert, lasse ich sie wieder sinken. In der Mitte des Raumes sitzt eine Frau in einem großen, mit dunkelrotem Samt bezogenen Sessel und sieht mir mit undurchdringlicher Miene entgegen. Sie scheint von der unfreiwilligen Audienz alles andere als begeistert. Zögernd trete ich näher und hebe ein wenig verlegen die Hand.

»Äh, hallo«, sage ich, doch der Lärm ringsum verschluckt meine Stimme. Ich bleibe stehen und lausche angestrengt.

»Führe uns nicht in Versuchung«, schnappe ich auf, und »Vergib uns unsere Schuld«.

»Entschuldigung, dass ich hier so reinplatze«, rufe ich so laut ich kann, aber ihr Gesicht zeigt keine Regung. Ich lege meine Hände wie einen Trichter um den Mund und versuche es erneut: »Mein Name ist Lena Kaefert. Es geht um meinen Mann Michael!«, brülle ich aus Leibeskräften, aber es ist zwecklos.

»Erlöse uns von dem Bösen«, schallt es auf mich herunter, »Bitte für uns Sünder«. Die Gebetsfetzen bilden einen schier undurchdringlichen Geräuschpegel, gegen den ich machtlos bin. Ich gebe meine Versuche auf und stehe eine ganze Weile einfach da, Auge in Auge mit der Chefin. Keiner von uns spricht ein Wort. Irgendwie habe ich sie mir anders vorgestellt. In meinem Kopf suche ich nach Worten, um die Person, die da vor mir sitzt, zu beschreiben, aber sie entgleiten mir immer wieder. Nichts scheint zu passen. Sie ist ... Es sieht aus, als ob sie ... In diesem Moment greift sie nach einem schmalen, schwarzen Gegenstand auf ihrer Armlehne und hält ihn in die Höhe. Der nervenzerfetzende Lärm um uns herum ebbt ab und ist schließlich nur noch ein schwaches Gemurmel. Ah, so eine Art Fernbedienung. Wie praktisch! Das ist doch wohl eine Einladung, dass sie sich mit mir unterhalten will, oder? Ich gehe einen weiteren Schritt auf sie zu und mustere sie neugierig von Kopf bis Fuß. Irgendwie ist sie ... ja, wie eigentlich?

»Gib dir keine Mühe«, unterbricht sie meine Gedanken und ich zucke ertappt zusammen. »Was willst du?«

»Mein Name ist Lena Kae ....«

»Das weiß ich. Und?«

»Entschuldigung, ich wollte hier nicht einfach so reinplatzen«, beeile ich mich zu sagen.

»Wenn du es nicht gewollt hättest, dann hättest du eben nicht hereinkommen sollen«, versetzt sie knapp. »Ich denke, dir war klar, dass es verboten ist, mich zu besuchen.«

»Schon, aber ...«

»Du hast es trotzdem getan, nun leb damit. Die Worte ›Vergib uns unsere Schuld‹ und ›Ich armer Sünder‹ habe ich einfach schon zu oft gehört.« Sie klingt irgendwie müde und erschöpft. »Also, was willst du?« Jetzt hat sie mich zugegebenermaßen aus dem Konzept gebracht. Ich verwerfe den Plan, mich bei ihr dafür zu entschuldigen, dass ich sie einen sadistischen Mistkerl genannt habe. Denn zum einen ist sie gar kein Kerl und zum anderen ganz offensichtlich nicht in der Stimmung, mir Absolution für meine Sünden zu erteilen. Darum konzentriere ich mich auf mein eigentliches Anliegen und nestle den silbernen Auftragsumschlag aus meiner Hosentasche. Von der langen Wanderung und der Rutschpartie auf dem Regenbogen ist er ein bisschen zerknittert und ich bemühe mich, ihn halbwegs zu glätten, bevor ich ihn ihr entgegenstrecke.

»Ich habe diesen Auftrag von Ihnen bekommen«, sage ich mit zittriger Stimme, »das ist mein Verlobter.« Sie nickt.

»Ich weiß. Du hast mir vierhundertsiebenunddreißig Briefe über ihn geschrieben.« Vor lauter Verblüffung bleibt mir das Wort im Halse stecken. »Aber ja, ich habe sie gelesen. Das war doch wohl Sinn und Zweck der Übung.«

»Schon, aber wieso …?« Ratlos sehe ich sie an. Plötzlich hellt sich ihre Miene auf und sie lächelt mich gütig an.

»Weißt du, ich kann es zwar noch immer nicht gutheißen, dass du dich hier reingeschlichen hast, aber der Zweck heiligt schließlich die Mittel. Und dass du den Weg auf dich genommen hast, nur um dich bei mir zu bedanken, also, dafür verzeihe ich dir sogar den sadistischen Mistkerl.« Freundschaftlich zwinkert sie mir zu. »Also: Gern geschehen!«

»Wie bitte?«

»Gern geschehen«, wiederholt sie. »Es passiert nicht oft, dass die Menschen dankbar sind, hör nur.« Damit greift sie nach der Fernbedienung. »Das sind alle Gebete«, ruft sie mir über den Lärm hinweg zu, »und jetzt kommen die Danksagungen.« Sie drückt auf einen Knopf und augenblicklich ist es still im Raum. Beängstigend still. Dann piepst eine hohe Kinderstimme: »Lieber Gott, danke, dass du meine Mama wieder gesund gemacht hast.«

»Krebs«, flüstert Gott mir zu. Einige andere Stimmen kommen hinzu: »Danke für meinen gesunden Sohn«,

»Danke, dass ich wieder eine Arbeitsstelle gefunden habe«, »Danke, dass ich nun doch schwanger geworden bin«.

»Schön, dass es noch Menschen gibt, die dankbar sein können«, stellt Gott nach einer Weile fest, »die meisten können nur fordern.« Zum Beweis drückt sie ihre Fernbedienung und die Gebetsfetzen regnen auf mich nieder, bevor sie die Lautstärke wieder dimmt. Ich fühle mich alles andere als wohl in meiner Haut. »Ich hätte dich nicht für den dankbaren Typ gehalten«, stellt sie fest und mustert mich ein wenig kritisch. »In deinen Briefen hast du dich jedenfalls immer nur beschwert, kein einziges Wort darüber, dass du ein wirklich erfülltes Leben hattest. Und eine große Liebe. Na ja, Schwamm drüber. Geh nun lieber wieder raus und rette deine Großmutter vor Knut und Roderich«, sagt sie mit einem ironischen Unterton. »Und komm nicht wieder her.«

»Ich bin nicht hier, um mich zu bedanken«, platze ich heftiger heraus als beabsichtigt. Sie sieht mich mit hochgezogenen Augenbrauen an.

»Nicht?«

»Sie wollen meinen Verlobten umbringen und denken, dass ich das für eine gute Idee halte?«

»Du hast geschrieben, dass er deine große Liebe ist. Und dass du, milde ausgedrückt, mit meiner Entscheidung, dich holen zu lassen, alles andere als einverstanden warst. Aufgrund deines unverschämten Tones hätte ich am liebsten überhaupt nicht reagiert«, sagt sie kühl und streicht sich mit der Hand eine Haarsträhne aus dem Gesicht. Diese Haarfarbe, merkwürdig, ich kann sie nicht definieren, sie ist … »Gib es auf«, fährt sie mich an. »Ich habe dir einen gewissen Respekt für deine Hartnäckigkeit gezollt. Du kannst nicht zurück, also habe ich sein Schicksal umgeschrieben, damit ihr wieder zusammenkommt. Was ist also deiner Meinung nach nun wieder falsch?« Unwillig sieht sie mich an, aber ich bin jetzt so empört, dass ich meine Scheu verliere. »Denken Sie eigentlich auch mal nach, bevor Sie willkürlich irgendwelche Schicksale umschreiben?«, rege ich mich auf. »Michael ist doch noch so jung, sein Leben liegt noch vor ihm. Und dann soll ich ihn auch noch abholen. Das ist das Grausamste, was ich je gehört habe!«

»Ach ja?« Der Blick ihrer Augen scheint mich förmlich zu durchbohren, kein Muskel zuckt in dem glatten Gesicht. In diesem Moment verdunkelt sich der Himmel über uns, das strahlende Blau weicht in Sekundenschnelle einem von grauen Wolken durchzogenen Schwarz. Blitze zerreißen die Dunkelheit, als Gott mit einer ruckartigen Bewegung aufsteht. Erschrocken weiche ich einen Schritt zurück. Sie ist viel größer, als ich angenommen hatte. In das Grollen über uns mischt sich ihre Stimme, die plötzlich so laut ist, dass ich nur mit Mühe widerstehen kann, mir die Ohren zuzuhalten. Von allen Seiten scheint sie auf mich einzuschallen.

»Wenn dir meine Lösung des Problems nicht gefällt, dann hättest du dich eben klarer ausdrücken müssen«, donnert sie. »In vierhundertsiebenunddreißig Briefen hast du mir nicht einen einzigen Lösungsvorschlag angeboten. Aber so ist es ja immer mit euch Menschen: Beten und bitten, das könnt ihr. Über die Ausführung kann sich ja dann die Dumme da oben den Kopf zerbrechen. Schließlich ist sie ja allmächtig. Was ich übrigens nie von mir behauptet habe.«

»Aber ...«, piepse ich und sie schaut auf mich herunter, schrumpft irgendwie auf meine Größe zusammen und steht nun vor mir. Auge in Auge. Das Gewitter über uns verzieht sich so schnell, wie es gekommen ist, und hinterlässt ein diesiges Grau, was eine unwirkliche Stimmung schafft.

»Ein bisschen Teamwork hin und wieder wäre nett«, kommt es leise von Gottes Lippen, während sie in winzigen Trippelschritten rückwärts zu ihrem Sessel geht und sich vorsichtig darauf niederlässt. »Ich habe euch nach meinem Ebenbild geschaffen, um mir ein bisschen Hilfe bei der Verwaltung der Schöpfung zu holen. Wozu sonst hätte ich wohl vernunftbegabte Wesen auf der Erde benötigt? Hast du eine Ahnung, wie lange ich am Menschen gearbeitet habe?« Sie sieht mich scharf an, doch da sie gleich darauf fortfährt, war die Frage wohl rein rhetorischer Natur. »Glaub bloß nicht das Ammenmärchen vom sechsten Tag«, ruft sie aus. »In vierundzwanzig Stunden bringt man nicht mal ein Eichhörnchen zustande. Nein, dieses Kunstwerk hat mich eine Ewigkeit gekostet. Klug solltet ihr sein, und so geschah es. Klug genug, um eine Atombombe zu bauen. Leider nicht klug genug, um sie nicht zu benutzen. Manchmal habe ich das Gefühl, ihr gebt euch die größte Mühe, alles kaputt zu machen. Ihr wisst doch genau, was richtig und was falsch ist. Wieso erreichen mich trotzdem täglich Millionen von Gesuchen, dass ich irgendeine Schuld vergeben soll? Ich verstehe euch Menschen einfach nicht.« Ich öffne den Mund, um mich zu verteidigen. Dann schließe ich ihn wieder, denn sicher weiß sie längst, dass ich auf der Erde für den Frieden demonstriert habe, und außerdem ist das wohl hier gar nicht der Punkt. Eine Weile sehen wir einander wortlos an. Irgendwie tut mir die Chefin fast ein bisschen leid. Wahrscheinlich ist sie einfach total überarbeitet. Doch dann fällt mir Michael wieder ein und entschlossen wage ich einen neuen Versuch.

»Es tut mir wirklich leid, dass ich keinen Lösungsvorschlag gemacht habe«, entschuldige ich mich, und bevor sie mir über den Mund fahren kann, spreche ich rasch weiter, »aber dies ist wirklich eine Notsituation. Könnten Sie nicht ausnahmsweise …?«

»Nein«, kommt es scharf zurück.

»Bitte!« Flehend sehe ich sie an.

»Ich habe Nein gesagt.«

»Aber …« Schon wieder braut sich ein Gewitter am Himmel zusammen und eine weitere Standpauke geht auf mich nieder:

»Meinst du, ich habe nichts Besseres zu tun, als mich hier mit dir auseinanderzusetzen?«, grollt sie. »Wie viel könnte ich auf der Welt bewirken, wie viel besser könnte ich sie machen, wenn nur die wirklich wichtigen Dinge an mich herangetragen würden? Wie soll ich mich um alles kümmern? Ihr macht mich krank! Krank! Krank! Und jetzt raus mit dir.« Ich muss mich an der Türklinke festklammern, um nicht von dem Tornado, der durch den Saal wirbelt, hinausgeweht zu werden. Ich werfe noch einen letzten Blick zurück auf Gott, die sturmumtobt in ihrem Sessel sitzt, dann schleiche ich gesenkten Hauptes von dannen.

Auch als ich nach einer weiteren Schlitterpartie über den Regenbogen die schwere Klinke der goldenen Pforte wieder hinunterdrücke, hat sich das Wetter noch nicht gravierend verbessert. Besorgt sehe ich in den wolkenverhangenen Himmel, aus dem es in Bindfäden regnet. Dann öffne ich vorsichtig das Tor und schaue mich ängstlich um. Ob Knut und Roderich meine Abwesenheit bemerkt haben? Ich entdecke keine Seele. Merkwürdig. Suchend schaue ich mich um und sehe rechts von mir einen kleinen, hölzernen Verschlag, der vorher noch nicht da war. Wahrscheinlich haben die drei dort Schutz vor dem Unwetter gesucht. Auch wenn man hier oben nicht nass werden kann, ist es doch ein unangenehmes Gefühl, wenn Wind und Regen durch einen hindurchpfeifen. Zögernd trete ich näher und klopfe an. Keine Sekunde später wird die Tür aufgerissen und ich stehe meiner Großmutter gegenüber, der die Erleichterung ins Gesicht geschrieben steht.

»Da bist du ja wieder«, begrüßt sie mich überschwänglich, »ich habe mir schon gedacht, dass du den Weg nicht alleine finden und zurückkommen würdest. Schließlich habe ich ja den Kompass.« Damit zieht sie das Medaillon aus der Rocktasche hervor und zwinkert mir verschwörerisch zu.

»Mir ist euer Gespräch irgendwann zu persönlich geworden, da wollte ich es auf eigene Faust versuchen«, spiele ich mit, »aber leider …«

»Tut uns leid, wenn wir dich in Verlegenheit gebracht haben«, entschuldigt sie sich. »Nicht wahr, Jungs?« Damit wendet sie sich halb um und gibt den Blick frei auf die beiden Wachen, die es sich in zwei breiten Ohrensesseln an einem Feuerchen gemütlich gemacht haben.

»Hm, ja«, nicken sie grummelnd, aber eigentlich sieht es so aus, als täte ihnen nur eins leid, nämlich, dass ich ihr Stelldichein mit Liesel unterbrochen habe.

»Tja, also«, sagt diese nun auch mit einem bedauernden Lächeln, »war wirklich nett, mit euch zu plaudern und alte Erinnerungen aufzufrischen.«

»Vielleicht sieht man sich ja mal wieder«, wünscht sich Roderich und lässt seinen Blick dabei begehrlich über die Silhouette meiner Großmutter wandern.

»Ja«, grunzt Knut begeistert, »im nächsten Leben, wenn wir all das auch tun können, statt nur darüber zu reden.«

»Und wir haben ausführlich darüber geredet«, wispert Liesel mir zu und rollt dabei mit den Augen. Laut sagt sie: »Das wäre wun-der-bar.«

»Ich wollte sowieso demnächst einen Termin bei dieser Firma machen, wie heißt sie noch?«

»Reincarnation GmbH & Co. KG?«, frage ich ahnungsvoll und Knut nickt.

»Genau. Wenn wir also alle drei gleichzeitig zurückgehen ... Aber wie stellen wir sicher, dass wir uns unten auch begegnen?« Ratlos sieht er sich nach seinem Kollegen um.

»Habt doch ein bisschen Gottvertrauen«, lächelt Liesel gezwungen und ich nicke bekräftigend.

»Genau, wenn es Gottes Wille ist, dann wird sie dafür sorgen!« Bei der Nennung von Gottes Geschlechtszugehörigkeit wird Knut plötzlich wieder ganz grün um die Nase. Diesen Moment nutzen wir, um uns schleunigst aus dem Staub zu machen.

Zwar hat es aufgehört zu regnen, aber die Wolken hängen noch immer tief am grau verschleierten Himmel, als wir uns auf den Heimweg machen. Kaum sind wir außer Sichtweite, schüttelt sich Liesel erstmal ausgiebig und ich glaube nicht, dass es an dem kalten Wind liegt, der durch uns hindurchpfeift.

»Diese widerlichen Kerle«, sagt sie schaudernd, »du hast ja keine Ahnung, was Männer sich alles ausdenken können, wenn sie seit Jahrzehnten nicht zum Zug gekommen sind.«

»Aber es war eine wirklich gute Idee von dir«, sage ich anerkennend, »oder kannst du die beiden tatsächlich?«

»Selbstverständlich nicht«, antwortet sie mit aller Entrüstung, »was denkst du denn von mir? Ich war ein sehr züchtiges Mädchen, als ich im Dienst des Freiherrn stand. Hat mich in arge Bedrängnis gebracht. Ein verheirateter Mann aus dem Dorf hatte es auf mich abgesehen, und als ich nichts von ihm wissen wollte, hat er mich als Hexe denunziert«, fügt sie düster hinzu.

»Das tut mir leid«, sage ich betreten.

»Schon gut. Aber nun erzähl doch endlich, warst du bei ihr?« Ich nicke. »Das ist ja unglaublich. Und sie ist also wirklich eine Frau? Wie war sie so? Wie sieht sie aus?«, quetscht sie mich neugierig aus, aber dazu kann ich nur verlegen die Schultern heben. Ich habe keinen blassen Schimmer, wie sie aussieht. Nicht nur, dass mir dafür die Worte fehlen, nein, in dem Moment, als ich Gott verlassen habe, ist sämtliche Erinnerung an ihre Erscheinung aus meinem Gedächtnis verschwunden. Wie ein Traum, der einem nach dem Aufwachen entgleitet, so sehr man ihn auch festzuhalten versucht. Das versuche ich Liesel jetzt klarzumachen, die mich einigermaßen verständnislos ansieht.

»Ich weiß es wirklich nicht mehr«, beteuere ich.

»Weißt du wenigstens noch, was sie gesagt hat?« Oh ja, daran erinnere ich mich leider genau.

Erst bei Sonnenuntergang erreichen wir die ersten Häuser der Stadt. Mir ist elend zumute. Anscheinend gibt es nichts, was ich tun kann, um Michaels Tod zu verhindern.

»Danke, dass du mitgekommen bist«, sage ich mit einem gezwungenen Lächeln, als wir vor unserem Haus angekommen sind. »Auch, wenn es nichts gebracht hat, aber es war sehr lieb von dir.«

»Du willst doch jetzt nicht schon schlafen gehen«, hält mich Liesels Stimme auf, als ich schleppenden Schrittes in meine Wohnung gehen will.

»Doch«, gebe ich zurück. Was sollte ich auch sonst tun? Ich möchte mir die Decke über den Kopf ziehen und in einen möglichst traumlosen Schlaf fallen.

»Das geht nicht«, sagt sie und schüttelt ihr Haupt, dass die langen Haare fliegen, »ich will noch in den ›Sternenfänger‹.«

»Aber ich nicht.«

»Bitte«, fleht sie und setzt ein betörendes Lächeln auf, »nach der Unterhaltung mit den beiden Rüpeln brauche ich dringend einen eloquenten Gesprächspartner.«

»Oh nein«, stöhne ich, begreifend, was sie meint.

»Oh doch!«, nickt sie strahlend. Eigentlich will ich sie abwimmeln. Ich habe wirklich nicht die geringste Lust, in den »Sternenfänger« zu gehen, um meiner Großmutter und der Seele von Wolfgang Amadeus Mozart beim Flirten zuzusehen. Dann fallen mir wieder die beiden grobschlächtigen Wachen am Tor ein und ich füge mich in mein Schicksal.

Der Laden ist rappelvoll und kaum habe ich die Tür geöffnet, schlägt mir eine Duftwolke aus den unterschiedlichsten Aromen entgegen, die mich ganz duselig macht.

»Dass die Leute es aber auch nicht lernen, zwischendurch den Deckel auf ihre Smells zu setzen«, mosere ich, während Liesel mit einem strahlenden Lächeln neben mir steht und in Richtung Bar winkt. Gemeinsam gehen wir zu Samuel hinüber, der sich offensichtlich auch freut, uns zu sehen.

»Schön, dass ihr da seid«, ruft er begeistert und lädt uns mit einer Handbewegung ein, auf zwei freien Barhockern Platz zu nehmen. »Ich muss nur noch zwei Bestellungen fertig machen, dann bin ich bei euch, und ich will alles wissen!«

»Natürlich«, nickt Liesel und zeigt ihre perlweißen Zähne. »Siehst du, es ist doch gut, dass wir hergekommen sind. Ist es nicht schön, wenn man ein so gern gesehener Gast ist?«

»Ich bin dem doch piepegal«, sage ich missmutig, »der freut sich über dich.«

»Meinst du wirklich?«, fragt sie aufgeregt und ich seufze leise, während mir ein komischer süßlicher Duft in die Nase kriecht.

»Kann man hier vielleicht mal lüften?«, rufe ich Samuel, der gerade hochkonzentriert einen Flakon abfüllt, genervt zu. »Und willst du nicht endlich mal ein ›Bitte Flakons abdecken‹-Schild aufstellen?«, füge ich mit einem schrägen Seitenblick auf meinen Nachbarn zur Linken hinzu. Der sieht mich nur verständnislos aus glasigen Augen an und nimmt einen weiteren Zug der grellpinken Essenz in seinem Flakon. Natürlich ohne hinterher den Deckel draufzusetzen.

»Nun beruhige dich doch«, sagt Liesel und sieht mich

kopfschüttelnd an. »Hier kann niemand was dafür, dass dein Gespräch mit Gott so blöd gelaufen ist.«

»Pssst«, zischele ich und sehe mich nervös um, ob irgendjemand das gehört hat. »Bist du wahnsinnig geworden?«

»Aber wieso denn? Meinst du, sie hätte etwas dagegen?«

»Pssssssst«, mache ich noch nachdrücklicher. »Sie hätte mit Sicherheit etwas dagegen, wenn wir hier rumposaunen, dass sie eine Frau ist«, flüstere ich dann.

»Wie kommst du denn darauf?«

»Warum sonst macht sie daraus so ein großes Geheimnis?«, argumentiere ich. »Nein, das behalten wir schön für uns. Kannst du dir vorstellen, was hier für ein Tumult losbrechen würde, wenn das bekannt wird? Vielleicht gibt es sogar eine Revolte, der Himmel ist schließlich voller Chauvinisten!«

»Wenn sie von Anfang an klargemacht hätte, dass sie eine Frau ist, dann wäre die Welt eine andere«, sinniert Liesel vor sich hin und ihre Augen leuchten dabei.

»Wir halten die Klappe, verstanden?«, sage ich nachdrücklich.

»Aber ...«

»Sonst nenne ich dich wieder Omi«, drohe ich und sie sieht mich erschrocken an.

»Und, die Damen, was kann ich euch Gutes tun?«, unterbricht Samuel unser Gespräch. Ich werfe Liesel noch einen warnenden Blick zu, dann sage ich: »Für mich nichts, danke, hier wird man ja schon berauscht von dem, was so in der Luft hängt!«

»Ich weiß, das mit den Deckeln ist ein Problem«, gibt Samuel zu und stellt gleichzeitig einen Flakon vor meine

Großmutter, in dessen rundem Bauch eine purpurrote Essenz wabert. »Ich konnte gestern Nacht nicht schlafen und habe eine neue Kreation entworfen«, erklärt er und sieht ihr dabei tief in die Augen. »Würdest du sie probieren?«

»Mit Freuden«, sagt Liesel aufgeregt und ich rolle genervt mit den Augen. Zwischen Mozart und ihr läuft eindeutig etwas. Ich weiß schon, warum ich lieber zu Hause geblieben wäre. Meine Großmutter führt den Flakon vorsichtig an die Nase, schließt genießerisch die Augen und lüftet den Deckel.

»Sag mir, was du riechst«, sagt Samuel atemlos, den Blick auf ihr schnupperndes Näschen gerichtet.

»Ich rieche rote Rosen«, murmelt sie, »einen Hauch von Champagner und dunkle Schokolade. Dann noch was anderes, geschmolzenes Wachs und Feuer, nein, Kerzen, eine brennende Kerze.« Mit jedem Wort wird das Lächeln des Künstlers breiter, gespannt hängt er an ihren Lippen. »Im Wind getrocknete Bettwäsche, und eine Spur von Salz, wie …«, sie öffnet die Augen und sieht ihn an, »wie ein Schweißtropfen, der den Nacken hinunterrinnt. Valentinstag«, jubelt Liesel, »deine neue Kreation heißt Valentinstag.« Samuel nickt, strahlend sehen die beiden einander an. »Hier, probier mal!« Anscheinend haben sie nun doch bemerkt, dass sie nicht alleine sind. Ich lehne dankend ab. »Aber es ist wunderbar«, nötigt Liesel mich und hält mir den Flakon unter die Nase.

»Mach den Deckel drauf«, sage ich und halte den Atem an. Mir ist überhaupt nicht nach Valentinstag. Wenn ich an Rosen, Champagner, Pralinen und schweißtreibenden Sex denke, erinnert mich das an Michael, und an den will ich gerade einfach nicht denken.

»Natürlich, entschuldige«, sagt Liesel denn auch und verschließt den Flakon wieder fest. »Wundervoll«, wendet sie sich dann wieder an unseren Barkeeper, »den solltest du sofort in die Karte aufnehmen.« Er schüttelt den Kopf.

»Nein, der ist nur für dich. Du kannst ihn jederzeit bekommen. Aufs Haus natürlich!« Ich glaube, mir wird schlecht. Liesels Aura färbt sich dunkelrosa, während meine wahrscheinlich gerade ins Graugrünliche übergeht.

»Danke«, haucht sie. Ich glaube, ich werde hier nicht mehr gebraucht. Gerade will ich aufstehen und unauffällig verschwinden, als mich jemand von hinten anspricht.

»Lena, wie schön, dich zu sehen!« Ich wende mich um und sehe in Thomas' freundliche grüne Augen.

»Dich auch«, sage ich erschöpft lächelnd und meine es genau so. Endlich bin ich nicht mehr alleine mit den Turteltäubchen.

»Was geht denn da ab?«, erkundigt sich Thomas da auch schon grinsend und ich zucke mit den Achseln.

»Was wohl? Sie feiern gemeinsam Valentinstag.« Ohne auf seinen verständnislosen Blick einzugehen, rutsche ich von meinem Barhocker hinunter und sage: »Mir wird echt schlecht von dem kalten Duftmix hier in der Luft. Hast du Lust, ein bisschen rauszugehen?« Ein wenig unschlüssig wiegt er den Kopf hin und her.

»Meinst du wirklich? Es war heute den ganzen Tag sehr ungemütlich.«

»Äh, ja, stimmt«, sage ich unbehaglich, weil das schlechte Wetter ja auf meine Kappe geht. »Könnten wir trotzdem? Mir geht's echt nicht gut.« Flehend sehe ich ihn an und er willigt sofort ein.

»Na klar, komm. So ein bisschen Nieselregen wird uns schon nicht umbringen.«

»Haha«, sage ich pflichtschuldig und gehe vorneweg zur Tür.

Gemeinsam treten wir auf die Terrasse des »Sternenfängers«, die direkt an einem aufgetürmten Wolkenberg gelegen ist und auf der es normalerweise von Gästen wimmelt. Aber heute lümmelt nicht eine einzige Seele auf den flauschigen, buntgefärbten Wattewölkchen, die überall herumliegen. Ich sehe Thomas an und blinzele überrascht. Obwohl er kaum zwei Meter von mir entfernt steht, kann ich nur seine Umrisse erkennen. Hier draußen ist es stockdunkel, man kann kaum die Hand vor den Augen erkennen. Ich trete näher zu ihm heran und sehe, dass er in den Himmel schaut.

»Wirklich ein Mistwetter, so was habe ich lange nicht erlebt«, meint er kopfschüttelnd. »Fing ganz plötzlich an, so kurz nach Mittag.«

»Aha«, sage ich kleinlaut und folge seinem Blick mit den Augen. Der Nachthimmel hängt pechschwarz über uns, nirgendwo ist auch nur ein einziger Stern zu erkennen. »Hättest du vielleicht trotzdem Lust, dich ein bisschen mit mir hinzusetzen?«

»Natürlich«, antwortet er sofort, »möchtest du vorher noch was von drinnen?«

»Nein danke!« Ich schüttele den Kopf. »Aber hol dir ruhig was.«

»Bin gleich wieder da!« Während Thomas wieder reingeht, laufe ich bis an den Rand der Terrasse, wo es steil bergab geht. Ich schiebe zwei Wölkchen nebeneinander und lasse mich auf einem nieder. Starre gedankenverloren in die Dunkelheit. Was mache ich denn nur? Am Freitag wird Michael sterben und ich bin schuld daran. Jetzt verfluche ich jeden einzelnen meiner vierhundertsiebenunddreißig Briefe, in denen ich mich darüber beklagt habe, von Michael getrennt worden zu sein. Aber ich konnte doch nicht ahnen, dass das dabei herauskommen würde. Oder doch?

»Lena«, erklingt ein leiser Ruf hinter mir und ich drehe mich um. Es ist wirklich stockdunkel.

»Hier bin ich«, sage ich, »ganz hinten an der Klippe.« Ich höre Thomas über die Terrasse stapfen und einmal unterdrückt fluchen, als er über eine Sitzwolke stolpert, bevor er endlich vor mir steht.

»So dunkel war es hier oben glaube ich noch nie«, meint er, sich neben mich setzend. »Verrückt.« Damit hält er mir einen der beiden Smells, die er trägt, hin.

»Ich möchte wirklich nicht«, beteuere ich und er stellt ihn neben meinen Füßen ab.

»Vielleicht überlegst du es dir ja noch. Ist wirklich ganz harmlos. Es gibt nämlich durchaus Smells, die keine bösen Erinnerungen heraufbeschwören.« Er nimmt einen Zug aus seinem und lehnt sich entspannt zurück.

»Ach ja?« Zweifelnd sehe ich ihn an. »Was hast du denn da?«

»Bier.«

»Bier?« Er nickt.

»Klar, warum nicht? Samuel findet es natürlich stinklangweilig, aber mir gefällt's. Ich will meinen Feierabend genießen, nicht mich an längst vergangene Zeiten erinnern. Da muss man ja schwermütig werden.« Ich nicke langsam. Da hat er schon irgendwie Recht.

»Und was ist das hier?«, erkundige ich mich und greife nach meinem Smell.

»Heiße Milch mit Honig. Du wirkst angespannt.« Heiße Milch mit Honig. Er hat Recht, damit kann eigentlich nichts schiefgehen. Also nehme ich vorsichtig einen Zug. Wärme durchströmt mich.

»Nicht schlecht«, gebe ich zu.

»Aber besonders gut siehst du immer noch nicht aus.« Besorgt mustert er mich von der Seite. »Wie geht's dir denn mittlerweile mit der Sache?«

»Ich war heute bei Gott, aber sie ... ich meine, er will mir nicht helfen«, platze ich damit heraus. Es gibt einen lauten Knall und der Flakon in Thomas' Hand zerspringt in tausend Scherben.

»Du warst wirklich dort?«, fragt er aufgeregt, ohne sich um das Glas zu kümmern. Ich nicke bedrückt und erzähle ihm die ganze Geschichte. Nur dass Gott eine Frau ist, lasse ich unerwähnt.

»Das tut mir ehrlich leid«, sagt Thomas, nachdem ich geendet habe.

»Sieht so aus, als bliebe mir nichts anderes übrig, als Michael abzuholen«, sage ich trübsinnig und starre in den Himmel, an dem sich die schwarze Wolkenwand ein wenig aufzulockern beginnt. Zumindest blitzt hier und da wieder ein kleines Sternlein hervor. »Wenn er doch wenigstens wüsste, dass er nur noch ein paar Tage zu leben hat. Ich hätte es damals gerne gewusst. Du nicht?«

»Die Ärzte haben mir gesagt, zwischen drei und sechs Monaten. Lungenkrebs«, erklärt er, als ich ihn betroffen ansehe.

»Das wusste ich ja gar nicht«, sage ich leise und schäme mich ein bisschen dafür. Schließlich kennt Thomas meine gesamte Lebens- und Sterbensgeschichte in- und auswendig, während ich so gut wie gar nichts über ihn weiß.

»Ich habe zwei Schachteln am Tag geraucht«, fährt er kopfschüttelnd fort. »Ich hoffe, in meinem nächsten Leben werde ich schlauer sein. Aber wer weiß, wie oft ich schon an Lungenkrebs gestorben bin, ohne etwas dazuzulernen? Manchmal wäre es doch ganz gut, sich an seine früheren Leben erinnern zu können. Na ja, jedenfalls hatte ich dann doch noch ganze zwölf Monate. Besonders schön waren die aber nicht«, sinniert er vor sich hin und schaudert angesichts der Erinnerung. »Aber du hast schon Recht, immerhin konnte ich mich von allen verabschieden. Und ihnen sagen, wie lieb ich sie habe.«

Ich nicke. Das hätte ich Michael auch noch gerne gesagt.

»Wie alt warst du?«

»Vierundfünfzig.«

»Und ... deine Frau, ich meine ...?«

»Geschieden«, meint er achselzuckend. »Aber ich hatte zwei tolle Kinder«, fährt er fort und ein Lächeln umspielt dabei seine Lippen. »Maria und Emma.«

»Wow, das wusste ich nicht«, sage ich erneut.

»Tolle Mädchen. Ja, insgesamt war es ein schönes Leben. Wenn auch ohne eine ganz große Liebe.« Wehmütig lächelt er mich an und ich lächele unsicher zurück.

»Was für ein Mann dieser Samuel ist«, schwärmt Liesel, als wir uns Stunden später gemeinsam auf den Heimweg machen. »So kreativ und so intelligent und sensibel und ...«

»Fändest du ihn auch so toll, wenn du nichts über seine Vergangenheit wüsstest?«, frage ich sarkastisch und sie nickt voller Überzeugung.

»Aber natürlich. Es ist doch alles in ihm drin. Hast du das denn immer noch nicht verstanden? Wir Seelen sind das Produkt unserer einzelnen Leben, wir lernen und wachsen und …«

»Das habe ich verstanden«, unterbreche ich sie unwirsch, gerade, als wir vor unserem Haus angekommen sind. »Was ich überhaupt nicht verstehen kann, ist, wie du behaupten kannst, Opa zu lieben, und gleichzeitig hier oben mit jemandem anderen rumflirtest.«

»Du hast leicht reden«, sagt sie und sieht mich verletzt an, »du musst ja auch nur noch drei Tage warten, bis du wieder mit Michael zusammen bist.« Damit dreht sie sich abrupt um und läuft die Treppen zu ihrer Wohnung hinauf, ohne sich noch einmal umzusehen.

Kapitel 9

Langsam öffne ich die Tür zu meiner eigenen Wohnung und trete ein. Ich weiß gar nicht so recht, was ich denken soll. Die ganze Zeit war ich so damit beschäftigt, nach einem Ausweg aus dem Unvermeidlichen zu suchen, dass mir gar nicht klar war, was Michaels Tod für mich bedeutet. Für uns. Dass wir wieder zusammen sein werden. Der Gedanke, ihn bald hier bei mir zu haben, lange Spaziergänge über die Wolkendecke zu machen, nachts neben ihm zu schlafen, morgens in seine braunen Augen zu schauen, ist so verlockend, dass es mir den Atem raubt. Vielleicht hatte die Chefin doch Recht? Vielleicht habe ich all die Briefe nur geschrieben, um genau das zu erreichen, was ich jetzt bekomme? Ich lege mich angezogen auf mein Bett und starre an die weiße Decke. Noch immer finde ich den Gedanken gruselig, dass Michaels Leben enden soll. Er ist doch erst sechsunddreißig Jahre alt. Aber andererseits ist mein Verhältnis zum Tod ja auch extrem angespannt, immer noch. Unten ist das normal, aber die meisten Leute, mit denen ich hier oben darüber spreche, können meine ablehnende Haltung nicht wirklich nachvollziehen. Erzählen mir dann, dass er zum Leben dazugehört und wie ein Neuanfang ist. Ich wollte das nie einsehen, konnte nichts

Positives daran finden, aber jetzt sehe ich die Sache in einem anderen Licht.

Da ich sowieso nicht einschlafen kann, mache ich mich daran, meine Wohnung umzugestalten. Kopfschüttelnd durchwandere ich mein kärgliches Apartment und frage mich, wie ich es so lange in dieser schmucklosen Umgebung aushalten konnte. Um es mit Thomas' Worten zu sagen: Da muss man ja schwermütig werden. Ein Holztisch mit zwei Stühlen, die schlichte Küche, Duschbad, ein schmales Bett und ein Kleiderschrank. Hier sieht es aus wie in einer Jugendherberge. Nach kurzem Nachdenken beschließe ich, sämtliches Inventar rauszuwerfen. Kaum zu Ende gedacht, stehe ich auch schon in dem völlig leergefegten Raum. Mist, ich habe nicht bedacht, dass all meine Kleider mit dem Schrank verschwinden. Macht aber nichts, es ist höchste Zeit für eine neue Garderobe. Schließlich möchte ich umwerfend aussehen, wenn Michael mich nach so vielen Jahren wiedersieht. Doch zunächst muss ich alles für seinen Einzug herrichten, dazu muss erst mal ein neuer Grundriss her. Nicht zu groß und nicht zu klein, drei Zimmer, so wie früher, wären genau richtig. Schwupps, schon stehe ich in einem geräumigen, quadratischen Raum, von dem zwei Türen abgehen. Nun noch ein großes Bad. Eine dritte Tür erscheint. Dann beginne ich damit, die Räume gemütlich einzurichten, ohne sie zu überladen. Ein breites Bett mit seidener Wäsche und flatterndem Himmel darüber. Daneben ein großer, silberner Kerzenständer. Ein goldschimmernder Beigeton an den Wänden vervollständigt das romantische Ambiente. Zufrieden lasse ich den Blick durch das neue Schlafzimmer gleiten und denke ein bisschen wehmütig, dass wir hier keinen Sex haben werden. Zu dumm! Nun ja, versuche ich mich zu trösten, immerhin können wir miteinander reden, uns nah sein. Und vielleicht erfindet Samuel ja schon bald so eine Art »Sex on the Beach«, den wir dann gemeinsam genießen können, ersatzweise sozusagen. Ich richte auch das Wohnzimmer behaglich her, mit einer großen Couch, Kamin, Musikanlage und Bücherregal mit Michaels Lieblingslektüre. Auf die andere Seite kommt eine schicke neue Küchenzeile mit edler, mattroter Oberfläche. Den dritten Raum wünsche ich dann doch wieder weg, weil mir keine rechte Verwendung dafür einfällt. Wenn wir noch nicht einmal Sex haben können, wird sich wohl so bald kein Nachwuchs ankündigen, der dort wohnen könnte, denke ich und meine Laune sinkt wieder ein bisschen. Nun ja, das machen wir dann im nächsten Leben, tröste ich mich und lasse mich nach getaner Arbeit auf meinem neuen Bett nieder.

Am nächsten Morgen erwache ich mit einem unangenehmen Gefühl. Mit geschlossenen Augen liege ich da und sehe noch immer Michaels Gesicht vor mir, wie er auf unserem Bett sitzt und ausdruckslos vor sich hinstarrt. So, wie ich ihn das letzte Mal gesehen habe. Dann fällt mir ein, was in zwei Tagen geschehen wird, und die letzten Zweifel in mir sind ausgelöscht. Natürlich, wieso nur habe ich nicht daran gedacht? Michaels Leben ist ja nicht mehr dasselbe, seit ich nicht mehr bei ihm bin. Wie schrecklich traurig er war, als ich ihn besucht habe. Wir werden es hier oben gemeinsam wunderschön haben! Beschwingt hüpfe ich aus dem Bett und öffne meinen neuen Kleiderschrank. Gähnende Leere. Richtig, all meine Klamotten sind ja gestern mitsamt dem alten Schrank Marke Jugendherberge verschwunden. Macht nichts. Darum kümmere ich mich heute Abend. Ich werfe einen Blick aus dem Fenster. Der Morgen dämmert, die Wolken haben sich endlich verzogen. Es scheint ein schöner Tag zu werden und Gott mir also anscheinend nichts nachzutragen. Erleichtert wünsche ich mir ein leichtes, weißes Sommerkleid und flache Ballerinas in der gleichen Farbe. Während ich leichtfüßig durch meine Wohnung tänzele, fällt mir plötzlich der Streit mit meiner Großmutter wieder ein. Ich war wirklich nicht sehr nett zu ihr. Schließlich ist die Sache mit Samuel/Wolfgang Amadeus allein ihre Entscheidung. Und Opa Hinrich ist unten schließlich auch wieder verheiratet. Es muss furchtbar für Liesel gewesen sein, als sie davon erfahren hat.

Entschlossen laufe ich, immer zwei Stufen auf einmal nehmend, hoch in den ersten Stock und klopfe zaghaft an die Tür.

»Herein«, erklingt sofort Liesels Stimme von drinnen und ich trete ein. Sie sitzt in einem fließenden Morgenrock aus weißer Seide und mit geschlossenen Augen in ihrem Sessel und sieht aus wie eine Revuetänzerin aus den Dreißigerjahren kurz vor ihrem Auftritt. Aus der Stereoanlage erklingt klassische Musik. Ich würde mal vermuten: Mozart.

»Hallo«, sage ich und setze mein zerknirschtestes Gesicht auf. Sie hebt ein Augenlid.

»Ach, du. Mit dir möchte ich gerade nicht reden.«

»Das kann ich verstehen«, nicke ich reumütig.

»Dann sind wir uns ja einig.«

»Es tut mir leid.«

»Soso.«

»Ehrlich.«

»Zur Kenntnis genommen.« Ratlos stehe ich da. Was soll ich denn jetzt noch sagen? Ich fühle mich ganz elend.

»Du hattest Recht.« Sie öffnet jetzt auch das andere Auge und sieht mich streng an.

»Selbstverständlich hatte ich Recht. Das habe ich immer. Nun, jedenfalls meistens.« Plötzlich beginnt es um ihre Mundwinkel verdächtig zu zucken und dann lacht sie plötzlich vergnügt auf. Verdattert sehe ich sie an. »Nun mach doch nicht so ein Gesicht wie ein Schaf, wenn es donnert«, lacht sie und steht auf. »Ich verzeihe dir.«

»Wirklich?«, frage ich erleichtert und sie nickt.

»Natürlich. Meine Zeit ist mir viel zu schade, um sie mit Streit und schlechter Laune zu verbringen. Ein Grundsatz, den du dir vielleicht auch zu Herzen nehmen solltest.«

Da hat sie Recht, denke ich, während ich mich auf den Weg zur Arbeit mache und mich dabei an den unterschiedlichen Blautönen des Himmels erfreue. Eigentlich ist es ja doch ganz schön hier oben. Wunderschön. Michael wird es lieben. Gut gelaunt betrete ich wenig später die Hallen von »Soulflow« und stehe nach nur dreißig Minuten Wartezeit vor Thomas, der mich mitleidig ansieht.

»Hey du«, sagt er und ich strahle ihn an.

»Selber hey! Ist das nicht ein wunderschöner Morgen?«

»Äh, ja, stimmt«, antwortet er verwirrt und mustert mich eindringlich von Kopf bis Fuß. »Sag mal, geht es dir gut?«, fragt er besorgt. »Du siehst irgendwie so aus.«

»Wie sehe ich aus?«

»Na, als ob es dir gut ginge.« Der arme Mann scheint wirklich vollkommen irritiert zu sein.

»Danke«, lächele ich und streiche mir kokett über mein fließendes Seidenkleid. »Es geht mir auch gut.«

»Tatsächlich?«

»Ja.« In diesem Moment mischt sich ein hinter mir stehender Mann mit wuscheligem braunem Lockenkopf in unsere Unterhaltung.

»Ja, es geht ihr gut«, sagt er ironisch in Thomas' Richtung, »und Ihnen geht es hoffentlich auch gut. Und ich weiß, mir geht es gut. Uns allen geht es gut. Können wir jetzt vielleicht weitermachen?«

»Natürlich, ja«, beeilt sich Thomas und greift nach einem Umschlag, den er mit einem Post-it gekennzeichnet hat, auf dem mein Name steht. »Würden Sie einen Schritt zurücktreten? Hinter die Linie bitte, danke!«

»Klar, wenn es Ihnen dann besser geht«, sagt mein Hintermann achselzuckend und wendet sich vorher noch mal an mich: »Ich heiße übrigens Leon und Sie sehen wirklich sehr gut aus!« Damit tritt er grinsend hinter die Linie. Thomas hält mir nun den Auftrag hin.

»Hier, ich habe dir was Einfaches rausgesucht für heute. Weil du gestern ja nicht in der allerbesten Verfassung warst.«

»Stimmt«, gebe ich zu, nehme den Umschlag entgegen und reiße ihn auf. »Aber ich habe mich wieder gefangen. Mir geht es wirklich gut jetzt.«

»Aber wieso denn bloß?«

»Weil übermorgen Michael kommt«, sage ich freudestrahlend. »Also dann, einen schönen Tag dir.«

Gemächlich schlendere ich zur Abflugstation, an der reger Betrieb herrscht. Während ich in der Schlange warte, träume ich vor mich hin und male mir aus, wie schön es zusammen mit Michael sein wird. Vielleicht können wir sogar einmal gemeinsam eine Wanderung zu Gott unternehmen. Nicht dass ich es noch mal wagen würde, sie zu stören, aber der imposante Glasturm ist ja auch von außen sehenswert. Und was er wohl dazu sagen wird, dass ich dort war, sie gesehen und gesprochen habe?

»Der Nächste bitte«, ertönt Pauls Stimme und er hält mir galant die Tür zu dem runden Holzzylinder auf.

»Danke«, sage ich und schließe, kaum, dass ich alleine bin, die Augen. Ich muss in die Universitätsklinik Eppendorf und es fällt mir nicht schwer, sie vor meinem inneren Auge erscheinen zu lassen. Schließlich habe ich jahrelang in unmittelbarer Nachbarschaft des Krankenhauses gewohnt. Zehn, neun, acht, ich denke an den von Säulen umgebenden Haupteingang des Gebäudes, sechs, fünf, vier, sattgrüne Bäume und blühende Rhododendren im Krankenhauspark, zwei, eins.

Ich öffne die Augen und stehe vor dem Portiershäuschen. Ein grauhaariger Mann sitzt darin und blättert in einer Zeitschrift. Begehrlich schaue ich auf den Riegel Schokolade, an dem er dabei herumknabbert. Weiße Crisp. Meine Lieblingssorte. Was gäbe ich für das Gefühl, ein Stück davon auf meiner Zunge schmelzen, die Süße sich ausbreiten, den Puffreis knistern zu spüren. Das wäre himmlisch! Da ich mein Gegenüber nicht nach dem Weg zur gynäkologischen Abteilung fragen kann, mache ich mich auf eigene Faust auf die Suche und bin nur wenige Minuten später, dank zahlreicher Hinweisschilder, am Ziel. Weil ich noch ein wenig Zeit habe, erlaube ich mir einen Abstecher in die Säuglingsstation, wo ich mich unauffällig unter mehrere stolze Elternpaare mische, die ihre Sprösslinge durch die Glasscheibe in ihren Bettchen betrachten. Ist das niedlich. Ein Baby mit dunklem Haarschopf hat es mir besonders angetan. Der Kleine räkelt und streckt sich in seinem hellblauen Strampelanzug und schaut interessiert aus hellen blauen Augen umher. Da, er hat mich angesehen. Verblüfft trete ich einen Schritt näher. Kein Zweifel, er schaut mir gerade in die Augen und lächelt ein zahnloses Lächeln. Ich lächele zurück und winke ihm zu. Wahrscheinlich kennen wir uns. Auch wenn sich meine sozialen Kontakte oben in Grenzen gehalten haben, könnte es doch sein, dass wir uns im »Sternenfänger« mal begegnet sind.

»Ich wünsche dir ein tolles Leben«, sage ich und er lacht glucksend auf.

»Sieh mal, er lacht uns an«, sagt der mir am nächsten stehende Mann begeistert und legt seinen Arm um die dunkelhaarige, zarte Frau, die von der Geburt erschöpft, aber glücklich aussieht.

»Er erkennt uns«, sagt sie voller Überzeugung und stolz sehen die beiden auf ihren Sprössling herab, während er und ich uns noch mal verschwörerisch zuzwinkern.

Nun zu weniger erfreulichen Dingen. Ich nehme das Treppenhaus in den dritten Stock und laufe durch die langen Krankenhausflure, bis ich vor dem auf dem Auftrag genannten OP ankomme. Vorsichtig trete ich ein und sehe eine junge Frau im weißen Hemd auf dem Operationstisch liegen. Ihre langen, blonden Haare verschwinden unter einer türkisfarbigen Haube, mit ihren großen blauen Augen sieht sie angstvoll zu dem Anästhesisten hoch, der sich über sie beugt und beruhigend auf sie einredet: »Sie brauchen keine Angst zu haben. Ich leite jetzt die Narkose ein. Können Sie für mich von zehn an rückwärts zählen?«

»Zehn«, sagt die Frau mit leiser, zitternder Stimme, »neun.« Ihr fallen die Augen zu.

»Wir können anfangen«, sagt der Anästhesist nach einem kontrollierenden Blick auf seinen Monitor und sogleich treten mehrere Ärzte und Schwestern, in dunkelblauen Kitteln, mit Mundschutz und Haube, an den Tisch heran. Ich verziehe mich in die entlegenste Ecke des Raumes und wende den Blick ab, während sie mit dem Eingriff beginnen. Ich hasse Krankenhäuser. Spätestens seit meinem Tod, aber auch vorher schon. Ich versuche, meine Gedanken auf etwas anderes zu lenken, aber das Piepsen der Maschine, die den Herzschlag der narkotisierten Frau anzeigt, dringt überlaut an mein Ohr und erinnert mich an die letzten Monate meines Lebens, in denen mich dieses Geräusch Tag und Nacht begleitet hat. Mir läuft ein Schauer über den Rücken. Der operierende Arzt gibt halblaute Anweisungen an die OP-Schwester, und kurz darauf höre ich ein unangenehmes Schlürfen und Saugen. Die Herzfrequenz der Patientin schnellt plötzlich nach oben und in das ruhige Team von Ärzten und Schwestern kommt hektische Betriebsamkeit.

»Das darf doch wohl nicht wahr sein«, höre ich eine

Stimme neben mir und blicke in das bildschöne, aber zornige Gesicht einer dunkelhaarigen Frau, die neben mich getreten ist.

»Hallo«, sage ich und werfe ihr ein beschwichtigendes Lächeln zu, das seine Wirkung leider verfehlt.

»Das kann einfach nicht wahr sein«, wiederholt sie noch lauter als zuvor und stellt sich dicht an den Operationstisch. »Was soll der Blödsinn«, wettert sie, »warum tust du das?« Natürlich kommt von der Bewusstlosen keine Antwort, weshalb ich mich wieder zaghaft in Erinnerung rufe.

»Ich heiße Lena«, stelle ich mich vor.

»Ich habe keine Ahnung, wie ich heiße«, sagt die Hübsche missmutig. »Noch nicht einmal einen Namen habe ich. Das ist doch scheiße, oder etwa nicht? Scheiße ist das!« Herausfordernd sieht sie mich an und ich fühle mich genötigt, ihr beizupflichten.

»Ja, stimmt«, nicke ich. Schließlich hat sie Recht, scheiße ist das.

»Kammerflimmern«, ruft jemand, und dann: »Herzalarm.«

»Nehmen wir sie mit?«, erkundigt sich die Namenlose bei mir und ich schüttele den Kopf.

»Nein, sie überlebt.« Stumm stehen wir nebeneinander und beobachten die Reanimation.

»Ich glaube, jetzt hat er ihr eine Rippe gebrochen«, sagt meine Nachbarin und ein schadenfrohes Lächeln umspielt ihre Lippen. In diesem Moment setzt der Herzschlag wieder ein.

»Wir haben sie.«

»Ich glaube, ich heiße Anastasia«, sagt die Frau neben mir entschlossen.

»Das ist ein schöner Name«, finde ich und lächele ihr zu.

»Dann geht's wohl jetzt wieder nach oben«, meint sie und wirft noch einen verstimmten Blick auf ihre Mutter, die gerade an uns vorbei aus dem Operationsraum geschoben wird. »Das war ja ein kurzes Vergnügen.«

Weil der OP kein Fenster hat (und wohl auch niemand daran denken würde, es nach einer Abtreibung aufzumachen, um die Seele davonfliegen zu lassen), müssen wir uns wohl oder übel durch das Gewirr von Krankenhausfluren den herkömmlichen Weg nach draußen suchen.

»Wenn sie dich nicht haben wollte, wäre es auch keine schöne Kindheit geworden«, versuche ich Anastasia zu trösten, die finster blickend neben mir hertrottet.

»Weiß ich doch«, gibt sie zurück, »es ist nur der ganze unnütze Behördenkram, der mich ärgert. Hast du eine Ahnung, wie lange es dauert, bis man bei ›Reincarnation‹ ein Visum bekommt, um auf die Erde zurückzukehren? Der Papierkrieg, die Interviews, das ist wirklich kein Zuckerschlecken, das kannst du mir glauben. Und wofür das Ganze? Um nach zehn Wochen gähnender Langeweile in einer Gebärmutter einfach abgesaugt und wieder hochgeschickt zu werden!«

»Tut mir echt leid«, sage ich betreten. »He, du kannst dich ja erinnern«, rufe ich plötzlich aufgeregt und sie nickt.

»Klar doch.«

»Aber ich dachte, wir verlieren die Erinnerung an alles, was vorher war, wenn wir in ein neues Leben starten.«

»Das hast du wirklich geglaubt?«, fragt sie und lächelt mich ungläubig an, »hast du denn noch nie einem Baby in die Augen gesehen? Kinder wissen, wer sie sind und wo sie herkommen. Sie vergessen es nur, wenn sie älter werden.« Ich muss zugeben, dass ich beeindruckt bin. »Wie sehe ich eigentlich aus?«, wechselt Anastasia plötzlich das Thema und sieht mich fragend an. In diesem Moment wird mir klar, dass die Erscheinung ihrer Seele dem Körper entspricht, in dem sie gelebt hätte. Ich lasse meinen Blick über ihre schlanke Gestalt gleiten, sehe in ihr schmales Gesicht mit dem olivfarbenen Teint, den leicht schräg stehenden blauen Augen und der geraden Nase.

»Du siehst absolut hinreißend aus«, stelle ich fest. »Wie ein Topmodel! Du hast die hellen Augen deiner Mutter, aber sonst siehst du völlig anders aus als sie. Sehr dunkel!«

»Mein Vater ist Brasilianer«, erklärt sie und seufzt gleich darauf tief auf: »Rein genetisch waren die beiden eine wundervolle Kombination. Dummerweise konnten sie keine fünf Minuten in einem Raum sein, ohne sich gegenseitig anzuschreien.«

»Na ja, dann war es vielleicht wirklich besser so, meinst du nicht?«, versuche ich sie aufzumuntern, doch sie schüttelt den Kopf.

»Ich hätte Topmodel werden können. Wann hat man schon mal die Chance auf ein solches Leben? Um die Welt reisen, eine Menge Geld verdienen, mit den schönsten Männern schlafen …«

»…wie ein Stück Fleisch behandelt werden, mit dreißig abgemeldet sein, ein Kind von einem alternden Playboy kriegen und dann verlassen werden, von Zigaretten und Mineralwasser leben«, ergänze ich und sie grinst mich schief an.

»Auch wieder wahr. Ein Leben ohne Schokolade ist eigentlich kein richtiges Leben.«

Gemeinsam treten wir hinaus in den Krankenhauspark. Das warme Wetter hat einige Patienten nach draußen gelockt, die jetzt in ihren Bademänteln auf den grün lackierten Bänken sitzen oder ihren Tropfhalter mit unsicheren Schrittchen spazieren fahren. Ein Ausdruck von Sehnsucht tritt in Anastasias Augen.

»Ich vermisse das Leben«, sagt sie leise, »du nicht?« Nachdenklich sehe ich mich um und stelle mir vor, wie es ist, mit nackten Füßen über den Kiesweg zu laufen, die von der Sonne aufgewärmten Steine unter den Sohlen zu spüren, die Nase in eine der frisch erblühten Rosen zu stecken, eine eisgekühlte Cola zu trinken, die so kalt ist, dass es in der Stirn schmerzt.

»Doch«, antworte ich wahrheitsgemäß.

»Scheiß auf den Papierkram, ich komme wieder«, sagt Anastasia bestimmt. »Wenn du willst, können wir gemeinsam zu ›Reincarnation‹ gehen, sobald wir wieder oben sind. Es ist wirklich lästig, sich durch die ganzen Formulare durchzuarbeiten, wenn man keine Ahnung davon hat. Aber ich weiß ja jetzt, wie es geht. Ich könnte dir helfen«, bietet sie mir an und ich bin ganz gerührt.

»Das ist nett von dir, vielen Dank. Aber ich will noch nicht zurück.«

»Nicht?« Überrascht sieht sie mich an. »Aber warum denn nur?«

»Ach, das ist eine lange Geschichte«, winke ich ab.

»Wenn du meinst. Können wir denn dann? Wie war das noch? Hast du meine Passiermünze dabei?«

»Natürlich.« Ich reiche sie ihr und sie betrachtet sie interessiert.

»Ah, Abflugstation 723B13. Das ist nur zwei von meiner bisherigen Wohnung entfernt. Ob sie noch da ist?«

»Keine Ahnung«, gebe ich achselzuckend zurück. Wer weiß, ob in den letzten zehn Wochen ein Neuankömmling dort eingezogen ist? Vielleicht liegt in diesem Moment eine liebeskummerkranke Seele auf dem Fußboden von Anastasias Wohnung und wartet darauf, dass der Schmerz vorbeigeht. Beim Gedanken an diese schreckliche erste Zeit wird mir ganz komisch zumute. Gleichzeitig wird meine Sehnsucht nach Michael übermächtig. Nur noch zwei Tage, dann ist er endlich bei mir. Plötzlich wird mir bewusst, dass ich mich in diesem Moment ganz in seiner Nähe befinde. Kaum tausend Meter Luftlinie trennen mich von ihm, oder zumindest von unserer Wohnung.

»Also dann, lass uns aufbrechen«, fordert Anastasia, wirft einen prüfenden Blick auf die Sonne und seufzt. »Heute komme ich wahrscheinlich sowieso nicht mehr dran, die haben wirklich ganz merkwürdige Öffnungszeiten bei ›Reincarnation‹, das kann ich dir sagen. Aber ich könnte schon mal eine Nummer ziehen.«

»Würde es dir schrecklich viel ausmachen, wenn ich dich alleine hochschicken würde?«, frage ich verlegen und sie sieht mich überrascht an. »Nur wenn es dir nichts ausmacht«, füge ich schnell hinzu, »und nur wenn du dich sicher genug fühlst. Ich dachte nur, wenn du noch weißt, wie es geht…«

»Klar weiß ich das«, meint sie achselzuckend.

»Wäre es sehr viel verlangt?«, erkundige ich mich unsicher und sie schüttelt den Kopf.

»Überhaupt nicht.«

»Danke«, sage ich inbrünstig und sie nickt.

»Kein Problem.« Ein wenig unschlüssig stehen wir voreinander. Ich fühle mich wirklich nicht besonders gut dabei, sie jetzt so ganz alleine in den Himmel fahren zu lassen. Schließlich ist es mein Job, sie zu begleiten. »Mach dir keine Sorgen um mich«, lächelt sie, als hätte sie meine Gedanken erraten, »mir geht es gut.«

»Okay. Danke«, wiederhole ich und wende mich zum Gehen.

»Lena«, ruft sie mich zurück, »ich weiß nicht, was das für eine Sache ist, die du hier zu erledigen hast, aber ich habe das dumme Gefühl, dass es was mit einer Liebe aus deinem letzten Leben zu tun hat.« Ich spüre, wie meine Aura sich knallrot färbt und schlage die Augen nieder. »Das dachte ich mir«, fährt sie fort, »du musst natürlich tun, was du für richtig hältst, aber wenn ich dir einen Rat geben darf: Tu es nicht!« Damit schließt sie die Augen und entschwindet meinem Blick.

Einen Moment lang stehe ich da und denke allen Ernstes darüber nach, ihren Rat zu beherzigen. Nicht in unsere Wohnung zu gehen, um Michael zu sehen. Wozu denn auch? So lange habe ich es jetzt ohne ihn ausgehalten, da werde ich die letzten achtundvierzig Stunden wohl auch überleben. Ich meine natürlich: überstehen. Wie auch immer. Und als ich das letzte Mal einen diesbezüglichen Tipp in den Wind geschlagen habe, war es ein Desaster. Monatelang habe ich Michaels Gesichtsausdruck nicht mehr aus dem Kopf bekommen. Es war furchtbar. Unschlüssig spiele ich mit der Passiermünze in meiner Tasche herum. Andererseits: Was soll denn schon geschehen? Die Würfel sind gefallen. Michael wird sterben. Und wo ich schon einmal hier bin. Ohne es zu realisieren, habe ich mich bereits in Bewegung gesetzt und den Weg zu unserer Wohnung eingeschlagen.

Ich laufe durch die schmalen, von Linden gesäumten Straßen unseres Stadtteiles, vorbei an unserem Lieblings-Portugiesen, der wie jeden Frühling ein paar wackelige Stühle und Tische vor seinem Café aufgestellt hat, auf denen einige Studenten ihren Milchkaffee genießen. Ich beschleunige meine Schritte und stehe schließlich vor dem vierstöckigen Altbau, in dem sich unsere Wohnung befindet. Mein Blick gleitet über die weißgetünchte Fassade. Anscheinend hat sich Herr Blender, der Eigentümer, irgendwann in den letzten Jahren endlich ein Herz gefasst und dem arg ramponierten Gebäude einen neuen Anstrich verpassen lassen. Ich trete durch die geschlossene Haustüre in das Treppenhaus und steige die durchgetretenen Stufen hinauf in den ersten Stock. So weit ging der Anfall von Großzügigkeit also doch nicht, denke ich kopfschüttelnd und mache einen großen Schritt über die kaputte oberste Stufe, bevor ich realisiere, dass ich mir weder Hals noch Fuß brechen würde, wenn ich darauf träte. Dann trete ich durch unsere weißlackierte Wohnungstür in den Flur. Ob die Menschen sich wohl anders verhalten würden, wenn sie wüssten, dass jederzeit eine Seele bei ihnen zu Hause hineinspazieren kann? Vermutlich besser, dass sie es nicht wissen. Ich stehe in unserem langgezogenen Flur mit dem Holzfußboden und lausche angestrengt. Aber in der Wohnung ist alles still. Schade. Obwohl mir mein Verstand sagt, dass Michael um diese Uhrzeit selbstverständlich im Büro ist, bin ich enttäuscht. Ich hatte gehofft, dass er da ist. Vielleicht, wenn ich ein wenig herumtrödele? Ich wandere durch die Wohnung, in der sich einiges getan hat. Bewundernd bleibe ich vor einem mannshohen Spiegel mit verschnörkeltem Goldrahmen stehen, natürlich ohne mich darin sehen zu können. Aber der Spiegel an sich ist auch ein Anblick! Wo er den wohl aufgetrieben hat? Im Wohnzimmer ist die dem breiten roten Sofa gegenüberliegende Wand in derselben Farbe gestrichen worden, was ich eine ganz tolle Idee finde. Da hätte ich auch drauf kommen können. Ansonsten ist alles wie immer, nur der große Fernseher ist verschwunden. An seiner Stelle hängt eine riesige Leinwand von der Decke. Auf der anderen Seite entdecke ich auf einem Regalbrett einen Beamer. Toll, Kino für zu Hause. Das gab es zu meinen Lebzeiten noch nicht. Der technische Fortschritt hier unten ist anscheinend nicht aufzuhalten. Auf dem schwarz lackierten Klavier entdecke ich Michaels Lieblingsfoto von mir in einem silbernen Rahmen. Versonnen betrachte ich mein lachendes, von dunklen Haaren umrahmtes Gesicht. Achtundzwanzig muss ich gewesen sein, als dieses Bild aufgenommen wurde. Ein Jahr später bin ich gestorben. Heute wäre ich, du liebe Güte, fünfunddreißig. Wie die Zeit vergeht. Vermutlich hätte ich schon die ersten Fältchen unter den Augen und würde mich wahnsinnig darüber aufregen. Älterwerden war mir immer ein Gräuel. Wenn ich mir mal Gedanken darüber gemacht hätte, was die Alternative zum Älterwerden ist, nämlich jung sterben, hätte ich meine Einstellung vielleicht geändert. Kopfschüttelnd setze ich meine Wohnungsbesichtigung fort und betrete neugierig das Schlafzimmer. An der

Stelle unseres weißen Bettes mit dem geschwungenen Gitter am Kopfteil steht ein dunkelbraunes Holzgestell. Und die champagnerfarbene Satinwäsche kenne ich auch nicht. Aber sie gefällt mir. Zugegebenermaßen muss ich einen Moment lang verdauen, dass Michael unser Bett weggegeben hat. »Warum denn nicht? Ich bin tot«, rufe ich mich selbst zur Ordnung. Im selben Moment höre ich das Geräusch eines Schlüssels im Türschloss. Ohne mich weiter um das fremde Bett in meiner Wohnung zu kümmern, mache ich auf dem Absatz kehrt und stürme in den Flur. Aufgeregt postiere ich mich einen Meter von der Tür entfernt und sehe, wie die Türklinke heruntergedrückt wird. Obwohl ich nie atme, halte ich den Atem an. Obwohl ich kein körperliches Herz besitze, schlägt es mir bis zum Hals.

Kapitel 10

Wahrscheinlich habe ich schon vorher gespürt, dass irgendetwas nicht stimmt. Wenn jemand prädestiniert für übersinnliche Wahrnehmung ist, dann ja wohl ich. Jedenfalls bin ich gar nicht besonders überrascht, als ich eine Sekunde später statt Michael einer zierlichen Blondine um die dreißig gegenüberstehe. Selbstverständlich stehe ich dennoch unter Schock, aber mehr, weil ich denke, das ist der Zustand, in den ich angesichts einer fremden Frau in meiner Wohnung fallen sollte. Tief im Inneren wusste ich wohl schon vorher, dass mein Besuch hier anders ablaufen würde als erwartet. Ich folge Blondi, die in jeder Hand eine prall gefüllte Plastiktüte hält, in die Küche, wo sie ihre Last aufatmend zu Boden fallen lässt. Ich luge hinein und hoffe auf den Anblick von Sagrotan, Spüli, Scheuermilch und Putzlappen. Denn obwohl ich es längst besser weiß, suche ich immer noch einen Beweis dafür, dass es sich bei dem Eindringling um Michaels Putzhilfe handelt.

Dagegen spricht allerdings, dass die Dame vor mir perfekt manikürte Nägel hat, deren beige-rosa Lack an keinem Finger auch nur eine Spur abgeblättert ist, enge Jeans und eine elegante, schneeweiße Bluse aus einem nicht unempfindlichen Material trägt, sich in diesem

Moment seufzend einen Schweißtropfen von der Stirn wischt, obwohl es nicht besonders heiß ist und sie die Plastiktüten lediglich ein Stockwerk hoch tragen musste, und sich in ihren Einkaufstüten Lebensmittel befinden, die sie nun in den Kühlschrank zu räumen beginnt.

Misstrauisch beobachte ich, wie gut sie sich in der Küche zurechtfindet. In meiner Küche. Jetzt unterbricht sie ihre Arbeit und beginnt, in ihrer Handtasche zu kramen, die sie über einen der Barhocker am Tresen geworfen hat. Ich trete näher und erkenne auf dem dunkelbraunen Leder die hellen Buchstaben L und V. Meine Meinung über die Dame sinkt erneut, wenn das überhaupt noch möglich ist. Entweder ist die Tasche echt und damit so viel wert wie ein Urlaub in der Karibik. Politisch korrekter ausgedrückt: wie mehrere Brunnen für Kambodscha. Oder es handelt sich um eine Fälschung. Dann hat sie zwar nicht zu viel Geld dafür ausgegeben, leidet aber meiner Meinung nach an Geschmacksverirrung. Jetzt kramt sie einen flachen Gegenstand hervor, den ich als iPod erkenne. Daran kann ich mich erinnern, die sind ein Jahr, bevor ich ins Koma gefallen bin, auf den Markt gekommen. Neumodischer Schnickschnack, urteile ich, während sie auf dem Teil herumdrückt, bis Musik erschallt. Kopfhörer braucht man also heutzutage nicht mehr. Wie paralysiert stehe ich mitten im Raum, während die Frau summend weiter ihre Einkäufe auspackt. Eine zerbrechlich klingende Frauenstimme singt von einem Mann, der einmal fast ihr Liebhaber geworden wäre und den sie nun nicht mehr vergessen kann.

»Did I make it that easy to walk right in and out of my life?« Das ist also Michaels Freundin, wage ich das erste Mal zu denken. Oder sind sie sogar verheiratet? Ich werfe einen Blick auf die rechte Hand der Fremden und dann, vorsichtshalber, auch auf die linke. Kein Ring! Puh. Das hätte jetzt wirklich wehgetan. Tut es allerdings auch so schon genug. Eine Eifersuchtsattacke übermannt mich. Hat er mich denn vergessen? Aber nein, mein Foto steht ja noch im Wohnzimmer. Unübersehbar. Ob seine Neue das stört? Ich beobachte, wie sie die geleerten Plastiktüten ordentlich zusammenfaltet. Wie zwanghaft kann man eigentlich sein?

»Warum bügelst du sie nicht auch noch?«, frage ich spöttisch, ohne dass sie mich hören kann. Mit wachsendem Ärger beobachte ich, wie sie sie in der untersten Schublade verstaut.

»Da gehören die aber nicht hin«, krittele ich weiter an ihr herum. Plötzlich wünschte ich mir, die letzten sechs Jahre anders genutzt zu haben. Ich wünschte, ich hätte all die Kurse belegt, von denen Oma Liesel so schwärmt. Ich wünschte, ich hätte den siebten Dan im Materie-Bewegen und könnte jetzt ganz einfach die seitliche Tür an der Küchenzeile öffnen, um der Dame zu zeigen, dass die Plastiktüten dort hineingehören. Und zwar locker zusammengeknüllt. Das wäre ein Spaß, hier herumzuspuken, denke ich grimmig, während sich Michaels Freundin in ein Kochbuch vertieft. Ich halte ja gar nichts von Leuten, die nach Rezept kochen. Ich finde das unkreativ und feige. Aber vielleicht ist Michael ganz begeistert davon. Vielleicht denkt er an die unzähligen Male zurück, die er mich zum Essen ausführen musste, weil ich mal wieder etwas Ungenießbares fabriziert hatte und ist froh, dass er mit seiner Neuen eine Menge Geld spart. Wenn er ihr dafür dann aber solche Schnäppchen wie die dämliche Handtasche spendieren muss, kommt er auch nicht besser dabei weg, denke ich böse, als die Musik plötzlich erstirbt und der iPod stattdessen sirrende Geräusche von sich gibt. Akku leer, frage ich mich, als die Fremde danach greift und sich das Gerät ans Ohr hält.

»Hallo?« Hä? »Hey, du bist es. Ich hab gerade an dich gedacht«, sagt sie nach einer Sekunde, während ich langsam begreife, dass man anscheinend heute mit einem MP3-Player telefonieren kann. Langsam kommt es mir so vor, als wäre ich schon seit Jahrzehnten tot, und dabei sind es doch erst sechs Jahre. »Ich dich doch auch«, höre ich sie gurren und es durchfährt mich wie ein Blitzschlag. Michael! Er ist am anderen Ende der Leitung. »Ja, ich bin schon zu Hause.« Zu Hause? Was soll das heißen?

»Das hier ist mein Zuhause«, fahre ich sie an, ohne dass sie auch nur mit der Wimper zuckt. »Michael«, rufe ich dann in den Hörer, »kannst du mich hören?« Aber der säuselt derweil Liebesbezeugungen, und sie gelten nicht mir. Angewidert trete ich einen Schritt zurück und betrachte die Frau, die da lässig gegen den Küchentresen gelehnt steht und mit meinem Mann flirtet. »Hör auf damit«, sage ich und versuche, all meine Energie in meine Worte zu legen. Um sie zu erreichen. Wenn ich doch wenigstens den Einführungskurs »Kommunikation mit den Lebenden« gemacht hätte. Reine Konzentration bringt es jedenfalls nicht. Weder stellen sich die Haare in ihrem Nacken auf, noch nimmt sie irgendwie von mir Notiz. Stattdessen lauscht sie Michaels Worten und lässt ein glockenhelles Lachen erklingen. »Na warte«, sage ich böse, »wer zuletzt lacht, lacht am besten.«

Nachdem ich das Haus verlassen habe, bleibe ich mitten auf dem Bürgersteig stehen. Es ist ein unangenehmes Gefühl, wenn die Passanten so einfach durch einen durchrennen, aber ich kann mich nicht entschließen, mich zu bewegen. Denn dann müsste ich mich schließlich für eine Richtung entscheiden. Und ich weiß nicht, wohin. Also bleibe ich erst mal, wo ich bin. Spüre die Passiermünze kalt an meinen Fingerspitzen, die ich in die Tasche meines Kleides geschoben habe. Natürlich, zurück nach oben. Das ist das einzig Richtige. Übermorgen komme ich wieder her, hole Michael und bringe ihn zu mir nach Hause. Großmütig darüber hinwegsehend, dass er sich hier unten eine neue Freundin zugelegt hat. Statt was zu tun? Die nächsten fünfzig Jahre wie ein Mönch zu leben? Habe ich das wirklich erwartet? Ehrlich gesagt, ja! Ich beginne nun doch zu laufen. Setze einen Fuß vor den anderen, scheinbar ziellos, bis ich vor Michaels Büro stehe. Und wenn ich schon mal hier bin, gehe ich natürlich rein. Wieso auch nicht? Am Empfangstresen bleibe ich stehen und lächele Andrea Sommer an, die mittlerweile ihre dunklen Haare kurz trägt. Sie sitzt mit übereinandergeschlagenen Beinen in ihrem Sessel und telefoniert. Mit einem ganz normalen Telefon und nicht mit einer Musikanlage oder einem Toaster oder sonst was. Das beruhigt mich.

»Hallo Andrea«, grüße ich sie freundlich, obwohl sie mich natürlich weder sehen noch hören kann. »Stehen dir gut, die kurzen Haare. Ich bin hier, um Michael zu besuchen, er ist doch bestimmt in seinem Büro, nicht wahr? Ich geh einfach mal durch«, plappere ich. »Sag mal, wie findest du denn seine neue Freundin? Ah, verstehe, du denkst also auch, dass sie eine blöde Kuh ist?

Nichts Ernstes? Ah, nur was fürs Bett? Ja, das habe ich mir gleich gedacht!«, spinne ich weiter und fühle mich dadurch tatsächlich ein kleines bisschen besser. »Hey, Benjamin, wie geht's denn so?«, nicke ich Michaels Kollegen auf dem Weg noch zu, bevor ich das Büro betrete.

Es haut mich fast um, wie gut Michael aussieht. Ich trete schüchtern näher und sehe ihn zärtlich an.

»Hallo, Michael«, flüstere ich. Er ist ein bisschen älter geworden, seit ich ihn das letzte Mal gesehen habe, seine Haare sind an den Schläfen von grauen Strähnen durchzogen. Irgendwie macht ihn das noch attraktiver. »Du siehst so toll aus«, sage ich und lasse mich auf dem Stuhl ihm gegenüber nieder. »Das ist ein schönes Hemd, es steht dir wirklich gut. Hat sie das gekauft? Deine Neue?«, erkundige ich mich. »Tut mir leid, darauf musst du nicht antworten.« In diesem Moment greift Michael zum Telefon. »Du wirst doch nicht schon wieder diese Trulla anrufen?«, frage ich verletzt und schiele auf das Display.

»Guten Tag, hier spricht Michael Sintinger. Ich würde gerne für Freitagabend einen Tisch für zwei bei Ihnen reservieren.« Ach so, er ruft in diesem Restaurant an. »Ja, und zwar wenn es geht der Tisch hinten rechts, wissen Sie, der neben dem Kamin. Geht das? Wunderbar!« Unbehaglich beobachte ich Michael dabei, wie er seinen eigenen Tod vorbereitet, dann zufrieden den Hörer auflegt und vor sich hin lächelt. Vielleicht hätte ich nicht herkommen sollen. Er fährt sich mit seinen schlanken Fingern durchs Haar, das am Haaransatz schon etwas lichter geworden ist. Der Anblick berührt mich.

»Ich sollte jetzt lieber gehen«, sage ich, ohne mich wirklich dazu entschließen zu können. »Ich sehe dich ganz bald.« Damit wende ich mich zur Tür, bleibe jedoch davor stehen und fahre, Michael den Rücken zuwendend, fort: »Du wirst übermorgen sterben und irgendwie ist das meine Schuld. Aber wir werden dann wieder zusammen sein. Also, ich hoffe, das ist auch in deinem Sinne, denn falls nicht, nun, dann täte mir das wirklich leid. Aber ich kann es nicht ändern, Gott hat das so arrangiert, weißt du, und sie lässt sich nicht umstimmen.«

»Es tut mir leid«, höre ich Michael sagen und drehe mich verwirrt zu ihm um. Mit wem spricht er denn da? Das Telefon liegt unberührt vor ihm auf der Schreibtischfläche und sonst ist niemand im Raum. Wir sind allein.

»Redest du mit mir?«, frage ich aufgeregt und wider besseren Wissens. »Michael?«

»Ich hoffe, du verstehst mich«, fährt er fort. »Ich werde dich für immer lieben und du fehlst mir jeden Tag.« Fassungslos sehe ich ihn an.

»Michael?«, frage ich zögernd. »Kannst du mich etwa hören?« Er reagiert nicht. Ich gehe um ihn herum und sehe auf seinen Schreibtisch. Da steht ein Bild von dieser Frau. Daneben eins von mir. Es ist deutlich nach hinten gerückt, aber damit nicht genug: In diesem Moment fällt mein Blick auf die mit rotem Samt bezogene Schatulle in Michaels Hand. Bitte nicht. Der Deckel schnappt auf und enthüllt einen wunderschönen Ring mit einem herzförmigen Diamanten. Das darf doch nicht wahr sein. Ich taumele zurück, während Michael mein Foto zur Hand nimmt und es nachdenklich betrachtet.

»Katrin hat mich ins Leben zurückgeholt. Ich wollte

nicht mehr, ohne dich. Aber mit ihr geht es mir wieder gut. Ich weiß, dass du das verstehst. Und dass du dich für mich freust.«

»Freuen?«, röchele ich halb erstickt. Ich weiß ja nicht, das finde ich dann doch etwas zu viel verlangt. Auf einmal fühle ich etwas an meiner Wange. Mit dem Zeigefinger streichelt Michael sanft über das Bild von mir und stellt es dann zurück an seinen Platz.

»Irgendwann sind wir beide wieder zusammen«, sagt er dabei versonnen. In diesem Moment durchfährt es mich wie ein Stromstoß. Da hat er verdammt Recht. Aber nicht irgendwann, sondern in ziemlich genau sechsunddreißig Stunden. Freu dich doch, flüstert mir eine innere Stimme zu, nur noch ein paar Stunden, dann hast du ihn für dich allein. Und diese Katrin guckt in die Röhre. Aber das Hochgefühl will sich bei diesem Gedanken nicht so recht einstellen.

Kurze Zeit später taumele ich an Abflugstation 723B13 aus der Kabine und drücke Paul wortlos meine Passiermünze in die Hand.

»Danke schön! 'nen schönen Tag gehabt, hoffe ich.« Ich werfe ihm einen eisigen Blick zu. »Gute und schlechte Tage, so ist nun mal das Leben und so ist auch der Tod«, plaudert er unvermindert fröhlich weiter. »Dann bis zum nächsten Mal! Tschüssi!«

»Ja, tschüss«, grummele ich und mache mich gedankenversunken auf den Heimweg. Warum musste ich denn unbedingt in unserer Wohnung vorbeischauen? Was für eine hirnverbrannte Idee war denn das? Wie gerne würde ich die Zeit zurückdrehen und einfach nichts wissen von dieser Katrin, von Michaels neuer

Liebe und seinen Hochzeitsplänen. Wie sehr will das Schicksal den armen Mann eigentlich noch beuteln? Erst verliert er mich am Tage unserer kirchlichen Hochzeit, dann rappelt er sich wieder auf, will einen neuen Anfang machen, sich verloben, und dann wird ihm schon wieder ein Strich durch die Rechnung gemacht? Innerlich verfluche ich die Chefin für ihr schlechtes Timing. Was fällt der eigentlich ein?

»Wahrscheinlich hat sie das alles gar nicht im Blick, du hast doch selbst gesagt, dass sie einen ziemlich überlasteten Eindruck gemacht hat«, versucht Liesel mich abends im »Sternenfänger« zu beruhigen.

»Oh ja, die Arme«, sage ich triefend vor Sarkasmus.

»Irgendwie schon«, nickt mein Gegenüber ernsthaft. »Es ist bestimmt nicht schön, wenn von allen Seiten an einem gezerrt wird und alle immer nur was von einem haben wollen.«

»Du klingst schon genau wie sie«, sage ich düster und sie lächelt geschmeichelt.

»Danke.«

»Was mache ich denn jetzt bloß?«, jammere ich und sie zuckt die Schultern.

»Gar nichts.«

»Gar nichts?« Ungläubig sehe ich sie an. Sie nimmt einen tiefen Zug aus ihrem dunkelblauen Smell.

»Süße, ich habe nur ein Wort für dich: Fatalismus. Du kannst das Schicksal nicht ändern, also akzeptiere es.«

»Aber das ist es ja gerade. Ich habe das Schicksal bereits verändert, indem ich all diese Briefe an Gott geschrieben habe. Michael wäre bestimmt neunzig geworden, wenn ich mich da nicht eingemischt hätte«, rede ich auf sie ein, während sie Samuel ein betörendes Lächeln schenkt und anerkennend den Daumen in die Höhe hebt.

»Sternenklare Nacht, willst du mal?«, bietet sie mir an, doch ich schüttele den Kopf.

»He, hast du eigentlich mitbekommen, dass ich ein Problem habe?« Sie rollt mit den Augen.

»Das habe ich verstanden. Mich interessiert nur eins: Ist es lösbar?«

»Eben nicht, das ist ja das ...«, antworte ich verzweifelt, als mir plötzlich das Wort im Halse stecken bleibt. »Nanu, was ist denn das?«

»Was denn?« Interessiert sieht Liesel in die Richtung, in die ich starre. »Ach so, Thomas«, stellt sie fest, »was hat er denn da für ein hübsches Mädchen im Schlepptau?« Noch bevor ich antworten kann, haben die beiden uns entdeckt und unseren Tisch angesteuert.

»Hallo, ihr beiden«, sagt Thomas und strahlt über das ganze Gesicht. »Darf ich vorstellen, das sind Lena und Liesel und das hier ist ...«

»Anastasia«, ergänze ich, doch er schüttelt den Kopf.

»Nein, Esmeralda«, verbessert er. Verwundert sehe ich die helläugige Schöne an.

»Hab es mir anders überlegt«, zwinkert sie mir lächelnd zu.

»Und woher kennt ihr euch?«, erkundigt sich Liesel, nachdem die beiden sich zu uns an den Tisch gesetzt und ihre Bestellung aufgegeben haben.

»Wir standen hintereinander in der Schlange bei ›Reincarnation‹«, erklärt Thomas lächelnd und sieht Anastasia-Esmeralda verzückt von der Seite an, »ihr glaubt ja nicht, was da los war. Stundenlang ging es nicht voran, aber dafür sind wir miteinander ins Gespräch gekommen.«

»Wie schön für euch«, freut sich Liesel. Ich weiß jetzt nicht, was daran sooo toll sein soll, außerdem interessiert mich etwas ganz anderes.

»Was wolltest du denn bei ›Reincarnation‹?«, erkundige ich mich verständnislos.

»Ich wollte da meine Wäsche abgeben«, antwortet er und bricht gemeinsam mit Esmeralda in ein albernes Kichern aus. Auch Liesel grinst anerkennend, nur ich kann das gar nicht komisch finden. Anscheinend sieht man das meinem Gesicht an, denn Thomas findet mühsam seine Beherrschung wieder: »Sorry, war nur ein dummer Witz.«

»Total dumm«, sage ich schlechtgelaunt.

»Das war aber auch eine Steilvorlage von dir«, versucht Liesel zu schlichten, »was soll er denn schon bei denen wollen?«

»Willst du den Job wechseln?«, frage ich hoffnungsvoll, doch er schüttelt den Kopf.

»Nein, ich, nun ja, ich denke, es ist an der Zeit für mich, auf die Erde zurückzukehren.« Fassungslos starre ich ihn an und bin froh, dass in diesem Moment Samuel mit den bestellten Smells ankommt.

»Einmal heiße Schokolade mit Sahne und Butterrumaroma für die Dame«, damit stellt er galant einen verschnörkelten Flakon vor Esmeralda ab, die verzückt seufzt. »Und ein Bier«, fährt er mit schlecht verborgener Verachtung in der Stimme fort und knallt es Thomas vor die Nase. »Lissy, darf ich dir noch was bringen?«, erkundigt er sich bei meiner Großmutter, die ihn von unten herauf anschmachtet.

»Nein danke, Sam«, haucht sie.

»Aber ich hätte gerne was«, gehe ich dazwischen, »was Hochprozentiges.«

»Bring ihr lieber etwas zur Beruhigung«, sagt Liesel besorgt, bevor ich mich wieder an Thomas wende.

»Bitte sag mir, dass ich mich verhört habe. Du willst was?« Seine sanften, grünen Augen halten meinem Blick stand.

»Auf die Erde zurückkehren.«

»Und wenn wir es geschickt anstellen«, wirft Esmeralda ein, »werden wir in unmittelbarer Nachbarschaft geboren, spielen in der gleichen Sandkiste und gründen später eine Familie.«

»Genau!« Thomas nickt strahlend.

»Und das habt ihr euch an einem einzigen Nachmittag ausgedacht?«

»Wieso auch nicht? Wenn es passt, dann passt es eben.« Sie nimmt einen Zug von ihrem Smell und seufzt genießerisch: »Ist das gut. Thommy, das musst du unbedingt probieren.« Damit hält sie ihm den Flakon unter die Nase und sieht ihm verzückt beim Riechen zu. »Sobald wir unten sind, können wir das jederzeit haben«, meint sie verheißungsvoll und er nickt.

»Das und noch viel mehr.« Ich glaube, mir wird schlecht.

»Nur wenn nicht einer von euch wieder hochkommt, bevor er überhaupt geboren wurde«, sage ich böser als beabsichtigt.

»Lena«, ruft Liesel und sieht richtig schockiert aus.

»Ich hab's nicht so gemeint, tut mir leid«, presse ich zwischen den Zähnen hervor.

»Das sollte dir auch leidtun«, fährt Thomas mich an,

»kannst du dir nicht vorstellen, dass diese Sache traumatisch für Esmeralda war? Oder bist du vielleicht immer noch der Meinung, du seiest die einzige Seele weit und breit, die unter ihrem eigenen Tod leidet?«

»Ich, nein, natürlich nicht«, stammele ich und sehe zerknirscht von einem zum anderen. Liesel, die sich der Situation entzieht, um über den Tresen hinweg mit Samuel zu flirten, Esmeralda, die an ihrem Smell schnüffelt und auf mich eigentlich keinen besonders traumatisierten Eindruck macht, und Thomas, der mich böse ansieht. Es ist ein schreckliches Gefühl. So wütend habe ich ihn noch nie gesehen. Seit ich im Himmel angekommen bin, war Thomas immer für mich da, ein treuer Freund und Gefährte. Und nun will er mich plötzlich hier oben alleine lassen? Mit dieser Frau, die er seit fünf Minuten kennt, in ein neues Leben gehen? »Ich wünsche euch viel Glück«, sage ich steif und erhebe mich.

»Das wünsche ich euch auch, dir und Michael«, antwortet Thomas.

»Michael, wer ist das?«, erkundigt sich Esmeralda ahnungslos und er antwortet knapp: »Ihre große Liebe.« Forschend sehe ich ihn an. Ist das etwa der Grund für seinen überstürzten Entschluss, ein neues Leben anzufangen? Doch er weicht meinem Blick beharrlich aus und starrt vor sich auf die Tischplatte.

»He, was ist mit deinem Smell?«, fragt Samuel, als ich an ihm vorbei Richtung Ausgang stürze, aber ich winke ab.

»Will ich nicht mehr.«

»Hat jemand Lust auf heiße Milch mit Honig?«, höre ich ihn noch in die Runde fragen, bevor die Tür hinter mir zufällt.

Gute und schlechte Tage, so ist das Leben und so ist auch der Tod. Seufzend strecke ich mich auf meinem neuen Bett aus und starre an die Decke. Heute war definitiv einer von den schlechten Tagen. Erst diese Katrin, dann das Wiedersehen mit Michael, der, wenn ich das richtig verstanden habe, alles andere als erbaut sein wird, wenn er mir übermorgen gegenübersteht, große Liebe hin oder her. Und nun noch diese unerwarteten Neuigkeiten von Thomas. Ob er meinetwegen gehen will? Räumt er freiwillig das Feld, um Platz für Michael zu machen? Nicht, dass wir beide so etwas wie eine Beziehung geführt hätten, aber wer kann das hier oben schon von sich behaupten? Sex steht ja nicht zur Debatte. Und Thomas und ich, wir sind gute Freunde. Enge Freunde! Ich will nicht, dass er geht! In diesem Moment schrecke ich hoch. Was war das für ein Geräusch? Ein Klopfen an der Tür.

»Wer da?«, brülle ich, weil ich mich außerstande fühle, das Bett zu verlassen.

»Ich bin es, Lissy!«

»Lissy, ich kenne keine … ach so«, unterbreche ich mich dann, »komm rein. Ich bin im Schlafzimmer.« Damit sinke ich zurück in die Kissen.

»Das war ja ein plötzlicher Abgang«, bekundet meine Großmutter, als sie gleich darauf ins Zimmer tritt. »Schön hast du es hier gemacht«, lobt sie und streckt sich neben mir auf der breiten Matratze aus.

»Danke«, murmele ich.

»Das wurde aber auch Zeit. Ich wünschte nur, du hättest das schon früher getan. Nicht erst mit der Aussicht darauf, dass Michael herkommt.«

»Ach, es war mir halt nicht so wichtig, wie ich wohne«,

gebe ich schulterzuckend zurück. Mit einem Ruck setzt sich »Lissy« neben mir kerzengerade auf.

»Das sollte es aber«, sagt sie nachdrücklich und sieht mich streng an. »Wann wirst du endlich aufhören, dein Wohlbefinden von anderen abhängig zu machen? Und von Umständen, die du sowieso nicht in der Hand hast?«

Verwirrt blinzele ich zu ihr hoch.

»Aber ...«

»Nichts aber!« Mit einer herrischen Handbewegung bringt sie mich zum Schweigen. »Ich sage ja nicht, dass du Michael nicht hättest vermissen sollen, aber sämtlichen Privilegien, die dir der Himmel bietet, zu entsagen, das war sicher nicht der richtige Weg.«

»Was für Privilegien?«, frage ich begriffsstutzig und sie verdreht übertrieben die Augen.

»Was für Privilegien? Ist das dein Ernst? Kein Schnupfen, keine Pickel oder Falten. Du kannst dir jeden Tag ein anderes Sofa ins Wohnzimmer stellen. Du kannst Haute Couture tragen, ohne dafür ein Monatsgehalt auszugeben. Du kannst ...«

»Was nützt mir das, wenn meine große Liebe nicht bei mir ist?«, frage ich heftig, mich nun ebenfalls aufsetzend.

»Kind«, sagt Liesel und sieht mich aus ihren hellen Augen zärtlich an. Plötzlich erkenne ich in der jungen, lebenslustigen Frau wieder meine runzelige, alte Großmutter, die mich auf dem Schoß gewiegt und mir Lieder vorgesungen hat. »Dadurch hört doch dein Dasein nicht auf. Deshalb darfst du doch nicht aufhören, es dir selber so schön wie möglich zu machen. Und sieh mal, übermorgen kommt Michael nun endlich, aber dafür wird Thomas uns verlassen.«

»Ich ...«, setze ich an.

»Erzähl keinen Unsinn, ein Blinder konnte sehen, dass du eifersüchtig auf diese Esmeralda bist.« Eifersüchtig? Ich?

»Wieso sollte ich eifersüchtig sein? Thomas ist nur ein Freund.«

»Er ist viel mehr als das. Er ist eine befreundete Seele. Das gibt es nicht so häufig. Aber sicher öfter als nur ein einziges Mal.«

»Aber ... Michael«, stottere ich verwirrt und sie nickt.

»Auch ein Seelenfreund.«

»Ich dachte«, flüstere ich, »ich dachte, er ist die Liebe meiner Leben.«

»Das kann er doch auch sein. Aber hast du allen Ernstes geglaubt, wir treffen auf unserer Reise nur eine einzige verwandte Seele? Das wäre ja schrecklich.« Ich bin jetzt vollkommen verwirrt und anscheinend ist mir das deutlich anzusehen. Jedenfalls wirft Liesel mir im Aufstehen eine zärtliche Kusshand zu.

»Nun schau doch nicht so verzweifelt. Ich gehe jetzt wieder hoch, bis morgen, ja?«

»Moment mal«, rufe ich sie zurück und sie dreht sich in der Tür noch einmal um.

»Ja?«

»Soll das etwa heißen, diese Katrin könnte auch eine Seelenfreundin von Michael sein?«

»Schon möglich. Genauso wie Esmeralda für Thomas.«

»Oder Mozart für dich?«, frage ich ironisch und sie lächelt strahlend.

»Genau.«

Mitten in der Nacht schrecke ich aus einem unruhigen Schlaf hoch. Ich werfe einen Blick aus dem Fenster in den pechschwarzen Nachthimmel, als ich es erneut klopfen höre. Mühsam rappele ich mich auf und gehe zur Tür.

»Wer ist da?«

»Ich bin es. Thomas.« Ich reiße die Türe auf und da steht er vor mir, mal wieder ganz in weiß gekleidet und lächelt mich an.

»Hallo«, sage ich verlegen.

»Tut mir leid, es ist spät, ich weiß. Hast du schon geschlafen?«

»Äh, nein«, lüge ich und fahre mir durch die sicher völlig zerzausten Haare. »Komm doch rein.«

»Danke.« Er betritt die Wohnung und sieht sich erstaunt um. »Wow, hier hat sich ja einiges verändert.«

»Ja. Setz dich doch. Die Couch ist wirklich sehr bequem.« Er lässt sich darauf nieder und nickt.

»Das ist allerdings etwas anderes als die Holzstühle, auf denen du bisher deine Besucher empfangen hast.« Ich sehe betreten auf den Boden, während ich auf dem Sessel ihm gegenüber Platz nehme, und er sagt schnell: »Blöder Witz, tut mir leid.«

»Schon gut.«

»Du freust dich sehr auf Michael, oder?« Ich nicke.

»Ja, das tue ich.«

»Ich wollte mich entschuldigen, weil ich dich so angepampt habe. Ich glaube, ich habe überreagiert.«

»Schon gut«, winke ich ab.

»Nein, ist es nicht.« Aus seinen schönen grünen Augen sieht er mich offen an. »Ich war sauer. Aber nicht über deinen Spruch. Sondern darüber, dass Michael herkommen und hier bei dir wohnen wird. Dass dann für mich kein Platz mehr ist.«

»Du bist doch mein bester Freund«, sage ich traurig.

»Versteh mich nicht falsch, ich wollte nie seinen Platz bei dir einnehmen. Ich wollte nur …« Eine Weile lang sieht er stumm vor sich hin, als würde er nach den richtigen Worten suchen. »Ich wollte meinen Platz bei dir einnehmen. Aber du hast mich nicht gelassen, und nun ist es zu spät.« Ungläubig sehe ich ihn an.

»Aber du wusstest doch, dass ich Michael liebe.«

»Das eine schließt das andere doch nicht aus. Ich liebe meine erstgeborene Tochter Maria. Ich hätte nie gedacht, dass ich ein anderes Kind genau so lieben könnte. Bis Emma auf die Welt kam. Und ich bin mir sicher, dass ich Esmeralda irgendwann lieben werde. Aber dich liebe ich auch. Und werde es immer tun«, setzt er hinzu. Nachdenklich starre ich vor mich hin. Glaubt denn außer mir keiner mehr an die einzige, wahre Liebe? »He, ich will deine Gefühle für Michael überhaupt nicht schmälern«, unterbricht Thomas meine Gedanken. »Aber die Chancen stehen einfach nicht besonders gut, dass ihr die Ewigkeit zusammen verbringen werdet. Ihr werdet euch immer wieder begegnen, immer wieder lieben. Aber in der Zwischenzeit ist auch Raum für anderes.«

»Und du willst der Lückenbüßer sein?«, frage ich ungläubig und er schüttelt den Kopf.

»Nein. Nicht der Lückenbüßer. Ich hätte einfach gerne einen Teil deiner Zeit hier oben mit dir verbracht. So lange, bis sich etwas verändert hätte.«

»In Form von Michael«, ergänze ich und er nickt lächelnd:

»Oder Esmeralda.« Es versetzt mir einen kleinen Stich, dass er das sagt.

»Wann bekommt ihr euer Visum?«, erkundige ich mich und er zuckt mit den Schultern.

»Eigentlich dauert das Wochen. Aber Esmeralda ist noch ganz gut drin in der Materie. Außerdem kennt sie eine Menge Leute bei ›Reincarnation‹, die ihr gerne einen Gefallen tun werden.« Er lächelt versonnen.

»Dir ist schon klar, dass sie da unten nicht mehr wie Giselle Bündchen aussehen wird?«, frage ich bissig, aber er lässt sich nicht provozieren.

»Jedenfalls ist sie guter Dinge, dass wir schon am Wochenende aufbrechen können.«

»Schon?«, frage ich erschrocken.

Kapitel 11

Als ich am nächsten Morgen die Augen aufschlage, sehe ich als Erstes auf einen verwuschelten Schopf blonder Haare. Mit einem wohligen Geräusch dreht sich Thomas neben mir auf den Rücken, so dass ich jetzt sein Profil bewundern kann. Starr vor Schreck liege ich da und wage nicht, mich zu rühren. Was ist gestern Nacht geschehen? Wieso liegt Thomas in meinem Bett? Vorsichtig schiele ich an uns herunter und nun ergreift mich echte Panik. Wir sind beide nackt. Hektisch ergreife ich die Bettdecke, die zusammengeknäult zu unseren Füßen liegt, und zerre daran.

»He«, murmelt Thomas neben mir verschlafen und dreht sich zu mir um, während ich meine Blöße zu bedecken versuche. »Guten Morgen.« Er robbt zu mir herüber, bis sein Gesicht nur Millimeter von meinem entfernt ist. Dann lächelt er strahlend und flüstert: »Guten Morgen, Schönheit!«

»Morgen«, antworte ich knapp und verstecke mein Gesicht dabei im Bettlaken. Er lacht.

»Keine Sorge, hier oben gibt es keinen Mundgeruch am Morgen danach.« Ach ja, stimmt. »Dafür ist das davor aber auch weniger aufregend«, stellt er bedauernd fest.

»Könnten wir bitte nicht davon reden?«, frage ich und

versuche, möglichst würdevoll dem Bett zu entsteigen, wobei ich ihm auch noch den letzten Rest der Decke entreiße. Ihn scheint es aber nicht zu stören, dass er vollkommen nackt vor mir liegt. Lässig hat er den Kopf in die Hand gestützt und sieht mich von unten herauf prüfend an.

»Jetzt tut es dir also leid?« fragt er, aber eigentlich ist es mehr eine Feststellung. »Dass du mich gebeten hast, die Nacht bei dir zu verbringen?« Ein Schauer durchläuft mich, denn genau so war es. Ich habe ihn gebeten, zu bleiben. Erst wollte er nicht, aber wenn ich etwas will, kann ich sehr hartnäckig sein. In einigem Abstand zum Bett bleibe ich stehen, mit der Hand krampfhaft die Decke vor der Brust zusammenhaltend, und starre verzweifelt vor mich hin. Was habe ich bloß getan? Wenn Michael mich jetzt sehen könnte, nackt in dem Schlafzimmer, das ich für ihn und mich hergerichtet habe, mit einem anderen Mann.

»Nun hör doch auf, dich selbst zu kasteien«, sagt dieser nun, während er nach seiner Hose angelt, die er gestern Nacht achtlos auf den Boden geworfen hat. »Schließlich ist nichts weiter passiert.«

»Ja, aber nur, weil das nicht möglich war«, gebe ich zurück und er lächelt mich schelmisch an.

»Wirklich? Nur deshalb? Das freut mich.«

»Das ist nicht komisch«, fauche ich ihn an. »Morgen kommt Michael und …«

»…und der war in der Zwischenzeit auch kein Kind von Traurigkeit«, vollendet er meinen Satz und zieht sich gleichzeitig das T-Shirt über den Kopf. Als sein Gesicht oben wieder zum Vorschein kommt, stehe ich so dicht vor ihm, dass er erschrocken zurückweicht.

»Woher weißt du das?«, frage ich wütend und er zuckt ein wenig hilflos mit den Schultern.

»Ich, äh.« Mehr braucht er gar nicht zu sagen.

»Liesel«, stelle ich fest und er nickt.

»Sie hat es nicht böse gemeint, wahrscheinlich wollte sie mir einfach nur erklären, warum du gestern Abend so schlecht gelaunt warst.«

»Ja, wahrscheinlich.« Kraftlos lasse ich mich auf den Bettrand sinken, und mittlerweile ist es mir egal, ob die Decke über meine Schulter rutscht und den Blick auf meine Brüste freigibt. Wem mache ich denn noch etwas vor? Thomas hat das alles gesehen, aus der Nähe. Und auch wenn wir nicht miteinander geschlafen haben, so haben wir doch beieinander gelegen. Nein, genau genommen sogar ineinander. Unsere Seelen haben sich berührt und im Gegensatz zu sonst, wenn das aus Versehen passiert, war es absolut nicht unangenehm. Eher im Gegenteil.

»Mach dich nicht fertig«, flüstert er zärtlich und setzt sich dicht neben mich. Schon wieder spüre ich dieses Kribbeln im Innersten und rücke von ihm ab. »Gestern war gestern, und heute ist heute, und morgen ist morgen«, fährt er fort. Ich sehe ihn überrascht von der Seite an und muss plötzlich kichern.

»Hast du noch so ein paar Weisheiten auf Lager?«, erkundige ich mich prustend und er grinst erleichtert.

»Eine ganze Menge. Willst du sie hören?«

»Gestern war gestern, und heute ist …«, gackere ich und mir würden sicher die Tränen aus den Augen kullern, wenn ich welche hätte. »Nein danke«, japse ich, »das reicht fürs Erste.«

»Aber es stimmt. Das musst du zugeben«, sagt er und

setzt ein todernstes Gesicht auf. »Gestern war gestern, und heute ist heute. Oder willst du etwa behaupten, dass heute gestern ist, oder morgen heute?«

»Hör auf«, jaule ich und halte mir den Bauch.

»Oder gestern morgen?«

Eine Viertelstunde später habe ich mich wieder einigermaßen beruhigt und mache mich gemeinsam mit Thomas auf den Weg zur Arbeit. Stumm wandern wir nebeneinander her, bis ich schließlich das Schweigen breche.

»Was wird denn jetzt? Ich meine, aus uns?« Unsicher sehe ich ihn von der Seite an. Er zuckt mit den Schultern.

»Nun, ich denke, nichts.«

»Nichts? Aber ...«

»Süße, ich mache mir da nichts vor. Morgen kommt Michael zurück. Du hast sechs Jahre auf ihn gewartet, und obwohl ich mich mächtig ins Zeug gelegt habe, hast du beharrlich jeder Versuchung widerstanden.«

»Fast jeder«, korrigiere ich schuldbewusst, doch er schüttelt den Kopf.

»Das war was anderes. Wir haben uns verabschiedet. Ab morgen beginnt für uns beide ein neues Leben. Nun, jedenfalls für mich, für dich eher ein, äh, neuer ...«

»Ich weiß schon, was du meinst«, grinse ich. »Das heißt, du bleibst nicht hier?« Gespannt sehe ich ihn an.

»Nein, ich gehe mit Esmeralda zurück auf die Erde.« Ich fühle sowohl Erleichterung als auch Enttäuschung in mir aufsteigen. Ja, es ist vermutlich besser so. Ich will mir lieber gar nicht vorstellen, wie sich meine beiden Männer begegnen würden. Dennoch: »Ich werde dich vermissen!«

»Ich dich auch. Aber es ist das Beste so. Ich gehöre einfach nicht zu den Menschen, die glauben, das Schicksal kontrollieren zu können. Ich lasse mich gern treiben.«

»Verstehe, es lebe der Fatalismus«, grinse ich und er nickt.

»Genau.«

Mein heutiger Auftrag führt mich in eine kleine Seitenstraße im Stadtteil Barmbek. Vor einem roten, vierstöckigen Klinkergebäude bleibe ich stehen und sehe hinauf zu dem Fenster in der dritten Etage. Im Gegensatz zu allen anderen ist es verschlossen. Ich werfe einen Blick hinauf in den diesigen Himmel, einem Passanten, der gerade mit zwei Einkaufstüten beladen an mir vorbeischleicht, stehen die Schweißperlen auf der Stirn. Der Asphalt flimmert vor Hitze. ANDREAS SEIDEL, ALTER: 29, steht auf der Auftragskarte, die ich jetzt noch einmal aus der Tasche ziehe, um die Adresse abzugleichen. Entschlossen betrete ich das Treppenhaus und kurz darauf die aus zwei Zimmern bestehende Wohnung. Zwischen den Wänden hängt ein moderiger Gestank. Aber nein, nicht weil der Mann schon vor einigen Tagen gestorben ist und ich zu spät dran bin, sondern weil unzählige Pizzakartons mit undefinierbaren Resten darin den Boden übersäen. Eine Reihe leerer Bierflaschen und überfüllter Aschenbecher in Kombination mit den geschlossenen Fenstern und der brütenden Hitze, die schon seit Tagen über der Stadt hängt, tun ihr Übriges. Ohrenbetäubende Nirvana-Musik dringt aus dem Schlafzimmer, wo auf einer breiten Matratze, die ohne Gestell einfach auf den Boden gelegt wurde, regungslos und mit geschlossenen Augen ein Mann liegt. Seine halblangen, weißblonden Haare hängen ihm in Strähnen über das Gesicht, und mit seinem hageren Körper hat er tatsächlich eine entfernte Ähnlichkeit mit Kurt Cobain, dessen Stimme gerade aus den mannshohen Boxen in den Zimmerecken dröhnt.

»My girl, my girl, don't lie to me, tell me where did you sleep last night«. Ich trete zögernd einen Schritt weiter in den Raum hinein und sehe mich angesichts der wie tot daliegenden Person suchend um.

»Hallo?«, frage ich vorsichtig, falls die Seele doch schon irgendwo auf mich wartet, doch ich erhalte keine Antwort. Gerade als ich mich über Andreas beuge, bewegt er sich. Jedenfalls seine rechte Hand, die er jetzt zum Mund führt, um an dem Zigarettenstummel zu ziehen, der zwischen seinen Fingern klemmt. Dabei fällt die zentimeterlange Asche auf sein ehemals weißes T-Shirt, das nun unzählige Fett- und Tomatenflecken zieren. Er inhaliert tief, stößt dann den Rauch aus, mir mitten ins Gesicht. Schnell weiche ich zurück und sehe zu, wie er einen weiteren Zug nimmt. Der Filter der Zigarette glimmt auf, Andreas verzieht das Gesicht und öffnet die Augen. Sie sind hellblau und tieftraurig. Er lässt den angekokelten Stummel in den Aschenbecher neben sich fallen und starrt an die Decke. Ich folge seinem Blick und zucke erschreckt zusammen. Dort oben hängt die postergroße Fotografie einer jungen Frau, die aus schwarz umrandeten Augen lasziv zu uns heruntersieht. Die hellblond gefärbten Haare sind zu einer wilden Löwenmähne auftoupiert. Auch wenn ich dieses Styling etwas gewöhnungsbedürftig finde, würde ich darüber im Normalfall kein Wort verlieren. Kann ja jeder rumlaufen, wie er möchte. Aber muss sie mir unbedingt mit weit gespreizten Beinen ihre Vagina präsentieren? Darum habe ich nicht gebeten. Ich wende den Blick ab und suche mir lieber ein freies Plätzchen auf dem fleckigen, grauen Teppichboden. Dort lasse ich mich nieder, während Andreas der Frau weiter zwischen die Schenkel starrt. Geduldig sitze ich da und warte. Höre ihm beim Atmen zu. Ein und aus. Ein und aus.

»Also, wann immer du so weit bist«, sage ich irgendwann, als mir ein kleines bisschen langweilig wird. Das ist natürlich nicht in Ordnung, gerade bei einem so sensiblen Thema wie Selbstmord sind Sprüche dieser Art völlig fehl am Platz. Das weiß ich auch ohne das »Regelwerk zur Abholung und Begleitung der Seelen von der Erde«. Aber zum Glück kann er mich ja sowieso noch nicht hören. Ich sehe mich im Zimmer um. Hier sieht es wirklich aus wie Kraut und Rüben. Hinter mir in der Ecke befindet sich ein riesiger Berg Schmutzwäsche. Misstrauisch beobachte ich den Haufen. Würde mich nicht wundern, wenn sich darin ein paar Ratten eingenistet hätten. Kurt Cobain ist mittlerweile verstummt und es ist still im Raum, bis auf das Surren der Fliegen um die Pizzakartons und das Atmen von Andreas. Dessen Frequenz übrigens mittlerweile merklich angestiegen ist. Ich gehe zu ihm hinüber. Noch immer liegt er auf dem Rücken, den Blick auf das Foto gerichtet. Seine rechte Hand jedoch hält diesmal keine Zigarette. Nein, sie hält seinen Penis, den er aus seiner speckigen Jeans befreit hat. Oh nein, bitte nicht! Womit habe ich das verdient? Mit fest zusammengekniffenen Augen und zugehaltenen Ohren warte ich darauf, dass er fertig wird. Hoffentlich fragt er mich später nicht, wie lange ich schon da war. Nach einer Weile, die mir vorkommt wie eine Ewigkeit, öffne ich vorsichtig ein Auge – und sehe mitten in sein verzerrtes Gesicht, das sich gleich darauf zu entspannen beginnt. Also wirklich, Arbeitsbedingungen sind das hier. Gerade will ich mich darüber aufregen, dass er einfach so seine Hose wieder zumacht, ohne auch nur ein Taschentuch zu Hilfe zu nehmen, als ich ein Schluchzen höre. Auweia! Der Kurt-Cobain-Verschnitt weint. Dicke Tränen kullern aus seinen hellen Augen und es zerreißt mir beinahe das Herz. Auch wenn ich rein hygienetechnisch nicht mit ihm auf einer Wellenlänge bin, mir sein Wand- oder besser gesagt Deckenschmuck nicht zusagt und ich wirklich nicht scharf darauf war, ihm beim Onanieren zuzusehen, so ist er doch auch eine liebeskummergeplagte Seele, voller Schmerz und Tränen.

»Es ist schon gut«, sage ich sanft und setze mich zu ihm aufs Bett. »Alles wird gut.« Er liegt zusammengerollt wie ein kleines Kind. Hilflos sehe ich auf ihn hinunter. Irgendwann geht sein haltloses Schluchzen in stilles Weinen über, das schließlich auch verstummt. Ich sehe ihm in die seltsam leeren Augen und setze mich gespannt auf. Ich glaube, gleich ist es so weit. »Es ist gar nicht so schlecht bei uns oben«, beginne ich ihm zu erzählen, während er nach der Plastiktüte greift, die zusammengeknüllt neben der Matratze liegt. »Die meisten Seelen sind furchtbar nett. Abends gehen wir in den ›Sternenfänger‹ und genehmigen uns einen Smell, das ist so eine ganz tolle Erfindung von dem Besitzer. Ich darf es eigentlich nicht weitersagen, aber er ist die Seele von Mozart. Wolfgang Amadeus Mozart. Kannst du dir das vorstellen?«, plappere ich, während Andreas damit beginnt, Dutzende von Schlaftabletten aus den Zellophanstreifen zu drücken. Mit der Fernbedienung schaltet er die Stereoanlage wieder an. »Verstehe, ist nicht so ganz deine Musik. Ob Kurt irgendwo da oben rumläuft, weiß ich gar nicht so genau«, gebe ich zu. »Aber ich kenne auch wirklich nur einen ganz kleinen Teil des Himmels. Jedenfalls ist es wirklich sehr schön. Du kannst deine Wohnung per Gedankenkraft einrichten«, dabei werfe ich einen schiefen Blick auf die karge Einrichtung um mich herum, »und Wäsche machen muss man auch nicht.« Ich weiß selber nicht, warum ich nicht einfach die Klappe halte. Er kann mich doch sowieso nicht hören, außerdem ist es überhaupt nicht meine Aufgabe, ihn von irgendetwas zu überzeugen. Ich soll ihn doch bloß nach oben mitnehmen. Vermutlich bin ich angesichts des ersten Suizids in sechs Jahren aufgeregter, als ich zugeben will. Andreas hat damit begonnen, aus den Schlaftabletten Buchstaben vor sich auf den Teppich zu legen.

»G …I …N …A«, buchstabiere ich. »Gina? So sieht sie auch aus! Das ist doch ein blöder Name. Die hat dich gar nicht verdient«, sage ich tröstend zu ihm, während er sich aufrappelt und aus dem Zimmer geht. Gleich darauf kommt er zurück, eine Flasche Wasser in der einen, sein Telefon in der anderen Hand. »Du meinst es wirklich ernst«, stelle ich fest, denn wer Tabletten mit Alkohol zu sich nimmt, der spuckt sie schneller wieder aus, als sie wirken können. Andreas lässt sich wieder aufs Bett plumpsen, ich kann gerade noch zur Seite springen. Unschlüssig spielt er mit dem Handy herum. »Nur zu«, versuche ich ihn zu ermuntern, obwohl ihm die Angst ins Gesicht geschrieben steht. Mit Recht, muss ich leider sagen. In meinem Ablaufplan steht alles haargenau verzeichnet. Gleich startet er einen letzten Anruf bei dieser Gina, aber die wird ihn wegdrücken, wie immer. »Komm schon, bringen wir es hinter uns, es ist nun mal nicht zu ändern. Aber da oben gibt es viel schönere Frauen als die blöde Gina, wirst schon sehen. Man kann dort zwar keinen Sex haben, aber wenn sich die Seelen berühren, das ist auch ein schönes Gefühl!« Ich fange schon wieder an zu plappern und verstumme erst, als Andreas entschlossen eine Taste auf dem Telefon drückt und es sich dann ans Ohr hält. Seine Hand zittert dabei unkontrolliert, die hellblauen Augen flackern vor Angst. Ich höre das schwache Tuten des Freizeichens und sehe ihn mitleidig von der Seite an. Hoffentlich fängt er nicht wieder an zu weinen, bete ich im Stillen und merke zu spät, dass ich die emotionale Distanz, die für meinen Beruf so wichtig ist, komplett aufgegeben habe. Jetzt müsste ihre Mailbox drangehen. Gleich haben wir es geschafft. Plötzlich geht ein Ruck durch den zusammengesunkenen Körper neben mir.

»Gina«, stößt er hervor, »oh Gott, bin ich froh, deine Stimme zu hören!«

»Was?«, rutscht es mir heraus und ich sehe ihn völlig verblüfft an.

»Gina, bitte, leg nicht wieder auf. Lass uns noch mal darüber reden. Es tut mir alles so leid. Wenn du mir doch noch eine Chance …«

»Moment mal«, rufe ich dazwischen, ohne dass es mir etwas nützen könnte, »irgendwas läuft hier gerade schief.«

»Wirklich?«, fragt Andreas.

»Ja, wirklich«, antworte ich nachdrücklich, bevor ich merke, dass er nicht mir geantwortet hat.

»Wirklich?«, wiederholt er und plötzlich wird sein eingefallenes, trauriges Gesicht durch ein Lächeln erhellt. »Aber das ist ja …« Ich lehne mich zu ihm herüber, um vielleicht ein paar Worte vom anderen Ende der Leitung aufschnappen zu können, aber er hält den Hörer ganz nah an sein Ohr gepresst. Also bleibt mir nichts anderes übrig, als aus seinen Antworten Rückschlüsse zu ziehen. »Ja, ich denke auch die ganze Zeit an dich.« Nun, das war jetzt nicht sonderlich schwierig. Was soll denn das alles? Ich krame in meiner Rocktasche nach dem Auftrag und vertiefe mich in das Kleingedruckte. Wieso denkt sie an ihn? Wieso ist sie ans Telefon gegangen? Das steht hier aber anders drin. Vorwurfsvoll sehe ich zu Andreas, der jetzt auf die Füße springt und zum x-ten Mal »Wirklich?« ruft. Er sieht richtig süß aus, wenn er lächelt. »Hierher? Aber ich …« Er lässt seinen Blick durch das Zimmer gleiten. »Doch, natürlich. In zwei Minuten. Ich freu mich!« Damit beendet er das Gespräch und steht eine Sekunde lang wie erstarrt. »Ja!!!«, brüllt er dann so laut, dass ich einen entsetzten Hüpfer mache. Dann sieht er an sich herunter und stöhnt.

»Oh nein!« Damit wirft er mir sein Telefon in den Schoß.

»He«, rufe ich empört, und als ich aufblicke, steht er schon splitterfasernackt vor mir, zieht gerade noch sein fleckiges T-Shirt über den Kopf. »Also bitte.« Ich wende den Blick ab, während er hastig in dem Klamottenberg nach etwas Sauberem zum Anziehen sucht. Dann sammelt er hektisch die Schlaftabletten vom Boden auf, wirft die unzähligen Pizzakartons kurz entschlossen in die Küche und schließt die Türe. Dingdong erklingt da die Türklingel und Andreas blickt panisch um sich. Er hat Recht, besonders gut sieht es hier immer noch nicht aus.

»Vielleicht könntest du ein Fenster öffnen?«, schlage ich freundlich vor, da hechtet er auch schon los, um genau das zu tun. Ich bilde mir aber nicht ein, dass er mich gehört hat. Gemeinsam gehen wir zur Wohnungstür, Andreas drückt auf den Knopf der Gegensprechanlage.

»Wer ist da?«

»Willst du mich verarschen?«, ertönt eine raue weibliche Stimme aus dem Lautsprecher.

»Das ist ja vielleicht eine Ausdrucksweise«, sage ich kritisch, »und du bist sicher, dass du sie zurückhaben willst?« Doch Andreas kichert vergnügt vor sich hin und drückt den Türöffner.

»Verdammte Scheiße«, brüllt er dann unvermittelt und rennt ins Schlafzimmer, wo er sich auf einen Stuhl stellt und das Poster von Gina von der Decke reißt. Nachdem er es unter seiner Schmutzwäsche versteckt hat, öffnet er mit Schwung die Tür. Neugierig lehne ich mich über das Treppengeländer und sehe auf Ginas wasserstoffblonden Schopf mit dem schwarzen Ansatz am Scheitel hinunter. Sekunden später steht sie vor uns. Kaugummikauend, im Batik-T-Shirt, schwarzem Minirock und derben Stiefeln.

»Hallo, Gina«, sagt Andreas verzückt.

»Hey.« Ein wenig unentschlossen stehen sie voreinander, als eine weitere Frau die Treppe hochkommt. Eine Frau mit dunklen Haaren, zierlichem Körperbau und durchdringend hellblauen Augen. Sie stößt einen überraschten Laut aus und ruft: »Lena! Was machst du denn hier?«

»Genau dasselbe könnte ich dich auch fragen«, sage ich, nachdem ich mich von dem Schrecken erholt habe, ausgerechnet meiner Großmutter hier in diesem düsteren Treppenhaus zu begegnen. »Und noch mehr würde mich interessieren, was die da eigentlich hier zu suchen hat«, fahre ich mit einer Kopfbewegung in Ginas Richtung fort, die immer noch dasteht wie bestellt und nicht abgeholt.

»Ach ja, gut, dass du es sagst!« Damit stellt Liesel sich hinter sie und schmiegt sich an ihren Rücken. Ihr Gesicht nimmt einen konzentrierten Ausdruck an.

»Was machst du denn da?«, frage ich verwundert, als sich Gina im Zeitlupentempo auf Andreas zubewegt, der sie so hoffnungsvoll und unterwürfig ansieht, dass ich ihm am liebsten einen Stoß in die Rippen versetzen würde.

»Hab doch ein bisschen mehr Selbstachtung«, zischele ich ihm zu, »das macht sie noch nicht einmal aus freien Stücken.«

»Halt die Klappe, es ist Gottes Wille«, sagt Liesel zu mir, während sie Gina weiter anschiebt.

»Gottes Wille«, rufe ich ungläubig aus. »Da irrst du dich aber ... Moment mal«, unterbreche ich mich selbst und sehe sie misstrauisch an, »sag bloß, es ist deine Schuld, dass ... Hast du Gina gezwungen, seinen Anruf anzunehmen?«

»Gezwungen? Nein!«, wehrt Liesel ab.

»Damit hattest du nichts zu tun?«

»Doch, schon, aber ...«

»Was fällt dir eigentlich ein, dich in meinen Auftrag einzumischen?«, frage ich wütend. »Lass sie sofort los!«

»Ich denke ja gar nicht daran. Und was heißt bitte schön ›dein Auftrag‹? Das hier ist mein Auftrag!«

»Du sollst damit aufhören«, rufe ich, jetzt schon leicht panisch, denn Andreas und Gina stehen so dicht voreinander, dass kein Papier mehr dazwischen ginge. Sein Blick ist begehrlich auf ihren üppigen, dunkelrot geschminkten Mund gerichtet. »Das wirst du nicht tun«, herrsche ich ihn drohend an, »ihr werdet jetzt nicht anfangen zu knutschen und euch versöhnen! Du wirst jetzt diese Tür zumachen und dann schön deine Schlaftabletten nehmen, so wie es geplant war.«

»Schlaftabletten?«, fragt Liesel mit hochgezogenen Augenbrauen und legt ihre Hände rechts und links auf Ginas Gesicht. »Die wird er heute ganz bestimmt nicht nehmen. Dazu bin ich ja schließlich hier.« Damit neigt sie den Kopf der falschen Blondine ein kleines Stück nach rechts und gibt damit den Startschuss zu einer wilden Knutscherei. Fassungslos sehe ich zu, wie Andreas die letzten Millimeter überwindet und seiner Exfreundin die Zunge in den Mund schiebt.

»Aber, ich soll doch ...«, stammele ich und sehe hilfesuchend zu Liesel herüber, die mit verschränkten Armen dasteht und zufrieden lächelnd ihr Werk betrachtet. »Ich sollte ihn doch mitnehmen.«

»Hier wird heute niemand mitgenommen! Wie du siehst, sind die beiden wieder zusammen.« Ich werfe einen Blick auf das ineinander verschlungene Pärchen.

»Fragt sich nur, wie lange«, sage ich sarkastisch. »Die passen doch gar nicht zusammen.«

»Ich finde sie süß«, behauptet Liesel, aber ich habe das Gefühl, das sagt sie nur, um mir zu widersprechen. »Und im Grunde ihres Herzens liebt sie ihn.«

»Tut sie nicht. Und er ist total sensibel. Wenn sie ihn noch mal fallen lässt, bricht es ihm das Herz«, versuche ich zu argumentieren, aber stoße dabei auf Granit.

»Dann kannst du ihn ja immer noch abholen.«

»Ich soll ihn heute abholen«, sage ich nachdrücklich, »und ich bin noch nie alleine wieder nach oben gekommen. Was soll ich denen denn sagen?«

»Los, wir gehen rein«, flüstert Andreas in diesem Moment atemlos zwischen zwei Küssen und Gina stöhnt begeistert: »Oh ja, ich will jetzt ficken!« Ich rolle die Augen gen Himmel.

»Ja, das ist wahre Liebe«, sage ich sarkastisch, doch Liesel zuckt nur mit den Schultern.

»Kann doch jeder machen, wie er will. Und nur weil nicht alle so prüde sind wie du …«

»Ich bin nicht prüde!«, kreische ich empört.

»Komm, Andi, jetzt fick mich«, schreit Gina noch lauter aus dem Schlafzimmer. Ohne Liesel noch eines Blickes zu würdigen, folge ich den beiden nach drinnen, wo sie sich mittlerweile auf die speckige Matratze haben fallen lassen. Das wird doch nichts. Andreas hatte vor einer Viertelstunde seinen letzten Orgasmus. Er kann nicht, selbst wenn er wollte. Und wie ich die Dame einschätze, wird sie das persönlich nehmen. Ihn einen Schlappschwanz nennen, wütend abzischen und kurze Zeit später kann ich Andreas, ungeachtet des kleinen Zwischenfalls, mit nach oben nehmen. Abwartend stehe ich mitten im Schlafzimmer. Liesel, die mir gefolgt ist, sieht mich verwundert an. Dann sagt sie: »Schon gut, Süße, du bist nicht prüde, ich habe es kapiert. Müssen wir uns das wirklich ansehen?«

»Es wird nicht viel zu sehen geben«, orakele ich und

lächele sie siegesgewiss an. In diesem Moment stößt Gina einen spitzen Schrei aus und ich sehe verwirrt auf das Paar herunter. Das gibt es doch gar nicht.

»Oh ja, Baby, ich hab dich so vermisst! Und deinen schönen, harten ...« Ich presse mir die Hände auf die Ohren und renne aus der Wohnung. Erst auf der Straße bleibe ich mit hängenden Schultern stehen.

»Was mache ich denn jetzt?«, frage ich Liesel, die mir gefolgt ist. »Ich sollte ihn doch abholen.«

»Da musst du dich in der Tür geirrt haben«, behauptet sie. »Wie gut, dass ich rechtzeitig da war. Ja, ich bin einfach gut in meinem Job!«, sagt sie selbstgefällig.

»Für wie blöd hältst du mich eigentlich«, fahre ich sie an, ziehe meinen Auftrag hervor und fuchtele damit vor ihrer Nase herum. »Meinst du vielleicht, ich kann nicht lesen? Hier steht es doch, Gold auf Silber. Dieses Haus, diese Wohnung, dieser Mann. Und alles lief wie am Schnürchen, bis du dich plötzlich eingemischt hast!«

»Zeig mal her!« Damit reißt sie mir die Karte aus der Hand und studiert sie eingehend. »Tatsächlich«, meint sie dann achselzuckend, »war wohl ein Fehler in der Orga.«

»Ein Fehler in der Orga«, echoe ich ungläubig. »Wie meinst du das?«

»Du kennst doch das komplett verglaste Hochhaus, das letzte in der Himmelsstraße? Da sitzt die O.R.G.A. Die koordinieren alles, was oben und hier unten so vor sich geht. Na ja, und die haben sich eben geirrt und den Auftrag sowohl an ›Soulflow‹ als auch an ›Engelszungen eG‹ gegeben.«

»Und was mache ich jetzt?«

»Du gehst dorthin, holst dir das Formular MFSV und schilderst denen den Sachverhalt.«

»Dafür gibt es sogar ein Formular?«, frage ich ungläubig und sie nickt.

»Ja, das Formular für die Meldung von Fehlern durch seelisches Versagen.«

»Willst du damit sagen, dass so etwas häufiger passiert?«

»Andauernd. Schließlich ist niemand perfekt. Weißt du, mit wie vielen Seelen die da tagtäglich rumhantieren? Da kann einem schon mal eine durch die Lappen gehen.«

»Und das sagst du mir jetzt erst?«

Kapitel 12

Ich lasse Liesel alleine zurück nach oben fahren und weiche ihren drängenden Fragen danach, was ich denn noch so Wichtiges zu erledigen habe, aus. Kurz darauf stehe ich wieder in Michaels Büro.

»Hallo du«, sage ich zärtlich und er kommt auf mich zu. Seufzend sehe ich ihm dabei zu, wie er sein Sakko von der Garderobe nimmt und den Raum verlässt. Da hätte ich ihn beinahe verpasst. Glück gehabt. Schweigend laufen wir nebeneinander her zu dem kleinen Italiener um die Ecke, wo wir uns früher häufig zum Mittagessen getroffen haben. An einem kleinen Tisch am Fenster lässt Michael sich nieder, ich nehme ihm gegenüber Platz. »Du fragst dich wahrscheinlich, warum ich schon wieder hier bin«, sage ich und sehe ihm dabei in seine schönen Augen, »eigentlich frage ich mich das selber. Aber heute ist etwas passiert, was mich ...« Ich unterbreche mich, als er plötzlich zu lächeln beginnt und aufspringt. Noch bevor ich mich umdrehe, weiß ich, wen ich gleich vor mir sehen werde. Natürlich, diese Katrin. Sie umarmen einander und geben sich einen langen Kuss, bei dem ich eifersüchtig zusehe. Dann muss ich wohl oder übel meinen Platz für die andere frei machen, und während ich das Paar beobachte, das sich lächelnd und Händchen haltend gegenüber sitzt, wird mir klar, dass genau das meine Aufgabe ist: Ich muss meinen Platz frei machen. Ich darf Michael nicht länger festhalten. Und nach dem Erlebnis von heute weiß ich, dass Gottes Wille nicht immer geschieht und ich Einfluss darauf nehmen kann. Es muss doch irgendwie möglich sein, den Auftrag zu sabotieren. Wie Liesel schon sagte, so was passiert andauernd. Ich kann etwas tun. Die Frage ist nur, will ich das auch? Misstrauisch beäuge ich das turtelnde Paar und könnte auf der Stelle losheulen. Ich beuge mich zu Michael hinunter und flüstere ihm ins Ohr: »Liebst du sie? Ich meine, liebst du sie wirklich?«

»Ich liebe dich«, sagt er den Bruchteil einer Sekunde später und ich zucke erschreckt zurück. Unheimlich ist das. Als ob er mich verstehen könnte. Das kann er natürlich nicht, aber zumindest war das eine klare Ansage. Er liebt sie.

»Ich liebe dich auch«, antwortet Katrin und so gerne ich etwas anderes behaupten würde, so kann ich doch nichts als Aufrichtigkeit in ihrem Blick erkennen. Die Situation ist kaum zu ertragen, aber immerhin habe ich meine Antwort. Und muss die Konsequenz daraus ziehen. Noch einmal trete ich dicht an Michael heran und sage leise: »Ich lasse es nicht zu. Ich weiß noch nicht, wie ich es anstellen werde, aber ich verspreche dir, dass ich alles versuchen werde, um dich morgen nicht mitnehmen zu müssen.« Schnell richte ich mich auf und verlasse das Restaurant. Auf halbem Weg zur Tür drehe ich mich noch einmal um und sage leise: »Und übrigens: Ich liebe dich auch!«

Am selben Nachmittag mache ich mich auf den Weg zur Orga, einem zwanzigstöckigen Gebäude, in dessen gläserner Fassade sich die Sonne spiegelt. Im Eingangsbereich gehe ich auf den runden, schwarz glänzenden Rezeptionstresen zu, hinter dem eine kurvige Rothaarige mit Sommersprossen und blaugrünen Augen steht.

»Halloooo«, grüßt sie gedehnt und lächelt mich an.

»Hallo«, gebe ich knapp zurück. »Ich habe einen Fehler zu melden, der durch Ihr Unternehmen zustande gekommen ist.«

»Das tut mir sehr leid«, flötet sie unvermindert freundlich. »Die zuständige Abteilung befindet sich im fünfzehnten Stockwerk. Wie ist denn bitte Ihr Name?« Misstrauisch sehe ich sie an. »Damit ich Sie anmelden kann«, erklärt sie mir geduldig und drückt einen der zahlreichen Knöpfe auf dem Schaltpult vor sich.

»Ach so, natürlich. Kaefert, Lena Kaefert!«

»Danke. Piefke?«

»Nein, Kaefert«, sage ich ungeduldig und sie lacht glockenhell.

»Aber ja, ich habe verstanden. Piefke?«

»Nein, ich sage doch …«

»Ich spreche ja nicht mit Ihnen, meine Liebe«, erklärt sie, als eine Männerstimme erklingt.

»Was gibt's, Leila?«

»Ich habe hier Lena Kaefert mit einer Fehlermeldung.«

»Alles klar. Soll raufkommen.«

»Danke. Die Lifte sind dort hinten«, wendet sich Leila wieder an mich und weist in die entsprechende Richtung.

»Danke«, sage ich und marschiere los. Kaum stehe ich

davor, öffnet einer der fünf Fahrstühle lautlos seine Türen und lässt mich eintreten.

»Guten Tag«, erklingt eine Stimme um mich her.

»Äh, ja, Tag«, erwidere ich, mich suchend nach so etwas wie Knöpfen umschauend.

»Wohin darf ich Sie bringen?«, erkundigt sich die Stimme bei mir und ich antworte: »Fünfzehnter Stock, bitte.«

»Ah, Fehlermeldungen.« Pling. Den Bruchteil einer Sekunde später öffnen sich die Stahltüren wieder und geben den Blick frei auf einen weiteren Empfangstresen, der am Anfang eines langen, spiegelblank gebohnerten Ganges steht, von dem rechts und links zahllose Türen abgehen, vor denen auf kleinen, roten Sesseln zahlreiche Seelen warten. Das kann ja heiter werden. Ich trete näher.

»Tag auch, Frau Kaefert, nehme ich an?« Das muss Piefke sein.

»Genau«, nicke ich.

»Um was geht es denn, bitte?« Ich schildere ihm ausführlich mein Erlebnis mit Andreas Seidel und dem Schutzengel, »Liesel Ullrich, mit zwei L«, der mir dabei in die Quere gekommen ist. Der dunkelhaarige Mann vor mir nickt verständnisvoll und wirft hier und da ein: »Wirklich? Nein! Ja, das ist ärgerlich, höchst ärgerlich«, ein. Nachdem ich meine Geschichte beendet habe, sehe ich ihn gespannt an, während er in einem dicken Buch vor sich zu blättern beginnt.

»Kompliziert, kompliziert, gar nicht so einfach«, murmelt er vor sich hin, »Helferin: Kaefert, Lena, Schutzengel: Ullrich, Liesel, Seele: Seidel, Andreas. Hmm, hmm. Aha!«, ruft er dann aus und fährt mit dem Finger über die Buchseite.

»Zuständigkeiten zur Bearbeitung von Fehlermeldungen, blablabla, richten sich immer nach dem Anfangsbuchstaben des Nachnamens der den Auftrag betreffenden Seele. Handelt es sich um mehr als eine Seele ... na, das trifft ja hier nicht zu, oder?«

»Nun, äh, seine Freundin war ja auch da«, merke ich etwas hilflos an.

»Und wie hieß die?«

»Gina«, sage ich kleinlaut. »Ihren Nachnamen kenne ich nicht. Aber die sollte ich ja auch gar nicht abholen, nur ihn«, beeile ich mich zu sagen, weil Piefke das Gesicht in sorgenvolle Falten legt.

»Aber Liesel Ullrich hatte Kontakt zu dieser Gina?«

»Ja, genau. Sie hat Andreas' Selbstmord verhindert, indem sie Gina zu ihm geführt hat.«

»Verstehe, verstehe. Hm!« Wieder vertieft er sich in den Wälzer vor sich. »Handelt es sich um mehr als eine Seele, die von dem Vorgang in irgendeiner Weise betroffen sind, so zählt der Nachname derjenigen Seele, die nach Paragraph 27 des SGB am wesentlichsten, ähm, verstehen Sie das?«, wendet er sich an mich. Ich habe nicht den leisesten Schimmer. Ist ja auch nicht mein Job. Ich bin Helferin. Vielleicht nicht gerade Mitarbeiterin des Jahres, aber doch recht zuverlässig. Bis heute. Im Brustton der Überzeugung sage ich dennoch: »Natürlich! S wie Seidel.«

»Genau, das denke ich auch«, strahlt er mich an. »Ja, also, das ist dann Zimmer 25. Den Gang runter und dann rechts, die dritte Tür auf der linken Seite.«

»Danke.« Ich will mich gerade in Bewegung setzen, da ruft er mich noch mal zurück und hält mir einen hellblauen Vordruck entgegen.

»Hier, den können Sie ja schon mal ausfüllen, während Sie warten!« Ich werfe einen Blick darauf. Formular MNVF, Formular für die Meldung durch Naturgewalten verursachter Fehler.

»Sind Sie sicher?«, frage ich.

»Ups, mein Fehler«, entschuldigt er sich, entreißt mir das Blatt und reicht mir stattdessen eins von sonnengelber Farbe. »Seelisches Versagen, ganz recht, ganz recht.«

»Scheint ja öfter vorzukommen, als man denkt«, murmele ich im Weggehen, aber nur so leise, dass er mich nicht hören kann.

Auf dem Gang vor Zimmer 25 warten außer mir nur noch zwei andere Personen. Ich habe gerade genug Zeit, um mein Formular auszufüllen, da werde ich auch schon hereingerufen.

»Der Nächste bitte!« Plötzlich bin ich wahnsinnig nervös. Was ist, wenn mein Plan nicht funktioniert? Ich weiß doch gar nicht, wen ich da drinnen jetzt antreffe. Plötzlich kommt mir die ganze Idee vollkommen hirnverbrannt vor. Bilde ich mir allen Ernstes ein, hier mal eben so Schicksal spielen zu können? Was bin ich, vielleicht größenwahnsinnig? Außerdem wird mir heiß und kalt bei dem Gedanken, was passiert, sollte Gott jemals herausbekommen, was für ein Spielchen ich hier treibe. Sie wird furchtbar wütend sein. Wahrscheinlich wird es ein ganzes Jahr lang regnen und stürmen. »Der Nächste«, ertönt es wieder ungeduldig aus Zimmer 25.

»Ich komme schon«, rufe ich unsicher zurück, erhebe mich wackelig von meinem Sessel und betrete den kleinen Raum mit dem wunderschönen Ausblick auf die

Himmelstraße. In Reih und Glied stehen Dutzende von sauber beschrifteten und alphabethisch geordneten Aktenordnern im Bücherregal unter dem Fensterbrett, auf dem sich kein einziges Staubkörnchen befindet, metaphorisch gesprochen, denn stauben tut es hier oben sowieso niemals. Hinter dem penibel aufgeräumten Schreibtisch sitzt kerzengerade ein schwarzhaariger Mann mit strengen Gesichtszügen und durchdringendem Blick. Ganz ruhig, Lena, er kann nicht sehen, was du im Schilde führst, und wenn er dich noch so sehr mit seinen dunklen Augen durchbohrt. Oh nein. In diesem Moment spüre ich, wie meine Aura sich verfärbt.

»Was ist denn mit Ihnen los?«, bellt mein Gegenüber auch prompt und ich ziehe verschüchtert den Kopf ein.

»Nichts, ich …«, piepse ich.

»Wie ist Ihr Name?«, fragt er ungeduldig und ich antworte kleinlaut: »Kaefert, Lena Kaefert, und, äh, wie heißen Sie?« Statt einer Antwort deutet er auf das Namensschildchen auf seinem Schreibtisch. HARTMUT KEHLER steht darauf. »Angenehm«, flüstere ich. »Darf ich mich setzen?« Er nickt gnädig und ich lasse mich auf den schwarzen Ledersessel ihm gegenüber sinken. Erst jetzt bemerke ich, dass ich in meiner Nervosität das ausgefüllte Formular zwischen den Händen hin und her gedreht und damit ziemlich zerknittert habe. Herr Kehler wirft jetzt einen kritischen Blick darauf und ich versuche hastig, das Papier etwas zu glätten, bevor ich es ihm rüberschiebe. Er überfliegt den Fall und stößt dann einen verächtlichen Laut aus.

»Diese Idioten«, brummt er dann, »Deppen, nichts als Deppen. Gehören alle suspendiert. Kann doch nicht so schwer sein.« Damit ruft er ein Programm in seinem

Computer auf und beginnt, verbissen auf den Tasten herumzuhacken, ohne sein Geschimpfe dabei einzustellen. »Über zehntausend Fehler im Jahr alleine durch seelisches Versagen, Schlamperei ist das! Wenn ich der Chef wäre, dann würde ich andere Seiten aufziehen.« Ich horche auf. Sieh mal an, der Typ hat einen Gott-Komplex. Schweigend sitze ich da, bis Kehler sich wieder an mich wendet. »Das heißt, Sie haben den Schutzengel unten sogar getroffen, der Ihnen die Tour vermasselt hat?« Ich nicke. »Und wieso haben Sie sich nicht gegen ihn durchgesetzt?« Das klingt eindeutig vorwurfsvoll.

»Nun, das ging nicht, ich konnte nicht …«

»Sie konnten nicht, ach so«, unterbricht er mich spöttisch, »aber dieser Schutzengel, der konnte?«

»Ich hatte wirklich keine Chance«, verteidige ich mich, doch er winkt ab.

»Wenn Sie Ihren Job gut machen würden, dann hätten Sie gewonnen. Dann hätten Sie diesen Seidel mitgebracht.«

»Na und?«, sage ich schnippisch. »Dann säße jetzt an meiner Stelle Liesel auf diesem Stuhl, aber für Sie wäre es die gleiche Arbeit.«

»Werden Sie mal nicht frech, Sie, ja?«, raunzt er mich an und ich klappe erschrocken den Mund wieder zu.

»Tschuldigung.«

»Na ja, eigentlich haben Sie ja Recht. An allem ist nur dieser Idiot schuld. Wer hat die Aufträge erteilt? Warten Sie.« Zwei Computerklicks später lacht er höhnisch auf. »Natürlich, Berger, das hätte ich mir gleich denken können, dieser Stümper!« Wie ein Besessener hackt er weiter auf seine arme Tastatur ein, während ich in meinem Stuhl immer kleiner werde. Denn leider bin ich vollkommen ratlos, was ich jetzt machen soll. »Mit Ihrer Aura stimmt irgendetwas ganz und gar nicht«, sagt Kehler in diesem Moment zu mir und ich kann selber erkennen, dass sie tatsächlich gerade ins Grünliche wechselt. Weil ich mich wirklich elend fühle. Und hilflos. »Kann es sein, dass Sie bei einem Ihrer Aufträge mit radioaktiver Strahlung in Berührung gekommen sind?«, erkundigt er sich. »Dann sollten Sie sich dringend untersuchen lassen, das ist sehr gefährlich.« Ich schüttele heftig den Kopf.

»Nein, das ist es nicht.«

»Was denn dann, um Himmels willen?«, fragt er ungeduldig, während der Drucker neben ihm bergeweise bedrucktes Papier auszuspucken beginnt.

»Ach, es ist ...« ... nichts, will ich eigentlich sagen, doch einer plötzlichen Eingebung folgend fahre ich fort: »... es ist nur, ich fühle mich wie ein Versager.« Verdutzt sieht er mich an und ich fahre fort: »Seit fünfeinhalb Jahren bin ich Helfer und habe meine Aufträge immer zur vollsten Zufriedenheit des Chefs erledigt. Und nun komme ich heute wieder nach oben und habe ...« Ich lasse meine Stimme brechen. »Fünfeinhalb Jahre ohne einen Fehler«, setze ich neu an und schüttele scheinbar fassungslos den Kopf. Dann linse ich unauffällig rüber zu meinem Gegenüber, dessen Gesichtsausdruck sich verändert hat. Er guckt jetzt nicht mehr streng, abweisend, verurteilend. Wusste ich doch, da habe ich ins Schwarze getroffen. Der Insasse dieses Büros, in dem alles rechtwinklig angeordnet zu sein scheint, verachtet jede Art von Fehler. Weil genau das seine größte Angst ist.

»Dieser Fehler lag ja nicht bei Ihnen«, sagt er beinahe freundlich, »sondern bei Berger.«

»Schon, aber Sie haben es ja selber gesagt. Vielleicht hätte ich mehr um Andreas Seidel kämpfen müssen. Ich habe versagt«, kasteie ich mich selbst.

»Nun, nun, wenn Sie doch keine Chance hatten …«

»Wenn ich gut in meinem Job wäre, dann hätte ich ihn mitgebracht«, jaule ich auf und kann Kehler anmerken, dass sein Stresspegel erheblich ansteigt.

»Bitte beruhigen Sie sich doch«, sagt er hilflos und legt mir mehrere Dokumente zur Unterschrift vor.

»Aber das ist noch nicht alles«, greine ich, während ich meinen Namen auf die dafür vorgesehene Linie kritzele.

»Was denn noch?« Ich krame in meiner Kleidertasche nach dem goldenen Umschlag, den ich seit vier Tagen immer bei mir habe und werfe ihn mit einem gekonnten Aufschluchzen auf die spiegelblanke Schreibtischplatte. »Was ist das?«, erkundigt sich Kehler misstrauisch.

»Das ist mein nächster Auftrag«, flüstere ich so leise, dass er sich zu mir herüberbeugen muss, um jedes Wort zu hören, »und darin steckt schon wieder ein Fehler.«

»Was? Wie meinen Sie das?«

»Ein Fehler«, sage ich laut und deutlich. »Ein hässlicher, unverzeihlicher, alles kaputt machender Fehler.« Ich merke, wie er bei jedem einzelnen Wort zusammenzuckt. »Dieser Mann soll morgen Abend in einem Restaurant einen Nachtisch mit Nüssen essen und an einem allergischen Schock sterben. Nur dass dieser Mann gegen Nüsse überhaupt nicht allergisch ist. Sondern gegen Nektarinen.«

»Ach ja?«, fragt Kehler und beäugt mich misstrauisch. »Und woher wissen Sie das?«

»Ich weiß es, weil ich unten mit diesem Mann verheiratet war.«

»Tatsächlich?« Ich nicke heftig mit dem Kopf und er zieht den Auftrag ein Stück näher zu sich heran, dann tippt er wiederum etwas in den Computer ein.

»Schon wieder Berger«, murmelt er. »Der Mann stellt einen Rekord auf.« Mir kriecht das schlechte Gewissen den Rücken hinauf, als ich das boshafte Grinsen meines Gegenübers sehe. Schließlich hat der zuständige Sachbearbeiter in Michaels Fall ja überhaupt keinen Fehler gemacht. Unauffällig linse ich hinüber zu der Gebotstafel, die, wie in jedem Büro des Konzerns, silbern umrahmt neben der Tür hängt.

DU SOLLST NICHT FALSCH ZEUGNIS REDEN WIDER DEINEN NÄCHSTEN, leuchtet es mir an achter Stelle entgegen.

»Nun ja, es ist doch nur ein winziger Fehler«, versuche ich Kehler zu beschwichtigen, »ansonsten ist der Fall exzellent vorbereitet und …«

»Exzellent nennen Sie das?«, fährt er mich an. »Ich nenne das schlampig und stümperhaft.«

»Aber Nüsse und Nektarinen …«

»… kann man nun wirklich nicht so leicht verwechseln.«

»Immerhin haben sie den gleichen Anfangsbuchstaben«, wage ich noch einzuwerfen, bevor sein strafender Blick mich zum Schweigen bringt.

»Außerdem hat der Kollege einen weiteren unverzeihlichen Fehler begangen«, fährt er fort. »Sie hätten mit dem Auftrag gar nicht betraut werden dürfen, als frühere Ehefrau besteht da ein Interessenkonflikt.«

»Aber nein, das ist schon in Ordnung«, protestiere ich lahm.

»Nichts ist in Ordnung. Das können Sie gar nicht

beurteilen, Sie sind emotional viel zu involviert.« Damit greift er nach dem Auftrag, der immer noch zwischen uns auf dem Tisch liegt. Instinktiv schnellt meine Hand nach vorne, ich bekomme gerade noch die andere Ecke der Karte zu fassen. Verbissen sehen wir einander in die Augen. »Lassen Sie los«, fordert er mich auf, »ich werde dafür sorgen, dass jemand anderes den Auftrag übernimmt.«

»Das geht nicht«, beharre ich und nehme auch die zweite Hand zur Hilfe.

»Her damit!«

»Jetzt verstehen Sie doch endlich. Der Auftrag wurde von Gott persönlich an mich herangetragen.« In seinen Augen steht der pure Unglaube, aber immerhin ist er verblüfft genug, um loszulassen. Ich presse die Karte fest an mich.

»Das glauben Sie doch selbst nicht«, meint er spöttisch.

»Glauben Sie es ruhig«, sage ich und krame auch den Umschlag hervor, der mit dem geschwungenen G versiegelt ist und auf dem mein Name steht. Fassungslos greift er danach.

»Tatsächlich.«

»Sag ich doch«, nicke ich zufrieden. »Also glauben Sie mir jetzt?«

»Natürlich.«

»Dann sind wir uns sicher einig, dass dieser wichtige und von Gott selbst erteilte Auftrag morgen fehlerfrei über die Bühne gehen muss, nicht wahr?«, frage ich. Er sieht mich an, sein Gesicht ist vollkommen ausdruckslos. »Nicht wahr?«, wiederhole ich drängend. »Es dürfte doch kein Problem sein, das auszubügeln. Sie müssten nur die Nüsse gegen Nektarinen austauschen. Nicht wahr?« Sein Blick irritiert mich. Er lächelt. Ein breites Lächeln, bei dem sogar die Augen mit einbezogen sind. Er scheint sich wirklich zu freuen. Ich lächele ebenfalls. Erleichtert. »Also sind wir uns einig? Würden Sie das korrigieren?«

»Den Teufel werde ich tun«, sagt er langsam und betont, und ich zucke erschreckt zusammen. Als ihm bewusst wird, was er da gesagt hat, erstarrt auch er. Besorgt sehe ich durch die große Fensterfront hinaus in den strahlend blauen Himmel und warte darauf, dass er sich verdunkelt, Blitze zu zucken beginnen und Hagel und Sturm einsetzen. Aber das Wetter bleibt unverändert. Wahrscheinlich klingeln Gott auch heute wieder vor lauter Gnadengesuchen die Ohren. »Ich meinte natürlich«, räuspert sich Kehler nach einer Weile, »das werde ich nicht tun. Ich werde diesem Berger ganz gewiss nicht den Hals retten. Kommt ja überhaupt nicht infrage! Er soll die Suppe selbst auslöffeln, die er sich eingebrockt hat.«

»Aber was ist mit der Nächstenliebe?«, starte ich einen letzten Versuch, obwohl ich schon weiß, dass es hoffnungslos ist.

»Ich bringe ihn weder um, noch bestehle ich ihn oder spanne ihm die Frau aus. Ich sorge lediglich dafür, dass der Chef erfährt, wie schlampig selbst von ihm persönlich angeordnete Vorgänge in diesem Saftladen bearbeitet werden.« Damit holt er aus der obersten Schublade eine edle, in feinstes Leder gebundene Unterschriftenmappe, auf der das bekannte, geschwungene G aus purem Gold prangt und beginnt in aller Seelenruhe, die zahlreichen von mir unterschriebenen Blätter hineinzusortieren. »War sonst noch etwas?«, erkundigt er sich desinteressiert. »Ansonsten wäre es nett, wenn Sie jetzt verschwänden und mich meine Arbeit machen ließen.«

Niedergeschlagen sitze ich an diesem Abend gemeinsam mit Liesel, Thomas und Pocahontas (so nennt sie sich heute) im »Sternenfänger« und berichte von meiner missglückten Mission.

»Und du hast einfach so nachgegeben?«, erkundigt sich Liesel erstaunt und ich werfe ihr einen giftigen Blick zu. Für meinen Geschmack wurde mir heute schon ausreichend oft vorgeworfen, dass mir der Biss fehle, um meinen Willen durchzusetzen.

»Was hätte ich denn machen sollen?«, antworte ich, »er hat mich schließlich fast aus seinem Büro geworfen. Immerhin bin ich danach noch durch das halbe Gebäude geirrt auf der Suche nach diesem Berger.«

»Was wolltest du denn von dem?«

»Na ja.« Ich zucke verlegen mit den Schultern. »Ich dachte, vielleicht könnte ich ihn davon überzeugen, die Nüsse gegen Nektarinen …« Schuldbewusst starre ich auf die Tischplatte. »Ich weiß, das war nicht nett von mir«, verteidige ich mich, obwohl niemand etwas sagt. »Aber immerhin geht es um Michaels Leben. Aber als ich das Büro schließlich gefunden habe, war schon abgeschlossen. Dabei war es noch nicht einmal fünf Uhr.«

»Wahrscheinlich hat er früh angefangen«, verteidigt ihn Pocahontas achselzuckend, während sie an dem ersten der sieben Smells riecht, die Samuel ihr soeben vor die Nase gestellt hat. »Ich muss alles durchprobieren, bevor ich wieder nach unten aufbreche«, erklärt sie auf meinen fragenden Blick hin.

»Ach, ihr habt schon euren Termin«, frage ich und Thomas nickt, die Nase in seinen Bierflakon vergraben.

»Ende nächster Woche wahrscheinlich«, antwortet er.

»Schön für euch«, presse ich mühsam hervor und ringe mir ein Lächeln ab. Dann starre ich nachdenklich vor mich hin. Jetzt wird es also wirklich ernst. In weniger als vierundzwanzig Stunden werde ich Michael beim Sterben zusehen.

Am nächsten Morgen bleibe ich lange im Bett liegen, obwohl ich schon seit vor dem Sonnenaufgang kein Auge mehr zukriege. Dann trete ich vor den Spiegel und suche nach etwas Passendem zum Anziehen. Meine Stimmung ist fast noch gedrückter als vor sechs Jahren, als ich selber gestorben bin. Nachdem ich halbherzig einige Kombinationen durchprobiert habe, wird mir klar, dass es nur eine einzige Farbe gibt, die dem Anlass entspricht.

»Einen schwarzen Samtanzug«, sage ich mit Grabesstimme und betrachte mich dann kritisch im Spiegel. »Die Hose an den Beinen leicht ausgestellt und hüftig geschnitten. Der Blazer zehn Zentimeter kürzer und tailliert«, nehme ich einige Änderungen vor, um das Outfit wenigstens halbwegs ansprechend zu machen. »Dazu ...«, ich stocke einen Moment und fahre dann beherzt fort, »dazu die dreireihige Perlenkette von Omi Liesel und passende Ohrstecker.« Ich fasse mir an den Hals und lasse die kühlen, glatten Perlen durch meine Finger gleiten, dann drehe ich mich einmal um die eigene Achse. Ich sehe hübsch aus. Auf eine zurückhaltende, tieftraurige, ätherische Art und Weise hübsch. Genau wie Michael damals. Auf meiner Beerdigung. Ich weiß noch immer nicht, ob ich damals nur geträumt habe, oder ob ich wirklich da war …

MEINE BEERDIGUNG

Seit Theo mich in meiner Wohnung abgeliefert hat, habe ich mich nicht mehr bewegt. Die Arme und Beine von mir gestreckt, liege ich flach auf dem Rücken und hoffe, dass der Schmerz nachlässt. Manchmal höre ich den Wind sachte am Fenster vorbeistreichen, Stimmen, so weit weg, dass ich die Worte nicht verstehen kann, nur ein leises Murmeln dringt hin und wieder an mein Ohr. Immer wieder sinke ich in einen leichten Dämmerzustand, der mich für Stunden von meinen Gedanken erlöst. Dann wache ich auf und sehe Michaels Gesicht vor mir. Wenn ich die Augen geschlossen habe, entsteht er auf der Innenseite meiner Lider. Wenn ich sie öffne, erkenne ich ihn deutlich an der weiß getünchten Decke über mir. Ich kann ihm nicht entrinnen. Ich kann nur warten, bis ich wieder einschlafe. Schlafe. Schlafe. Und träume.

Ganz alleine stehe ich im Eingangsportal einer Kirche, vor mir die mächtige, geschlossene Flügeltür aus dunklem Eichenholz. Verwirrt sehe ich mich um. Wo ist mein Vater? Sollte er mich nicht auf dem Weg zum Altar begleiten? Nervös streiche ich über die raschelnden Lagen meines Hochzeitskleides. Die Glocken läuten. Höchste Zeit, dass ich reingehe. Ich kann nicht länger warten. Michael nicht warten lassen. Entschlossen stemme ich mich gegen die schwere Eingangstür und öffne sie. Doch es sitzen Trauergäste dicht an dicht auf den Holzbänken, wie schwarze Krähen sehen sie aus, die sich an einem kalten, windigen Tag aneinanderschmiegen. In der ersten Reihe entdecke ich meine Familie. Und Michael steht mit dem Rücken zu mir vor meinem Sarg, der unter Dutzenden von roten Luftballons beinahe nicht mehr zu sehen ist. Durch den Mittelgang hindurch laufe ich auf ihn zu und stelle mich neben ihn. Schulter an Schulter stehen wir da, sehen auf den weißen Sarg, in dem sich mein toter Körper befindet. Scheu sehe ich Michael von der Seite an. Er steht sehr aufrecht, sein Gesicht ist gespenstisch blass, seine Augen trocken, aber voller Schmerz.

»Es tut mir leid«, sage ich, »es tut mir leid, dass ich diese blöde Kette holen wollte.« In diesem Moment beginnt die Kirchenorgel die Melodie von »To where you are« zu spielen.

»Du meine Güte«, sage ich zu Michael, der sich noch immer nicht rührt und plötzlich beginne ich, hysterisch zu kichern, »ich weiß, dass ich es so haben wollte, aber jetzt wünschte ich, du hättest mich davon abgehalten.« Natürlich reagiert er nicht. Stattdessen geht er einen Schritt auf meinen Sarg zu, legt zwei Finger an seinen Mund und dann auf das weiße Holz. Er flüstert irgendetwas, aber ich kann ihn nicht verstehen. So ein Mist. »Kannst du das noch einmal sagen?«, bitte ich ihn eindringlich, aber er schweigt. Nimmt einen der roten Luftballons an seiner Schnur, an deren unteren Ende ein beschriftetes Kärtchen hängt. Langsam geht er durch den Kirchengang nach draußen. In die Trauergemeinde kommt Bewegung. Einer nach dem anderen tritt nach vorne und greift sich ebenfalls einen Ballon. Am Schluss steht nur noch mein weißer Sarg im Altarraum und plötzlich ist die Versuchung zu groß. Ich stürze darauf zu und versuche, ihn zu öffnen, aber es gelingt mir nicht. Beide Hände kralle ich in den Deckel und zerre mit aller Kraft daran. Ich will mich zu mir legen, nichts mehr fühlen, nichts mehr wissen. Ich kann nicht weiterexistieren mit der Erinnerung an all die Gesichter, die ich heute von Trauer verzerrt gesehen habe, Michaels, die meiner Eltern, meiner Schwester und Freunde. Als ich merke, dass meine Bemühungen umsonst sind, raffe ich die Röcke meines Kleides und stürme hinaus auf den Vorplatz der Kirche, mitten in die Menschenmenge, die in diesem Moment die Luftballons gen Himmel steigen lässt. Getragen von einem blutroten Luftkissen fliege ich davon.

Ich öffne die Augen und schwöre, sie von nun an nicht mehr zu schließen. Nie mehr zu träumen. Ich liege wieder auf dem Fußboden meiner Wohnung, starre vor mich hin und frage mich, was eben geschehen ist. War das wirklich meine Beerdigung? Oder nur ein Traum? In diesem Moment spüre ich etwas in meiner Hand und sehe verwundert auf die weiße Karte mit Michaels Handschrift darauf:

»Es tut weh, denn du fehlst.
Aber eines Tages
reichen wir uns wieder die Hand,
und darüber bin ich heute schon glücklich.«

Liesels Stimme reißt mich unvermittelt aus meinen Erinnerungen. »Guten Morgen«, ruft sie zum offenen Fenster herein, als ich mir gerade die Haare am Hinterkopf zu einem strengen Knoten zusammenstecke. Das kann ich nun überhaupt nicht finden.

»Geht so«, gebe ich deshalb knapp zurück und werfe ihr einen vorwurfsvollen Blick zu. Wie kann man nur so unsensibel sein? Wahrscheinlich hat sie schon wieder vollkommen vergessen, was für ein Tag heute ist, über all ihr Rumgeflirte mit Mozart, denke ich ungnädig, als sie zur Tür hereinkommt und mich besorgt von oben bis unten mustert.

»Wie siehst du denn aus?«, fragt sie kopfschüttelnd. »So schlimm?«

»Schlimmer«, sage ich düster.

»Aber du hattest dich doch schon so gut mit dem Gedanken angefreundet. Ich hatte wirklich den Eindruck, du hättest deinen Frieden mit der Situation gemacht.«

»Michael wird sterben, wie soll ich damit jemals meinen Frieden machen?«, frage ich und beginne gleich darauf wieder damit, mich selbst zu kasteien: »Das ist alles meine Schuld. Und wenn ich in den letzten sechs Jahren nicht auf der faulen Haut gelegen, sondern so wie du Seminare belegt und mich weitergebildet hätte, dann könnte ich etwas dagegen unternehmen. Stattdessen muss ich mich hinsetzen und einfach zusehen, wie er die tödlichen Dinger isst und dann langsam und qualvoll daran erstickt.«

»Und sonst würdest du …?«

»Natürlich«, unterbreche ich sie, noch bevor sie die Frage stellen kann, »ich würde es verhindern. Ich würde den Koch seine blöden Nüsse selbst essen lassen, bevor er damit Michael vergiften könnte.«

»Du würdest gegen Gottes Willen handeln?«

»Was heißt denn hier Gottes Willen? Sie wollte Michael doch noch gar nicht holen lassen. Auf die Idee ist sie nur durch meine hirnverbrannten Briefe gekommen. Ich möchte meinen Fehler wieder ausbügeln.« Flehentlich sehe ich sie von unten herauf an, und dann sprudelt es einfach so aus mir heraus: »Bitte, hilf mir. Komm mit mir nach unten. Gemeinsam können wir es verhindern.« Unsicher sieht sie mich an. »Ich weiß, es ist unmöglich, dass ich es von dir verlange, aber bitte, Omi, bitte.« In meiner Not falle ich sogar in die alte Anrede zurück, die ich seit langem nicht mehr gebraucht habe. »Du musst mir helfen!«

»Ich soll vorsätzlich gegen Gottes Auftrag handeln? Wie stellst du dir das vor?«

»Aber bei Andreas Seidel hast du doch auch gegen ihren Auftrag gehandelt.«

»Das war doch etwas vollkommen anderes. Ein Fehler in der Orga. Seelisches Versagen.«

»Wo liegt denn da der Unterschied?«

»Worin unterscheidet sich Mord von fahrlässiger Tötung?«, antwortet sie mit einer Gegenfrage und ich zucke wütend mit den Achseln.

»Keine Ahnung«, sage ich aufrührerisch, »die Folge ist jedenfalls bei beiden gleich. Ich würde dich ja nicht darum bitten, wenn ich es selber tun könnte. Aber ich kann es nun einmal nicht. Was würde denn schlimmstenfalls mit dir passieren?« Ratlos sieht sie mich an und hebt die Schultern.

»Nun, ich würde mit Sicherheit meine Zulassung als Schutzengel verlieren.«

»Das wäre schlimm«, gebe ich kleinlaut zu, doch sie schüttelt den Kopf.

»Damit könnte ich leben, aber was weiß ich, was sonst noch passieren würde? Ich kenne niemanden, der es hier oben jemals gewagt hat, sich ihrem Willen zu widersetzen. Daraus schließe ich, dass solche Leute auf der Stelle eliminiert werden. So wie Adam und Eva damals. Zack und raus aus dem Paradies. Da wurde gar nicht lange gefackelt.« Unglücklich sieht sie mich an. »Versteh doch, ich würde dir wirklich gerne helfen, aber das Risiko ist zu hoch. Wer weiß, wo ich lande? Wer weiß, ob ich deinen Großvater dann jemals wiedersehe.«

»Natürlich, ich verstehe«, sage ich niedergeschlagen.

Kapitel 13

Bereits um kurz nach fünf sitze ich auf einer mit rotem Samt bezogenen Holzbank im Restaurant »Nola« im Hamburger Stadtteil St. Pauli und sehe mich um. Noch ist niemand hier, die Tische stehen einsam nebeneinander in der Dunkelheit, kein Laut durchdringt die Stille. Ich starre auf das Gemälde an der mir gegenüberliegenden Wand. Es zeigt zwei Engel in inniger Umarmung. Wenn die wüssten. Die Minuten ziehen sich quälend lang, um halb sechs höre ich, wie sich ein Schlüssel im Schloss dreht. Ein drahtiger Mann mit jungem Gesicht und bereits stark ergrauten Schläfen tritt ein, läuft zielstrebig zu dem gläsernen Tresen im hinteren Teil des Raumes und macht sich dahinter zu schaffen. Es wird hell, dann ertönt Musik. Ohrenbetäubender Rock der härtesten Sorte. Er dreht noch ein bisschen lauter und beginnt wild zuckend, seinen Arbeitsbereich für den Abend vorzubereiten. Ich presse mir die Hände auf die Ohren. Mir bleibt aber auch nichts erspart. Eine weitere halbe Stunde sitze ich in diesem Lärm, bis ich von einer jungen Blondine erlöst werde. Sie kommt herein, verdreht unmissverständlich die Augen und ruft: »Tom? Tom? Tom!!!!!« Der Angesprochene taucht hinter dem Tresen hervor und grinst sie unschuldig an.

»Ach, Melanie, hallo.«

»Hallo«, brüllt sie zurück. »Wärest du so nett?« Mit einem übertriebenen Seufzer macht er die Musik aus. Ich seufze auch. Erleichtert. Dankbar sehe ich Melanie an, die in ihrer Tasche kramend an mir vorbeiläuft und Tom eine CD reicht. Nun ist es an ihm, die Augen zum Himmel zu rollen.

»Nein, nicht schon wieder Josh Groban, das kannst du mir nicht antun.« Sie grinst und nickt.

»Und ob.«

»Der Typ ist so schmalzig, dass man ihn nur mit 'ner Scheibe Brot ertragen kann«, stöhnt er, legt aber gehorsam die CD ein.

»Ich finde ihn toll«, sagt Melanie ein bisschen schnippisch, »und den Spruch hast du geklaut. Wie hieß der Film noch? Reality Bites?«

»Den kennst du Küken? Wie denn das? Du bist doch höchstens zwanzig!«

»Danke für die Blumen«, kichert sie und wird ein bisschen rot. Ich wünschte, sie würden mit der Flirterei aufhören. In diesem Moment betritt ein weiterer Angestellter den Raum und begrüßt die beiden: »'n Abend.«

»'n Abend«, erschallt es zweistimmig zurück. Ich starre den Neuankömmling an: von grauen Locken umkränzte Halbglatze, blaue Augen und für einen Mann ausgeprägt volle Lippen. Klein und mager ist er, genau das Gegenteil von dem, wie man sich einen Koch vorstellt, und dennoch bin ich mir hundertprozentig sicher, dass er genau das ist. Der Koch. Michaels Henker. Mir läuft ein kalter Schauer den Rücken hinunter und während ich beobachte, wie er durch die Tür neben dem Tresen in der Küche verschwindet, frage ich mich, wie es ihm wohl heute Abend gehen wird, nachdem jemand an seinem Essen gestorben ist. Bestimmt nicht gut. Auch wenn er streng genommen natürlich gar nichts dafür kann. Trotzdem wird es ihn belasten.

Gegen halb sieben beginnt sich das »Nola« langsam mit den ersten Gästen zu füllen. Die Tische sind edel, aber schlicht eingedeckt mit hauchdünnen Weingläsern, blütenweißen Servietten und schlanken, weißen Kerzen in silbernen Haltern, die den Raum in ein warmes Licht tauchen. Während Melanie und ihre Kollegin Sandra, die zu spät und völlig außer Atem vor wenigen Minuten angehetzt kam, die Getränkebestellungen aufnehmen, legt Tom mit sichtlichem Widerwillen klassische Musik auf. Da ich mehrere Male meinen Platz räumen muss, lasse ich mich schließlich auf einem der ebenfalls samtbezogenen Barhocker nieder und sehe Tom dabei zu, wie er aus püriertem weißem Pfirsich und Prosecco Bellinis mixt, die Melanie in hohen Gläsern an einen Tisch mit drei weiblichen Gästen bringt, die gut gelaunt anstoßen. Neidisch beobachte ich, wie sie den ersten Schluck nehmen. Plötzlich erfasst mich eine unbeschreibliche Sehnsucht danach, das prickelnd-süße Getränk auf der Zunge zu spüren. Diese Smells mögen ja eine gute Idee von Samuel gewesen sein, aber im Vergleich zum echten Genuss schneiden sie schlecht ab. Aus der Küche zieht ein verführerischer Duft an mir vorbei, nach frischen Kräutern, Knoblauch und gebratenem Fleisch. Es riecht so gut, dass ich allen Ernstes Hunger bekomme und das Gefühl habe, mein Magen knurrt. Eine absurde Vorstellung, da ich gar keine Innereien besitze. Aber ich habe schon so lange nichts mehr gegessen. Genau sechs Jahre, drei Monate und neun Tage.

Nein, falsch, es sind sogar sechs Jahre, drei Monate und zehn Tage, denn schon am Vorabend meiner Hochzeit konnte ich vor lauter Aufregung keinen Bissen runterkriegen, und das, obwohl es auf unserem Polterabend eine köstliche Käsesuppe mit Lauch und Hackfleisch gab. Hätte ich gewusst, dass es meine letzte Mahlzeit sein würde, hätte ich mir wohl doch ein Schälchen davon genehmigt, Nervosität hin oder her. Ich sehe mich im Raum um, beobachte die Menschen, die zusammen essen, lachen, einander über den Tisch hinweg bei den Händen halten, und hoffe, dass sie alle ihr Leben und die damit zusammenhängenden Privilegien in vollen Zügen genießen. Und obwohl ich schrecklichen Hunger habe, meine ich damit am wenigsten das Essen. Gerade beobachte ich einen zärtlichen Kuss zwischen zwei Frischverliebten, als ich eine vertraute Stimme höre. Vor lauter Schreck rutsche ich von meinem Barhocker, rapple mich wieder auf und sehe in die Richtung, aus der die Stimme kommt. Während Sandra die beiden zu ihrem Tisch begleitet, flüstert Michael Katrin etwas ins Ohr. Vermutlich, dass sie umwerfend aussieht, denke ich eifersüchtig und muss zugleich zugeben, dass er damit nicht mal übertreibt. Ihre blonden Haaren fallen in weichen Wellen über die Schultern, das schmal geschnittene, hellgrüne Kleid betont ihre zarte Figur und die strahlenden Augen. Verliebt sieht sie zu ihm auf und lächelt ihn an.

»Danke, du auch«, sagt sie leise. Ihr gebe ich wesentlich lieber recht. Er ist ein toller Mann, und der Anzug steht ihm ausgezeichnet. Ich trete an den Tisch der beiden, während sie sich hinsetzen. Selbstverständlich rückt Michael Katrin, Gentleman, der er ist, den Stuhl zurecht. Ich hingegen muss selber sehen, wie ich zurechtkomme.

»Guten Abend«, grüße ich leise und sehe von einem zum anderen.

»Das ist ein tolles Restaurant«, sagt Katrin und sieht sich begeistert im Raum um.

»Hat mir Oli empfohlen«, erklärt Michael, tastet unauffällig nach seiner Sakkotasche und entspannt sich dann sichtlich.

»Schon gut, ich habe den Ring ja schon gesehen«, sage ich großzügig, obwohl mir völlig klar ist, dass die Heimlichkeiten sich in keiner Weise auf mich beziehen. Leider.

»Er sagt, er hat noch nirgendwo besser gegessen und wir sollen unbedingt das Menü Nummer zwei nehmen«, fährt Michael fort und Katrin klappt entschlossen die Karte, die sie eben erst geöffnet hat, ungesehen wieder zu.

»Na dann machen wir das doch«, nickt sie zustimmend.

»Das ist keine gute Idee«, sage ich eindringlich und versuche, meine Hand auf die Karte zu legen. Was natürlich nicht funktioniert. »Nicht Menü zwei«, wende ich mich an Michael, »bitte, schau wenigstens mal kurz in die Karte. Vielleicht ist da etwas anderes, was du unbedingt essen möchtest«, flehe ich, und tatsächlich öffnet er die Speisekarte.

»Also, die Katze im Sack möchte ich nun doch nicht kaufen«, sagt er grinsend. »Menü zwei: Schaumsüppchen mit Bärlauch, Mozzarella-Erdbeer-Sticks mit Minzpesto, Rindsmedaillons mit Morcheln-Marsala-Soße auf gedünstetem Blattgemüse und zum Dessert flüssiges Schokoladentörtchen. Klingt gut, oder?«

»Himmlisch«, seufzt Katrin, und auch mir läuft das Wasser im Munde zusammen. Aber davon darf ich mich jetzt nicht ablenken lassen. Ich beuge mich zu Michael herüber, ignoriere seinen unvergleichlichen Duft nach Parfüm, Niveacreme und Kaugummi und studiere eingehend die Karte. Er muss etwas übersehen haben. Das klingt alles ganz und gar nicht nach Nüssen. Aber bei dieser neumodischen Küche weiß man ja nie, ob die das Rind nicht möglicherweise mit Erdnüssen spicken.

»Darf es schon etwas zu trinken sein?«, erkundigt sich Melanie, an den Tisch tretend, freundlich und Michael klappt mir die Karte vor der Nase zu. Gerade noch rechtzeitig kann ich meinen Kopf zurückziehen. »Vielleicht ein Aperitif?«

»Champagner«, antwortet Michael prompt, was ihm einen überraschten Blick von Katrin einbringt.

»Gibt es was zu Feiern?«, erkundigt sie sich und er wird glatt ein bisschen rot. Ist das süß!

»Mit dir immer«, rettet er sich aus der Affäre und mein Lächeln verrutscht mir ein bisschen. Stell dich nicht so an, Lena, rufe ich mich selber zur Ordnung, was erwartest du von ihm? Dass er seiner neuen Beinahe-Verlobten aufs Butterbrot schmiert, dass es mit dir auch immer toll war? Wohl kaum!

»Oh, was ist das? Das möchte ich«, ruft Katrin und zeigt auf das Tablett mit zwei Bellinis, die gerade vorbeigetragen werden.

»Bellini. Weißes Pfirsichmark mit Prosecco«, antwortet Melanie und zwinkert ihr zu, »sehr lecker.«

»Das möchte ich«, wiederholt Katrin und Michael grinst.

»Sie haben es gehört. Und dann hätten wir gerne das Menü zwei und einen guten Rotwein.«

»Der Merlot passt sehr gut dazu.«

»Den nehmen wir. Und eine große Flasche Mineralwasser bitte.«

»Sehr gerne.« Kaum hat Melanie sich entfernt, klingelt ein Handy. Feindselig sehe ich Katrin an. Das gehört sich doch nun wirklich nicht, sein komisches MP3-Alleskönner-Gerät mit ins Restaurant zu nehmen. Aber sie sieht gar nicht schuldbewusst aus. Michael dafür umso mehr, als er hektisch sein Telefon aus der Innentasche zieht und einen Blick darauf wirft.

»Mist, hab ich total vergessen. Süße, nimm es mir nicht übel, aber ich muss rangehen. Nur eine Minute, versprochen.«

»Na klar, kein Problem«, meint sie achselzuckend, während Michael aufspringt.

»Tut mir echt leid, ausgerechnet heute, bin gleich wieder da«, sagt er entschuldigend und macht sich auf den Weg nach draußen. Zeitgleich kommt Melanie mit den Bellinis an den Tisch.

»So, bitte schön«, sagt sie lächelnd, während sie die Drinks nebst einem hohen Glas mit Grissini auf dem Tisch abstellt.

»Danke!« Katrin nimmt sich eine der Gebäckstangen und knabbert wartend darauf herum, während ich sie beobachte. Sie ist wirklich hübsch. Und bestimmt sehr nett. Wie könnte sie das auch nicht sein? Sie ist Michaels Freundin. Er hat gerade draußen sein Gespräch beendet und kommt wieder herein.

»Es tut mir wirklich leid«, flüstere ich hastig, bevor er wieder bei uns angekommen ist, »du wirst heute wahrscheinlich den schlimmsten Tag deines Lebens erleben, und das hast du sicher nicht verdient. Tut mir leid.«

»Tut mir leid«, fällt mir Michael in diesem Moment ins Wort, »aber jetzt mache ich es aus.«

»Macht doch nichts«, lächelt Katrin und dann heben sie ihre Gläser und stoßen an.

»Auf uns!« Es ist kaum zu ertragen. Sie sind so glücklich und in spätestens zwei Stunden wird alles anders sein. Misstrauisch beäuge ich das Bärlauchsüppchen, das auf den weißen Tellern vor sich hin schäumt. Wer weiß, was sich da alles drin verbirgt. Ganz sicher ja nicht nur Bärlauch, sondern auch noch eine Menge anderen Zeugs. Wieso kommt niemand auf die Idee, eine komplette Inhaltsliste auf die Speisekarte zu setzen? Aber Michael übersteht den ersten Gang unbeschadet. Ich selber hingegen fühle mich ziemlich geschwächt davon, diesem romantischen Dinner beiwohnen zu müssen. Es ist schauerlich. Die beiden sind wirklich sehr verliebt ineinander, reden und lachen die ganze Zeit. Zwischendurch berührt er immer wieder zärtlich ihre Hand. Ich kann meinen Blick nicht von Michael abwenden, aber er hat nur Augen für Katrin. Jedes Mal, wenn sein Arm unauffällig an seinem Sakko entlanggleitet, befürchte ich, dass der Augenblick des Antrags nun gekommen ist. Aber vielleicht will er damit bis nach dem Essen warten? Das wäre sicher besser für alle Beteiligten. Besser für mich auf jeden Fall. Als sie mit der Hauptspeise beginnen, und Michael in das Fleisch schneidet, das außen knusprig und innen zartrosa ist, gebe ich meinen Platz am Tisch auf und setze mich lieber in gebührendem Abstand zu ihnen in eine Ecke. Während ich das glückliche Paar aus der Ferne betrachte, wundere ich mich ein wenig, dass einem nach dem Tod noch so das Herz wehtun kann. Plötzlich bin ich davon überzeugt, dass Michael mich für immer und ewig hassen wird. Ich wünschte, ich könnte irgendetwas tun, um den Lauf der Dinge aufzuhalten. Entschlossen springe ich auf und gehe durch die Tür neben dem Tresen in die fast schon steril wirkende Küche, wo zwischen brutzelnden Pfannen und brodelnden Töpfen der Koch, den ich ja eben schon gesehen habe, mit seinen vier Küchenhilfen herumwerkelt. Sie alle tragen weiße Kochmützen und nicht mehr ganz so weiße Schürzen. Ein höchstens sechzehnjähriger, leicht dicklicher Jüngling mit dürftig sprießender Gesichtsbehaarung sieht tatsächlich aus, als hätte man ihn aus der Sauciere gezogen.

»Zieh dir eine neue Schürze an, Johann«, wird er da auch gleich von seinem Chef angepflaumt, »und wo sind meine Kartoffelspäne?«

»Wollte sie gerade schälen, Herr Küster!« Wie zum Beweis hält er eine der Knollen hoch, an der noch Spuren von Erde kleben.

»Du wolltest sie schälen? Die sind ja noch nicht mal gewaschen«, regt Küster sich auf und ringt die Hände.

»Genau, das wollte ich auch noch tun«, strahlt Johann und nickt so heftig mit dem Kopf, dass ihm um ein Haar die Kochmütze in eine Pfanne mit brodelndem Öl fliegt. »Hoppla, das war knapp.« Von der schlechten Laune seines Chefs lässt er sich jedenfalls die eigene nicht verderben. Bewundernswert, denke ich bei mir, während ich fasziniert beobachte, wie sich Herrn Küsters Hals über dem weißen Kragen puterrot färbt.

»Was stehst du hier noch rum?«, blökt er. »Ich brauche die Kartoffelnester jetzt. Nein, ich brauche sie vor fünf Minuten. Besser vor zehn Minuten.« An dem ratlosen Gesichtsausdruck seines Schützlings ist klar zu erkennen, dass er diese Art von Wortwitz nicht versteht. Stattdessen fragt er: »Soll ich vorher noch die Schürze wechseln, Boss?« Die Schlagader an dessen Stirn beginnt gefährlich zu puckern, sein Gesicht läuft rot an und er ringt empört nach Luft. Wenn der sich nicht gleich wieder einkriegt, bekommt er noch einen Herzanfall und kann dann gleich mit uns nach oben kommen. Nun wird eine der anderen Küchenangestellten, die gerade mit einem riesigen Messer frischen Bärlauch hackt, aufmerksam und kommt hinzu. Unter ihrer Mütze lugt eine feuerrote Haarsträhne hervor, die sie eilig zur Seite streicht, während sie Johann mit der anderen Hand die Kartoffel aus der Hand nimmt.

»Zieh dich um, ich mache das schon. Ein bisschen plötzlich«, hilft sie ihm auf die Sprünge und er macht, dass er wegkommt. Ahnungsvoll sehe ich ihm hinterher, denn ich werde das Gefühl nicht los, dass der Junge etwas mit den Nüssen in Michaels Essen zu tun haben wird.

»Haben Sie etwa nichts zu tun, Christiane?«, blafft Herr Küster, doch sie sieht ihn nur friedfertig an und sagt: »Möchten Sie die Kartoffeln haben oder nicht?« Damit hat sie ihm eindeutig den Wind aus den Segeln genommen, denn er nickt grummelnd.

»Gut, in Ordnung.«

»Na also!« Kurze Zeit später reicht sie ihrem Chef eine Schüssel voll fein geschnittener Kartoffelspäne, die selbst unter seinem strengen Auge zu bestehen scheinen.

»Nun gut«, murrt er und kippt sie mit Schwung in das siedende Öl. »Dieser Junge bringt mich noch ins Grab.«

»Sie nicht, aber möglicherweise einen Ihrer Gäste«,

sage ich eindringlich. »Sie sollten wirklich ein Auge auf ihn haben!«

»Er ist einfach noch sehr jung und das ist alles neu für ihn.«

»Neu? Er arbeitet doch schon seit über einer Woche hier und er ist die lahmste Schnecke, die mir je untergekommen ist.«

»Aber ein bisschen was hat er schon gelernt, das müssen Sie zugeben!«

»Stimmt«, gibt er höhnisch zurück, »er hat sich in den letzten zwei Tagen nicht ein einziges Mal selbst in Brand gesteckt.«

»Und auch niemand anderen!« Die legt sich ja wirklich ganz schön ins Zeug für ihn, und gleich darauf erfahre ich auch, warum.

»Wenn er nicht Ihr Bruder wäre, hätte ich ihn längst rausgeworfen, das ist Ihnen hoffentlich klar.«

»Rausgeworfen? Sie können doch einen Schulpraktikanten nicht rauswerfen«, kommt es schockiert zurück.

»Sie haben ja keine Ahnung, was ich alles kann. Wenn ich bis nach dem Wochenende keine merkliche Besserung feststellen kann, dann bleibt mir nichts anderes übrig, als …«

»So lange sollten Sie auf keinen Fall warten«, rufe ich aus und trete an ihn heran. »Schmeißen Sie ihn sofort raus, bevor es zu spät ist.«

»Bitte nicht«, sagt Christiane und ihre schönen, braunen Kulleraugen schimmern plötzlich feucht. Das ist unfair. Sie kämpft mit unlauteren Mitteln, während ich selber nicht einmal eine hörbare Stimme zur Verfügung habe. »Was sollen denn seine Freunde sagen?«

»Fangen Sie bloß nicht an zu heulen«, sagt Küster in rüdem Tonfall, aber ganz offensichtlich lassen ihn die Tränen nicht unberührt. So ein Mist. »Noch habe ich es ja schließlich nicht getan.«

»Er gibt sich die größte Mühe. Lassen Sie ihn seine drei Wochen machen. Umso sicherer wird er hinterher sein, dass Koch nicht der richtige Beruf für ihn ist.«

»Halleluja! Das ist es auf jeden Fall wert«, meint Küster trocken, um gleich darauf »Verdammt!« zu brüllen. Mit einer Kelle fischt er die zu einem kümmerlichen, schwarz verkohlten Etwas zusammengeschrumpelten Kartoffelspäne aus der Pfanne.

»Ich mache Ihnen sofort neue«, versichert Christiane und setzt tröstend hinzu: »Machen Sie sich nichts draus, das kann doch jedem mal passieren!«

»Was kann jedem mal passieren?«, fragt Johann, der, mit einer frischen Schürze bekleidet, unbemerkt wieder hereingekommen ist.

»Dass mal etwas anbrennt«, sagt seine Schwester lächelnd und er nickt.

»Ja, das passiert mir dauernd.«

»Was du nicht sagst«, knirscht Küster zwischen den Zähnen hindurch und faucht gleich darauf: »Was ist jetzt mit meinen Kartoffeln?«

»Kommen sofort, und du kommst mit mir!« Damit zieht sie ihren Bruder erstmal aus der Schusslinie. Während sie eine weitere riesige Kartoffel abschrubbt, schält und dann in einem rasenden Tempo zu hauchdünnen Streifen verarbeitet, steht Johann mit gefalteten Händen daneben und sieht ihr andächtig zu.

»Toll, wie du das machst.«

»Danke!« Sie lächelt ihn an, während gleichzeitig ein

weiterer Küchengehilfe über Johanns überdimensionalen Fuß stolpert.

»Was stehst du hier rum? Hol mir dunkle Blockschokolade aus der Speisekammer!« Nach einem fragenden Blick in Christianes Richtung, die ihm zunickt, macht er sich auf den Weg, um gleich darauf mit einem überdimensionalen Schokoriegel zurückzukommen, den er stolz überreicht.

»Dunkel habe ich gesagt, ist das dunkel? Was soll ich damit?«

»Tschuldigung.«

»Vergiss es, ich hol sie selber.« Verstört bleibt Johann mitten im Raum stehen und wagt anscheinend überhaupt nicht mehr, sich zu rühren. Irgendwie tut er mir schon auch ein bisschen leid. Bei dem unfreundlichen Ton, der ihm von allen Seiten entgegenschlägt, ist es eigentlich kein Wunder, dass er ständig Fehler macht.

»Christiane, schaff deinen Bruder aus dem Weg. Gib ihm irgendetwas zu tun, wobei er kein Unheil anstellen kann, aber sorg dafür, dass er nicht hier rumsteht und Chaos verbreitet.« Ein wenig ratlos sieht die Angesprochene schon aus, aber dann hellt sich ihr Gesicht plötzlich auf.

»Ich weiß, was du tun kannst«, flüstert sie ihm zu, »du kannst die Dessertteller dekorieren.«

»Und wie mache ich das?« Sie fasst ihn bei der Hand und zieht ihn zu einem Tisch an der Wand.

»Hier, das sind die Teller und das hier die Zutaten!«

»Und jetzt?« Völlig hilflos sieht er aus, der arme Kerl.

»Jetzt kannst du dem Küster endlich mal beweisen, was in dir steckt«, raunt sie ihm zu, »du bist doch so gut in Kunst. Das hier ist das Gleiche, nur ohne Papier.«

»Und ohne Farbe«, ergänzt Johann mit einem Blick auf die Schälchen mit verschiedenen Obstsorten, Kräutern, Schokoladen, Krokant und – Nüssen.

»Genau«, sagt Christiane hastig. »Viel Spaß! Und pass auf, dass dir nichts runterfällt!« Besorgt sehe ich ihm dabei zu, wie er eines der Desserttellerchen behutsam vor sich auf den Tisch stellt. Nachdenklich schaut er darauf, als erwarte er so etwas wie Inspiration von der weißen Oberfläche. Ich trete ganz dicht an ihn heran, stelle mich auf die Zehenspitzen und spreche direkt in sein Ohr hinein.

»Was immer du tust, benutze keine Nüsse!« Täusche ich mich, oder ist er gerade beinahe unmerklich zusammengezuckt. »Keine Nüsse«, wiederhole ich, eindringlicher und lauter diesmal. Er hebt die rechte Hand und juckt sich ausgiebig das Ohr, in das ich eben hineingesprochen habe. »Keine Nüsse«, wiederhole ich und er reibt noch einmal nach. Dann greift er beherzt nach einer Orange und beginnt, sie in gleichmäßig dünne Scheiben zu schneiden. »Hey«, brülle ich ihn an, so laut ich kann, und er hält in seiner Arbeit inne. Guckt sich verwirrt nach seinem Chef um, der mit konzentriertem Gesichtsausdruck in seiner Soße herumrührt.

»Ja, Boss?«, fragt er halblaut, doch Küster würdigt ihn keines Blickes. Das ist doch nicht zu fassen. Sollte dieser Junge tatsächlich auf mich reagieren? Das kann doch nicht sein. Plötzlich bin ich wahnsinnig aufgeregt. Das wäre ja die Chance. Meine Chance, Michael zu retten. Ohne Liesel oder irgendjemanden mit hineinziehen zu müssen. Wenn ich es schaffen könnte, ihn zu beeinflussen, seine Handlungen zu steuern. Johann wendet sich jetzt wieder seiner Orange zu, nimmt die beiden größten Scheiben aus der Mitte der Frucht und schneidet sie an einer Seite bis zur Mitte ein, so dass sie nur noch an einer Seite zusammengehalten werden. Dann rollt er die Scheiben so zusammen, dass eine Blütenform daraus entsteht, die er links und rechts auf den Teller drapiert.

»Wow«, stoße ich bewundernd aus, denn so viel Geschick hätte ich dem Jungen nun wirklich nicht zugetraut. Er lächelt zufrieden und nickt. Hat er mich gehört? Wahrscheinlich nicht, versuche ich meine Begeisterung zu bremsen. Er ist einfach nur zufrieden mit seinem Werk, das ist alles. Und die Ohrenreiberei eben? Wahrscheinlich ein bloßer Zufall? Eine kleine Fliege vielleicht, oder ein Haar, das ihn gekitzelt hat. Dennoch, wenn nur eine winzige Chance bestünde, dass ich Recht habe … Plötzlich erscheint Pocahontas vor meinem inneren Auge, oder wie immer sie heute heißen mag. Was hat sie gesagt? Als Kind wissen wir, wer wir sind und woher wir kommen, wir vergessen es nur im Laufe des Erwachsenwerdens. Kritisch beäuge ich den Jüngling vor mir, sein pickliges Kinn, auf dem schon die ersten, spärlichen Barthaare wachsen. Ein Kind ist er sicherlich nicht mehr, ist irgendwo im Zwischenstadium zwischen Junge und Mann gefangen. Doch dann sehe ich seine himmelblauen Augen, die so klar und naiv blicken wie die eines Säuglings. Vielleicht hat dieser kleine Tollpatsch sich sein kindliches Gemüt bewahrt. Vielleicht kann er mich hören oder spüren? Auch ohne den vierten Dan im MBAE (Menschen beeinflussen auf der Erde)? Ich stelle mich so dicht an ihn heran, dass mein Energiekörper seinen am Arm berührt. Er schüttelt sich kurz und fährt dann fort, die nächste Orangenblüte zu formen. Das kann kein Zufall sein! Er spürt mich! Ich stelle mich hinter ihn, meinen Bauch an seinen Rücken geschmiegt und breite die Arme aus, lege sie an seine. Plötzlich höre ich in meinem Kopf eine Melodie. Damda-da-da-da-damm, la-lalala. Sie klingt entsetzlich schief, aber gleichzeitig fröhlich und beschwingt. Damdi-du-di-dam. Leise summe ich mit, während Johann die Hand ausstreckt und sie suchend über den verschiedenen Schälchen schweben lässt. Über den gehackten Haselnüssen verharrt sie und ich lege meine gesamte Kraft in einen einzigen Gedanken: »Zimt! Zimt! Zimt!« Nach kurzem Zögern schwenkt die Hand nach rechts und greift nach dem Zimtstreuer. Ich bin begeistert. Sorgsam stäuben wir gemeinsam Zimt auf die beiden Teller und malen mit einem Holzstäbchen zierliche Muster in die goldbraune Schicht. »Jetzt aber die Haselnüsse«, fährt es mir durch den Kopf. Moment mal, war ich das? Gerade noch rechtzeitig kann ich die Notbremse ziehen, die Haselnüsse rieseln zurück in ihre Schale. Stattdessen lenke ich Johanns Hand in Richtung der achtzigprozentigen Bitterschokolade, von der wir mit einem scharfen Messer feinste Scheibchen abhobeln und um die Blüten auf den Tellern verteilen. Langsam beginne ich zu begreifen, wie die Beeinflussung einer anderen Seele funktioniert. Man muss sich öffnen, bereit sein, die eigenen Mauern einzureißen und mit dem anderen zu verschmelzen. Johann und ich werden mehr und mehr eins, zwei Seelen, doch ein Wille, ein Ziel: diese Teller ohne eine Spur von Nüssen zu dekorieren. Fast hat es etwas Sexuelles. »Haselnüsse, jetzt aber die Haselnüsse«, höre ich entsetzt wieder diese Stimme, die nicht zu mir gehört und ich muss all meine Konzentration aufwenden, um Johann davon abzuhalten, erneut nach den Todbringern zu greifen und mir seinen Willen aufzuzwingen, statt meinen anzunehmen. Wir träufeln zähflüssigen Orangenlikör über die Blüten, die nun aussehen wie von Morgentau benetzt. Die Erfahrung ist unbeschreiblich, berauschend und langsam dämmert es mir, weshalb das SGB eine so lange und harte Ausbildung für Schutzengel vorschreibt. Die Fähigkeit, Menschen zu beeinflussen, ist gefährlich und sollte nur von jemandem ausgeübt werden dürfen, der verantwortungsvoll damit umgeht. Nicht so wie ich, denke ich voll des schlechten Gewissens. Ich habe keine Ahnung, ob ich in dem Jungen irgendeinen Schaden anrichte. HASELNÜSSE, brüllt es in meinem Kopf. Nein, nein, nein, gehe ich dagegen an. Verbissen kämpfen wir miteinander und ich hoffe, dass niemand in der Küche Johann in diesem Moment große Beachtung schenkt, wie er mit über den Nüssen schwebender Hand dasteht und weder vor noch zurück kann. »Keine Nüsse, nein«, denke ich verbissen, aber komme damit nicht so recht weiter. »Ein paar Blättchen Minze vielleicht«, mache ich einen Gegenvorschlag, aber Johann will jetzt seinen Willen durchsetzen. Und ich weiß nicht, wie ich ihn davon abhalten soll. Ich wünschte, Liesel wäre hier.

»Lena, was um alles in der Welt machst du denn da?«, höre ich im selben Moment ihre Stimme und mache einen Satz nach hinten. Durch den Jungen vor mir geht ein Ruck, er kracht mit seinem vollen Gewicht gegen den Tisch und fegt dabei klirrend mehrere Schalen herunter. Zu unseren Füßen ergießt sich ein buntes Durcheinander aus Himbeeren, Schokostreuseln, Minzblättchen und – Haselnüssen.

»Was hast du jetzt wieder angestellt?«, ruft Herr Küster zu uns herüber und er klingt mittlerweile eher erschöpft denn gereizt. Mit vorwurfsvollem Blick kommt Christiane herbeigeeilt.

»Tut mir leid«, murmelt Johann beschämt und beginnt, die Bescherung mit einem Handkehrer aufzufegen. All das bekomme ich jedoch nur am Rande mit. Ich erhole mich nämlich immer noch von dem Schock, dass meine Großmutter so plötzlich hier in der Küche des »Nola« aufgetaucht ist.

»Liesel, was machst du denn hier?«, frage ich sie, während zu unseren Füßen eifrig gekehrt wird.

»Ich habe lange über unser Gespräch von gestern nachgedacht«, erklärt sie, »und ich bin hergekommen, um dir zu helfen. Aber wie ich eben sehen konnte, bist du auf meine Hilfe anscheinend gar nicht angewiesen.« Ein anerkennendes Lächeln umspielt ihren Mund. »Dafür, dass du nie auch nur ein einziges Seminar in Sachen ›Steuern und Leiten‹ belegt hast, bist du ziemlich gut! Anscheinend ein Naturtalent.«

»Ach, das glaube ich nicht«, winke ich ab, »es lag an ihm. Er hat mich ganz einfach reingelassen.«

»Stell dein Licht nicht unter den Scheffel. Niemand lässt einen einfach so rein. Dazu gehört enormes Einfühlungsvermögen und ein starker Wille.« Ich lächle geschmeichelt. »Und anscheinend hast du dein Ziel erreicht. Ganz ohne mich.« Wir sehen hinunter auf die Bescherung.

»Nun, die Nüsse landen jedenfalls nicht im Dessert«, stelle ich fest. Ein unglaubliches Hochgefühl macht sich in mir breit. Sollte es wirklich geklappt haben? So einfach, nun ja, vergleichsweise einfach, habe ich den Tod überlistet?

»Du bist ein Trampeltier«, wispert Christiane, sich aufrichtend, unwillig. Dann fällt ihr Blick auf die Dessertteller. »Aber das hast du schön gemacht«, lobt sie dann und schenkt ihm ein aufmunterndes Lächeln. »Die nehme ich gleich mit. Gucken Sie mal, Herr Küster, ist das eine schöne Deko oder nicht?«, fragt sie laut, während sie an ihrem Boss vorbeigeht.

»Ja, das ist nett«, gibt er widerwillig zu, »jetzt aber dalli, sonst sind die Törtchen nicht mehr flüssig, wenn sie auf den Tisch kommen.« Vorsichtig positioniert Christiane jeweils ein verführerisch duftendes Schokoladentörtchen auf der Tellermitte, stellt sie auf die Durchreiche zum Tresen und haut ein paar Mal auf die daneben stehende, altmodische Klingel. Gleich darauf erscheint Melanie.

»Tisch vier? Danke!« Und damit trägt sie die Teller davon. Ungläubig sehe ich Liesel von der Seite an.

»Glückwunsch«, sagt sie anerkennend.

»Danke«, antworte ich erschöpft und werfe einen besorgten Blick auf Johann. »Ist er okay? Ich meine, kann ich irgendwas in ihm kaputt gemacht haben?« Liesel tritt an den Jungen heran und mustert ihn aufmerksam. Dann streckt sie ihre Hand aus und legt sie ihm kurz auf die Stirn. »Das Ende war ein bisschen plötzlich, aber das zieht keinen dauerhaften Schaden nach sich. Wahrscheinlich ist er für den Rest des Tages nur ein bisschen tollpatschiger als sonst.« Oje! »Aber sonst kein Grund zur Beunruhigung. Komm, wir gehen rein. Ich möchte deine Nachfolgerin gerne mal sehen.«

»He«, sage ich verletzt, folge Liesel aber dann doch ins Restaurant, nicht ohne mich vorher noch einmal an Johann zu wenden.

»Vielen Dank«, flüstere ich ihm ins Ohr, »das werde ich dir nie vergessen.«

Zusammen mit Liesel lasse ich mich an dem soeben freigewordenen Nebentisch von Michael und Katrin nieder.

»Sie ist hübsch«, erklärt Liesel nach einer Weile und ich nicke.

»Ja, ich weiß.«

»Nicht so hübsch wie du, aber doch annähernd.« Ich lächele. Das musste sie ja jetzt sagen, aber es ist trotzdem nett von ihr. Dabei fällt mir ein: »Du bist wirklich hergekommen, um mir zu helfen? Und was ist mit deiner Lizenz? Und dem Disziplinarverfahren?«

»Ich sage ja nicht, dass mir die Entscheidung leicht gefallen ist«, gibt sie zu, »aber letzten Endes dachte ich, Gott hat mir bestimmt keinen freien Willen geschenkt, damit ich dann nicht danach handele.« Dankbar sehe ich sie an. Das war wirklich mutig von ihr. »Aber dennoch bin ich ziemlich froh, dass du es alleine geschafft hast.«

»Ich auch«, nicke ich und sehe hinüber zu Michael und Katrin, auf deren Tisch die Schokoladentörtchen noch immer vor sich hin duften. »Anscheinend hätte ich mir die Mühe gar nicht machen müssen«, unke ich dann. »Die beiden sind viel zu sehr damit beschäftigt, in den Augen des anderen zu versinken, als sich um so profane Dinge wie Nachtisch zu kümmern.« Es versetzt mir einen Stich. Aufmerksam sieht Liesel mich an.

»Bereust du es?« Ich denke nur eine Sekunde darüber nach, dann schüttele ich heftig den Kopf.

»Nein«, sage ich bestimmt, »ich bin glücklich darüber. Aber eins finde ich komisch«, fällt mir ein, während ich beobachte, wie Katrin und Michael nun doch die langstieligen Löffel zur Hand nehmen und damit die knusprige Hülle der Schokotörtchen aufbrechen, »ich kann mir gar nicht vorstellen, dass Michael die gehackten Haselnüsse überhaupt gegessen hätte. Ich meine, sie waren doch eindeutig als Nüsse zu erkennen, nicht gemahlen oder so, und er ist sehr vorsichtig mit …« Das Wort bleibt mir im Hals stecken und ich starre fassungslos auf den Riss in der gebackenen Kruste von Katrins Nachtisch.

»Hm, das sieht ja köstlich aus«, seufzt sie, während die flüssige Schokolade dampfend hervorquillt.

»Oh mein Gott«, flüstere ich.

»Lass sie das bloß nicht hören«, antwortet Liesel grinsend, doch dann verändert sich ihr Tonfall. »Was ist denn?«, fragt sie erschrocken. Wie von der Tarantel gestochen springe ich auf und zeige mit der ausgestreckten Hand auf das Törtchen und die hinauslaufende Flüssigkeit. Dunkelbraun, glänzend, köstlich – tödlich.

»Nüsse, verdammt noch mal, die Füllung ist voll mit Nüssen«, fluche ich panisch. »Mach doch was!« Unfähig, mich zu rühren, beobachte ich, wie Michael achtlos seinen Löffel in den Nachtisch sticht und einen großen Bissen davon zum Mund führt, während er Katrin irgendeine Geschichte von der Arbeit erzählt. »Mach was, Liesel, bitte«, flehe ich inständig, während sich der saftige Kuchen seinen Lippen nähert. Die fein gehackten Nussstückchen darin sind deutlich zu erkennen. »Tu es nicht, Michael, nicht essen. Jetzt reiß deine Augen endlich von dieser blöden Kuh los und schau gefälligst, was du dir da gerade in den Mund stecken willst«, herrsche ich ihn an. Doch er reagiert nicht. Endlich löst sich Liesel aus ihrer Starre, tritt entschlossen hinter Michael und schmiegt sich an seinen Rücken. Zentimeter von seinem Mund entfernt, bleibt der Löffel in der Schwebe. »Mach, dass er es sieht. Oder dass er plötzlich keinen Hunger mehr hat. Oder ...«

»Halt den Mund, du machst mich ganz nervös«, fährt Liesel mich an. Zwischen ihren Augen hat sich eine steile Falte gebildet, so sehr muss sie sich konzentrieren.

»Warum tust du denn nichts?«, frage ich verzweifelt, als sich der Löffel einen weiteren Zentimeter auf seinen Mund zubewegt. »Halt ihn auf.«

»Das ist gar nicht so einfach«, keucht sie angestrengt, »ich hatte ja gar keine Zeit, mich auf ihn einzustellen.«

»Wir haben auch keine Zeit«, sage ich hektisch und trete kurz entschlossen ebenfalls hinter Michael. Presse mich an ihn.

»Was denkst du, was du da tust?«, erkundigt sich Liesel empört, weil sich unsere Körper jetzt überschneiden, was kein sehr angenehmes Gefühl ist.

»Ich helfe dir«, sage ich bestimmt und versuche, mich mit Michael zu verbinden.

»Du hast keine Ahnung, was du da tust«, sagt sie aufgebracht, »verschwinde sofort!«

»Immerhin hat es bei Johann geklappt und Michael und ich haben eine starke Verbindung. Ich bin sicher, dass ...«

»Lena, zieh dich zurück, er entgleitet mir!« In diesem Moment spüre ich es auch.

»Nein«, schreie ich, während der Kuchen die letzten Zentimeter zurücklegt und in Michaels geöffnetem Mund verschwindet.

Kapitel 14

Den Bruchteil einer Sekunde später höre ich einen weiteren Schrei, er klingt wie das Echo meines eigenen und dann schlägt Katrin Michael mit einer schnellen Bewegung den Löffel aus der Hand. Klirrend fliegt er auf den Tisch und von dort aus auf die terrakottafarbenen Bodenfliesen, Kuchenkrümel fliegen durch die Luft.

»Nicht schlucken«, sagt Katrin hastig und reicht Michael ihre Serviette. »Nüsse.« Er nimmt sie, schaut jedoch einen Moment ein bisschen unschlüssig drein, woraufhin Katrin die Augen verdreht. »Schatz, niemand wird dir übelnehmen, wenn du den Kuchen in die Stoffserviette spuckst. Aber ich werde es dir verdammt übelnehmen, wenn du jetzt vor meinen Augen stirbst.« Er gehorcht.

»Ach du Scheiße«, sagt er dann und sieht plötzlich ziemlich blass um die Nase aus. Er greift sich an den Hals.

»Geht es schon los?«, fragt Katrin besorgt und er nickt. »Mist, ich hab mein Notfallset …«

»… zu Hause vergessen.« Sie kramt aus ihrer Handtasche die kleine Dose mit Antihistaminikum, Kortisontabletten und Allergiespritze hervor. »Aber spül erst deinen Mund aus.« Eilig hält sie ihm ihr volles Wasserglas hin, das er wiederum zweifelnd betrachtet.

»Und dann spucke ich es zurück ins Glas, oder wie?«, fragt er grinsend, »Süße, beim besten Willen nicht, das hier ist ein vornehmes Restaurant.«

»Findest du nicht, dass deine guten Manieren ein klitzekleines bisschen zu weit gehen«, fragt sie kopfschüttelnd, greift nach den Medikamenten und erhebt sich. »Na schön, dann gehen wir eben auf die Toilette.«

»Wir? Ach lass mal, Mami, das kann ich schon alleine«, zieht er sie auf. Sie packt ihn am Arm, bringt ihr Gesicht ganz dicht vor seines.

»Ein paar Sekunden später, und du würdest jetzt bewusstlos am Boden liegen und mir wahrscheinlich unter den Händen wegsterben, weil ich keine Ahnung hätte, wie ich die Tabletten an deiner zugeschwollenen Luftröhre vorbeikriege«, flüstert sie und ihre hellgrünen Augen füllen sich mit Tränen. »Wenn du glaubst, dass ich dich jetzt alleine lasse, dann hast du dich getäuscht.« Er hebt seine Hand, streichelt ihr kurz über die Wange und nickt. Eng umschlungen gehen sie in Richtung Toiletten davon.

Fassungslos sehen Liesel und ich den beiden hinterher. Minutenlang stehen wir einfach nur da und bringen kein Wort heraus.

»Was war denn das?«, frage ich mühsam, nachdem ich meine Sprache wiedergefunden habe.

»Knapp war das«, gibt Liesel zurück und ich nicke. Allerdings. Ich würde sogar sagen, haarscharf.

»Warst du das?«

»Ich?«, fragt sie und lacht nervös auf. »Nein, ganz sicher nicht. Bin heute wohl nicht so richtig in Form.«

»Ja, aber wer …?« Suchend sehe ich mich im Raum

um. In diesem Moment kommen Katrin und Michael zurück.

»Bist du auch ganz sicher, dass du nichts geschluckt hast?«, fragt sie ihn und hält seine Hand dabei so fest umklammert, dass die Knöchel weiß hervortreten. Von ihrer kühlen Besonnenheit, mit der sie eben die Katastrophe verhindert hat, ist nichts mehr zu spüren. Ihr Gesicht ist jetzt leichenblass und sie kann nur mühsam ein Zittern unterdrücken.

»Ohne dich noch mehr beunruhigen zu wollen, wenn dem so wäre, wäre ich mittlerweile tot«, gibt er zurück und drückt sie an sich.

»Und du bist sicher, dass es dir gut geht?«

»Ganz sicher. Ich bin doch vollgepumpt mit Medikamenten. Außerdem hab ich sowieso kaum was abgekriegt.«

»Du sollst doch dein Notfallset immer bei dir haben. Auf dem Nachttisch zu Hause nützt es reichlich wenig«, sagt sie vorwurfsvoll. Ihre Lippen beben und sie sieht aus, als würde sie gleich in Tränen ausbrechen.

»Wie gut, dass ich dich habe, mein Engel«, sagt er zärtlich und zieht sie an sich. Kaum zwanzig Zentimeter von den beiden entfernt stehe ich und beobachte ihren langen, intensiven Kuss. Und obwohl es mir das Herz bricht, empfinde ich im Moment nichts als reine Dankbarkeit. Ich spüre, wie Liesel von hinten an mich herantritt. Sie kann meine Hand nicht halten, aber dennoch bin ich froh, dass sie da ist.

»Er braucht uns nicht«, sagt sie leise, »er hat seinen eigenen Schutzengel.«

»Ja«, flüstere ich und reiße meinen Blick von den beiden los. »Sie wird gut auf ihn aufpassen, nicht wahr?«

»Ganz bestimmt! Komm, Lena«, sagt sie sanft, »wir gehen.«

»Warte nur einen Moment.« Noch einmal wende ich mich den beiden zu, die jetzt ihren Kuss beendet haben und sich wieder hinsetzen.

»Auf den Schreck brauchen wir noch eine Flasche Wein, oder?«, fragt Michael und Katrin nickt.

»Und ein anderes Dessert!« Sie bedenkt den köstlichen Kuchen mit einem Blick, als sei er das reinste Teufelswerk und schiebt den Teller von sich. Wahrscheinlich wird sie aus lauter Solidarität nie wieder in ihrem Leben warme Schokoladentörtchen essen, und das ist ein echtes Opfer. Mit einem leichten Kopfnicken verabschiede ich mich von ihr und trete dann zu Michael heran. Ich beuge mich zu ihm herunter und hauche ihm einen Kuss auf die Wange.

»Irgendwann werden wir zusammen sein«, flüstere ich ihm ins Ohr, »und dann haben wir die Ewigkeit.« Er greift mit der Hand an seine Wange und sieht deutlich verwirrt aus. Ich bin glücklich. Er kann mich immer noch spüren. Er wird mich nicht vergessen. »Jetzt kannst du sie fragen«, sage ich leise und während seine rechte Hand hinunter zu seiner Jackentasche gleitet, wende ich mich zum Gehen. »Wir können«, nicke ich Liesel zu. Ohne uns noch einmal umzudrehen, verlassen wir das Restaurant.

Als wir oben ankommen, begrüßt uns Paul wie immer mit einem strahlenden Lächeln.

»Na, die Damen, einen schönen Tag gehabt?«, erkundigt er sich und ich nicke.

»Das kann man so sagen.« Ich schaue in den strahlend

blauen Himmel und sage verwundert: »Das Wetter ist wunderschön. War es die ganze Zeit so?«

»Keine einzige Wolke«, bestätigt er und ich werfe Liesel einen vielsagenden Blick zu, während Paul durch die Tür ins Innere des Abflughäuschens lugt. »Aber, aber«, sagt er verwundert, »sind Sie denn alleine? Niemanden mitgebracht heute?«

»Nein«, ich schüttele den Kopf und bringe sogar so etwas wie ein bedauerndes Lächeln zustande, »war wohl ein Fehler in der Orga.« Dabei ziehe ich unmerklich ein wenig den Kopf ein, aus Furcht, meine Lüge könnte sogleich mit einem fürchterlichen Donnerschlag geahndet werden. Aber der Himmel bleibt ruhig und freundlich.

»Wenn ich meinen Job auch so schlampig ausführen würde«, meint Paul kopfschüttelnd und macht es sich wieder auf seinem Stuhl gemütlich. »Aber mir kann das ja egal sein!« Wir verabschieden uns von ihm und machen uns auf den Weg nach Hause.

»Meinst du, dass die Sache für uns ein Nachspiel haben wird?«, frage ich Liesel vorsichtig und sie wiegt nachdenklich den Kopf hin und her.

»Naja, wir haben heute eine ganze Menge Regeln gebrochen.«

»Tut mir leid, dass ich dich da mit reingezogen habe«, sage ich und sie grinst mich von der Seite an.

»Ist schon in Ordnung.«

»Nein, wirklich, wenn du jetzt deine Lizenz verlierst…«

»Dann habe ich das selber zu verantworten«, unterbricht sie mich ruhig. »Schließlich habe ich aus freiem Willen gehandelt.«

»Wenn wir zur Verantwortung gezogen werden, dann werde ich Gott auf jeden Fall sagen, dass es meine Idee war«, verspreche ich, doch sie schüttelt lächelnd den Kopf.

»Mach dir darüber keine Gedanken. Denk lieber darüber nach, wie du schnellstmöglich einen Platz im Schutzengel-Ausbildungsprogramm bekommst.«

Ich denke, es ist besser, noch etwas Gras über die Sache wachsen zu lassen, bevor ich Gott einen Antrag schicke. Zunächst einmal statte ich der Orga einen weiteren Besuch ab, gehe aber diesmal direkt zu Herrn Berger, um nicht wieder mit diesem unerträglichen Kehler zu tun haben zu müssen. Mit stoischer Gelassenheit hört der sich meine Ausführungen an (wobei ich meine und Liesels Beteiligung an der Sache natürlich verschweige) und sagt: »Kann ja mal passieren, ich kümmere mich darum!«

In der nächsten Woche verbringe ich sehr viel Zeit mit Thomas und bei dem Gedanken, mich bald von ihm verabschieden zu müssen, wird mir das Herz schwer. Dennoch unterstütze ich ihn so gut ich kann bei seinen Reisevorbereitungen. Am Abend vor seiner und Cinderellas Abreise (nicht nur wegen ihrer engen Bindung an Thomas bin ich froh, wenn sie endlich weg ist, die Frau geht mir auf die Nerven), sitzen wir alle zusammen noch bis in den frühen Morgen auf der Terrasse des »Sternenfängers« und sehen in die sternklare Nacht hinauf.

»Hast du etwas gehört?«, fragt Liesel mich leise und ich weiß sofort, wovon sie spricht.

»Nein«, antworte ich, »und du?« Sie schüttelt den

Kopf. »Meinst du, sie hat es gar nicht mitbekommen?« Erneutes Kopfschütteln.

»Das hat sie ganz bestimmt.«

»Aber warum …«

»Also«, sagt Liesel und räkelt sich gemächlich in ihrem Liegestuhl, »fürs Protokoll möchte ich anmerken, dass ich sechs Smells intus habe, aber ich habe da eine Theorie. Möchtest du sie hören?« Gespannt setze ich mich auf.

»Logisch!«

»Meiner Meinung nach bekommt Gott alles mit, was wir tun. Ausnahmslos. Ich bin mir auch ziemlich sicher, dass sie hört, was ich jetzt sagen werde.«

»Okay«, sage ich gedehnt und bin nicht sicher, ob ich hören will, was als Nächstes kommt. Verstohlen sehe ich mich nach der nächsten Unterstellmöglichkeit um, für den Fall, dass gleich ein Wolkenbruch und Gewitter aufziehen sollte.

»Hast du dir mal Gedanken darüber gemacht, wie es dazu kommen konnte, dass Eva vom Baum der Erkenntnis genascht hat?«

»Na ja, da war doch diese Schlange, die …«, beginne ich lahm, denn das weiß ja sogar ich, die ich nie besonders bibelfest gewesen bin.

»Schlange hin oder her, glaubst du allen Ernstes, wenn Gott wirklich, ich meine wirklich nicht gewollt hätte, dass die Menschen von dem Baum essen, dass sie es dann getan hätten? Weißt du, was Gott gemacht hätte? Sie hätte den Baum einfach nicht dahin gestellt. Oder sie hätte die Schlange nicht erschaffen. Stattdessen hat sie den Menschen mit einem freien Willen ausgestattet und ihm die Wahl gelassen, ihn zu benutzen oder sich ihrem Willen zu beugen. Was er nicht getan hat.«

»Aber dafür ist er aus dem Paradies geflogen«, werfe ich ein. »Das war die Strafe.«

»Das kann man so oder so sehen. Vielleicht ist er einfach erwachsen geworden. Klar, im Paradies war es sicher toll, aber das Leben auf der Erde hat auch seine Vorzüge. Sex zum Beispiel. Fortpflanzung. Ohne Evas sogenannte Sünde gäbe es uns alle gar nicht, schon mal darüber nachgedacht? Oder meinst du, Gott hätte Zeit und Lust gehabt, sich in die Lehmgrube zu stellen und acht Milliarden Exemplare von uns zu töpfern. Ich glaube nicht! Ich denke, das war ihr ganz recht so, dass Eva den Apfel gepflückt hat. Und dafür hat sie auch in Kauf genommen, dass wir von nun an manchmal eigenständige Entscheidungen treffen.« Während ich noch versuche, meine Gedanken zu dieser Theorie zu ordnen, sagt Samuel salbungsvoll: »Die Kindheit der Menschheit! Du hast recht, Lissy, das Paradies war die Kindheit der Menschheit, und der Sündenfall das pubertäre Aufbegehren, der erste Schritt ins Erwachsenwerden. Wie die Eltern das Kind aus dem Nest schubsen, wenn es an der Zeit ist, so hat Gott uns aus dem Garten Eden vertrieben. Damit wir eigenverantwortlich leben und uns fortpflanzen können.« Voller Bewunderung sieht er meine Großmutter an und zieht dann ein Notizbuch aus der Tasche. »Heute bin ich zu müde«, sagt er, während er etwas hineinkritzelt, »aber gleich morgen werde ich einen ›Smell der Erkenntnis‹ kreieren. Eine Kombination aus Kindheitserinnerungen und ersten sexuellen Erfahrungen. Mit einem Hauch von Apfel im Abgang.«

»Wie wohl eine dazu passende Melodie klingen würde?«, fragt Liesel und sieht ihn erwartungsvoll von der Seite an.

»Eine Melodie? Wie kommst du denn darauf?«, fragt er überrascht.

»Ach, nur so«, sagt sie und zwinkert mir wissend lächelnd zu. In diesem Moment stößt Cinderella zu meiner Rechten einen tiefen Seufzer aus.

»Auf den Sex freu ich mich besonders. Du nicht auch?« Damit wirft sie Thomas einen verführerischen Blick zu. »Davon kann ich nie genug bekommen.«

»Tatsächlich?«, sagt er erfreut und ich werfe ihnen einen schrägen Blick zu.

»Ein bisschen müsst ihr euch noch beherrschen«, sage ich schadenfroh, »lange Jahre der Kindheit liegen vor euch.«

Obwohl der Morgen schon graut, als ich endlich in meinem Bett liege, kann ich lange nicht einschlafen. Der Abschied von Thomas ist mir sehr schwer gefallen. Wie kann er nur mit dieser dummen Trulla, die sich bei der Verabschiedung ein letztes Mal in Arielle umbenannt hat, auf die Erde zurückgehen. Schließlich kennen sich die beiden kaum. Aber natürlich werden sie ausreichend Gelegenheit dazu bekommen, einander kennenzulernen, denn ihre zukünftigen Mütter auf der Erde sind beste Freundinnen. Dann wandern meine Gedanken zu Michael. Ob Gott die Geschichte wirklich mitbekommen hat? Steckt möglicherweise sogar sie hinter Katrins beherztem Eingreifen, das ihm das Leben gerettet hat? Nun, zumindest hat sie ihm eine Frau an die Seite gestellt, die gut auf ihn achtgibt. Kurz entschlossen stehe ich noch einmal auf, ziehe die Vorhänge zurück und sehe hinaus. Die aufgehende Sonne färbt den Himmel über dem Horizont leuchtend orange. Ich falte die Hände und flüstere: »Danke.« Dann schlüpfe ich schnell zurück unter die Bettdecke.

Am nächsten Tag bummele ich ein paar Überstunden ab und schlafe bis mittags, als Liesel herunterkommt und mich aus dem Bett wirft.
»Aufstehen, Langschläferin, es gibt viel zu tun!«
»Was denn?«, erkundige ich mich schlaftrunken.
»Nun, die Antragsfrist für das Schutzengel-Studium läuft Ende nächster Woche ab. Ich habe die erforderlichen Formulare schon mal mitgebracht.« Damit lässt sie ächzend einen dicken Stapel Papier auf meinen Nachttisch fallen.
»Das muss ich alles ausfüllen?«, stöhne ich, aber sie nickt mir aufmunternd zu.
»Halb so schlimm, ich helfe dir dabei.«
»Na schön! Darf ich mich vorher noch anziehen?«

Als wir zehn Minuten später in die Antragsformulare vertieft am Tisch sitzen, klopft es an der Tür.
»Wer kann das denn sein?«, frage ich verwundert, springe aber sofort auf, froh über die Unterbrechung. Ich öffne die Tür und stoße einen Schrei aus. »Thomas? Was machst du denn noch hier?«
»Ich habe einen Brief für dich«, sagt er grinsend und hält mir einen Umschlag entgegen.
»Ach du Schande«, sage ich leise, als ich Gottes Siegel erkenne.
»Was ist denn?« Neugierig kommt Liesel heran. »Thomas, du hier?«
»Er hat einen Brief für mich. Von Gott«, sage ich düster und sie sieht mich mit hochgezogenen Augenbrauen an.

»Ups.«

»Ja. Ups.« Unentschlossen drehe ich das Kuvert zwischen den Fingern hin und her.

»Was ist, willst du ihn nicht aufmachen?«, drängelt Thomas.

»Na ja, von Wollen kann eigentlich keine Rede sein«, antworte ich gequält, bevor ich mit einem Ruck das Siegel aufbreche.

Gottes-Allee 1,
den 8. Juni 2009

Sehr geehrte Frau Kaefert,
　wegen Ihrer offensichtlich ausgeprägten Begabung möchte ich Ihnen gerne einen Studienplatz im Programm »Schutzengel« anbieten. Das Semester beginnt am 1. September, anliegend finden Sie eine Liste der erforderlichen Lehrbücher. Ich erwarte Ihre Antwort bis Ende der Woche.

Mit freundlichem Gruß,
Gott
PS:
Bitte richten Sie Ihrer Großmutter meine besten Grüße aus!

»Sag schon, was will er von dir«, fragt Thomas neugierig, als ich den Brief sinken lasse.

»Sie ... ich meine, er will, dass ich Schutzengel werde. Ich muss mich nicht mal bewerben«, sage ich gedehnt.

»Ist nicht möglich«, ruft er ungläubig aus und reißt mir den Brief aus der Hand.

»Und dir soll ich schöne Grüße bestellen«, wende ich mich an Liesel, die grinsend neben mir steht.

»Danke schön.« Sie sieht nicht mal überrascht aus. Thomas hat den Brief inzwischen ausgelesen und strahlt mich an. »Herzlichen Glückwunsch, das ist ja toll! Und sieh mal, er hat sogar einen kleinen Smiley hier unten in die Ecke gemalt. Da scheint ihr beide ja einen richtigen Fan zu haben«, sagt er anerkennend und ich nicke.

»Ja, anscheinend!« Noch immer starre ich ungläubig auf den Brief, bis mir plötzlich auffällt, dass Thomas eigentlich gar nicht hier sein dürfte.

»Sag mal, müsstest du nicht so ungefähr in diesem Moment gezeugt werden?«, frage ich und er grinst ein wenig verlegen.

»Eigentlich schon, ja.«

»Aber?«

»Hab meine Pläne geändert.«

»Darf man fragen, wieso?«, erkundigt sich Liesel, während mein nicht vorhandenes Herz vor Freude einen Hüpfer macht.

»Ach, na ja«, beginnt er herumzudrucksen und betrachtet interessiert seine Schuhspitzen, »eigentlich fand ich es ja 'ne tolle Idee. Meine Zufallsbekanntschaft mit Arielle, gerade, als ich nicht mehr wusste, wie es weitergehen soll mit mir. Ihr Vorschlag, gemeinsam auf die Erde zu gehen. Ich dachte, das wäre ein Wink des Schicksals, ihr wisst schon.«

»Go with the flow«, nickt Liesel grinsend.

»Genau!« Thomas lacht auch und seine Aura färbt sich puterrot.

»Aber?«, frage ich atemlos und er strafft die Schultern.

»Aber als ich da mit ihr bei ›Reincarnation‹ in der Schleuse nach unten stand, kam mir das Ganze plötzlich falsch vor. Und ich dachte mir, Fatalismus hin oder her, manche Entscheidungen sollte man selber treffen.«

»Ganz meine Meinung«, nicke ich und lächele ihn an.

ZWÖLF MONATE SPÄTER

Seit fast einem Jahr bin ich nun schon im Ausbildungsprogramm für Schutzengel. Es macht mir großen Spaß und ich frage mich, warum ich nicht schon viel früher an diesen Berufsweg gedacht habe. Leben retten liegt mir einfach bedeutend mehr als Leben nehmen. Demnächst habe ich meinen ersten Probeeinsatz, natürlich unter der Aufsicht meines Vorgesetzten. Thomas und ich wohnen mittlerweile zusammen und sind sehr glücklich. Natürlich liebe ich Michael immer noch, aber Thomas liebe ich auch. Ich hätte es nicht für möglich gehalten, aber anscheinend hat jede Liebe ihren Platz in meinem Herzen gefunden.

Katrin und Michael habe ich nur noch ein einziges Mal besucht. Die beiden sind glücklich verheiratet und vor wenigen Wochen ist ihre erste Tochter zur Welt gekommen. Ihr Name ist Lena, was ich vor allem von Katrin eine große Geste finde. Es tröstet mich ein bisschen über die Eifersucht hinweg, die ich trotz allem beim Anblick ihrer glücklichen, kleinen Familie empfunden habe. Ein Kind mit Michael, das hätte ich auch gerne gehabt. Aber schließlich ist dafür ja immer noch Zeit – im nächsten Leben!

*Öffnet eure Herzen weit dem Körper des Lebens,
denn Leben und Tod sind eins,
so wie der Fluss und das Meer eins sind.*

(Khalil Gibran)

VIELEN DANK
an die üblichen Verdächtigen, die mir zur Seite standen, während diese Geschichte entstand. Danke, dass ihr in diesem meinem Leben seid!

*Mehr himmlische Unterhaltung
von Jana Voosen*

> LESEPROBE

ZAUBERKÜSSE

*Lena hilft im Himmel der Liebe nach.
Es gibt aber auch Engel auf Erden…*

HEYNE <

Die einunddreißigjährige Luzie fällt aus allen Wolken. Ihr neuer Freund Gregor ist nicht ganz so single, wie er vorgegeben hat. Und er hat trotzdem die Frechheit Worte wie »Ich liebe dich« und »Bleib bei mir« zu sagen. So plötzlich aus dem Liebeshimmel verbannt, heckt Luzie kleine Rachepläne aus. Und da ist ihr jede Hilfe recht, sogar die von der geheimnisvollen Thekla, die von sich behauptet, zaubern zu können. Schaden kann ein bisschen Aberglauben ja nicht, oder doch?

Ein Liebestrank mit Nebenwirkungen…

Prolog

»Irgendetwas ist in letzter Zeit gründlich schiefgelaufen«, fährt es mir durch den Kopf, als ich plötzlich einen Stoß im Rücken spüre, der mich zu Boden reißt. Jemand drückt mir sein Knie unsanft in den Rücken. Er hält mich mit seinem ganzen Körpergewicht am Boden, so dass mir die Luft aus den Lungen gepresst wird.

»Gregor«, versuche ich mich ihm zu erkennen zu geben, doch es kommt nur ein heiseres Flüstern aus meiner Kehle. Jetzt dreht er mir mit einer schnellen Bewegung beide Arme auf den Rücken, so dass ich einen Schmerzenslaut von mir gebe.

»Hab ich dich«, herrscht er mich an, und ich komme mir vor wie in einem wirklich schlechten Film. »Anna«, ruft er dann mit erhobener Stimme in Richtung des oberen Stockwerkes, »ich habe ihn. Ruf die Polizei.«

»Nein, bitte nicht«, presse ich hervor. Das fehlt mir gerade noch.

»Halt's Maul«, fährt er mich an und drückt meine Handgelenke noch ein Stückchen weiter in Richtung Schulterblätter. Gequält gebe ich meinen Widerstand auf und lege mein Gesicht auf das kühle Holz des Parkettfußbodens. Mein Blick fällt auf das Gemälde an der gegenüberliegenden Wand. Bis vor einer Minute räkelte sich dort noch eine nackte Schöne mit wallender dunkler Lockenmähne auf einem Diwan. Jetzt sind von ihr nur noch ein Paar wohlgeformte Füße und ein schlanker, weißer Arm zu erkennen. Fasziniert beobachte ich die rubinrote Farbe, die zähflüssig über die zwei Meter breite Leinwand läuft und träge auf das darunterstehende, schwarz lackierte Klavier tropft.

»Ich habe angerufen. Ist alles in Ordnung, Liebling?«, ertönt eine weibliche Stimme aus dem Nebenraum, und es läuft ein Adrenalinstoß durch meinen Körper.

»Ja«, antwortet Gregor und lockert seinen Griff ein kleines bisschen. »Bleib lieber, wo du bist, vielleicht ist der Kerl bewaffnet.«

»Ist gut«, zwitschert Anna verschreckt und findet ihren Ehemann gerade wahrscheinlich sehr heldenhaft. Und er sich auch. Ich ziehe empört die Luft ein. Mir reicht es nämlich langsam. Gut, das Zimmer mag ja nicht gerade hell erleuchtet sein, aber im Mondlicht, das durch die gläserne Fassade hereinscheint, hätte er nun wirklich langsam erkennen können, dass es sich bei dem »Kerl« um eine Frau handelt. Eine kaum einen Meter siebzig große Frau mit langen blonden Haaren. Um mich, Luzie Kramer. Die Wut mobilisiert meine Kräfte, ungeachtet seines Polizeigriffs bäume ich mich auf und drehe mich unter seinem Körper auf die Seite. Sehe ihn an. Gregor zuckt zurück.

»Der Kerl ist nicht bewaffnet«, zische ich ihn an, »aber vielleicht sollte deine Frau trotzdem besser bleiben, wo sie ist. Oder was meinst du? Liebling?« Mit offenem Mund starrt mein Freund mich an.

»Was zum Teufel machst du denn hier?«, stammelt er hilflos, während ich mich nun vollends seinem Griff entwinde.

»Das wollte ich dich auch gerade fragen«, erwidere ich wütend und reibe mein schmerzendes Handgelenk.

»Ich wohne hier«, verteidigt er sich.

»Du weißt ganz genau, was ich meine«, fauche ich ihn an und will gerade damit beginnen, ihm so richtig die Meinung zu sagen, als es an der Tür klingelt. Wir fahren beide erschrocken zusammen, während von draußen ein erleichterter Aufschrei Annas zu hören ist, gefolgt von dem Tapsen nackter Füße auf dem Holzfußboden.

»Da sind Sie ja schon. Das ging aber wirklich schnell.«

»Ich war gerade mit meinem Einsatzfahrzeug in der Nachbarstraße, als Ihr Notruf einging«, antwortet eine tiefe Männerstimme.

»Was für ein Glück! Bitte kommen Sie herein. Mein Mann hat den Einbrecher im Wohnzimmer überwältigt.« Hilflos lauscht Gregor nun den Schritten, die sich der angelehnten Wohnzimmertür nähern. Mein Blick fällt erneut auf das ruinierte Bild an der Wand. Der Schwerkraft gehorchend fließt die Farbe weiterhin munter in Richtung Boden und hat mittlerweile die Tastatur des Klaviers erreicht. Wer lässt denn auch so ein Instrument einfach offen rumstehen? Mir ist alles andere als wohl in meiner Haut, und ich verfluche mal wieder mein überschäumendes Temperament.

»Sag kein Wort. Lass mich reden«, flüstert Gregor mir hektisch zu und packt erneut mein Handgelenk.

»Aua«, sage ich empört.

»Du lässt mich reden, verstanden? Verstanden?«, wiederholt er in drängendem Tonfall und sieht mich fast flehend an. »Bitte«, fügt er hinzu und legt seine Hand kurz an meine Wange. Sein Gesicht ist jetzt ganz nah an meinem, sein geschwungener Mund Millimeter von meinem entfernt. Ich sehe in seine schönen braunen Augen und habe plötzlich einen Kloß im Hals. Als die Tür mit einem Ruck aufgestoßen wird, nicke ich ergeben.

Wie konnte ich nur in diese Situation geraten? Vor ein paar Tagen war das Leben noch so einfach. Und so schön. Als ich letzten Freitagmorgen die Augen aufschlug, war ich verliebt. Und glücklich. Bis der Mann in meinem Bett meinte, mir ein nicht ganz unwichtiges Detail seiner Lebensumstände nicht länger vorenthalten zu dürfen. Ich frage mich, ob Ehrlichkeit in Beziehungen nicht grundsätzlich überschätzt wird …

Drei Tage zuvor:

1.
B wie besetzt

Ich verlange die sofortige Einführung der Zwangsbrandmarkung für alle verlobten, verheirateten oder sonstwie gebundenen Männer. Ein schönes, fettes, rotes, vernarbtes »B« für »Besetzt«. Nicht wie bei Kühen auf den Hintern, denn wenn ich den erstmal zu Gesicht bekommen habe, ist es sowieso schon zu spät. Nein, ein für die Öffentlichkeit stets zugänglicher Körperteil müsste es sein. Ich bin für die Stirn. Von mir aus auch den Handrücken, aber darunter gehe ich nicht.

Doch auf dem Körper meines Gegenübers ist beim besten Willen nirgendwo ein B zu entdecken. Und das kann ich mit ziemlicher Sicherheit sagen, denn er liegt nackt in meinem Bett. Genauer gesagt: in meinen Armen, die ich, ebenfalls im Evakostüm, neben ihm liege. Verschwitzt vom leidenschaftlichen morgendlichen Beischlaf, den wir vor wenigen Minuten beendet haben. Leider bin ich aber überhaupt nicht entspannt. Nicht im Geringsten. Das liegt nicht daran, dass der Herr neben mir ein zweitklassiger Liebhaber wäre. Ehrlich gesagt ist er der Beste, der mir bisher passiert ist. Doch die Entspannung, die sich nach dem großartigen Orgasmus gerade in meinem ganzen Körper auszubreiten begann, ist jetzt wie weggeblasen. Einfach ausgelöscht durch den schlichten Satz:

»Ich bin verheiratet.«

Mit einem Ruck setze ich mich im Bett auf, grabsche nach der mit blauem Satin bezogenen Decke und halte sie mir schützend vor die Brust. Albern, ich weiß, aber im Moment habe ich das dringende Bedürfnis nach Verhüllung.

»Du bist was?«, frage ich mit einem Zittern in der Stimme und hoffe immer noch, mich verhört zu haben. Aber das schlechte Gewissen in Gregors Augen spricht Bände. Er muss gar nichts sagen, ich weiß schon, dass ich ihn richtig verstanden habe.

»Ich bin verheiratet«, wiederholt er dennoch. Stumm sehe ich ihn an und rücke ein Stück von ihm ab. Er robbt hinter mir her und versucht, einen Arm um mich zu legen.

»Ich wollte es dir schon vorher sagen...«, beginnt er.

»Das wäre eine gute Idee gewesen«, sage ich schnippisch. »Und warum hast du nicht?« Hilflos sieht er mich mit seinen sanften braunen Augen an, fährt sich nervös mit der Hand durch die blonden Locken, die ihm wie immer kreuz und quer vom Kopf abstehen.

»Na ja, also, ich...«, druckst er herum, und ich sehe ihn wütend an.

»Ja? Du...«, frage ich unwirsch.

»Ich dachte, dann würdest du sicher nichts mit mir anfangen.« Seine Dreistigkeit verschlägt mir für einen Moment die Sprache. Mit großen Augen starre ich ihn an und versuche zu verarbeiten, was er da gerade von sich gegeben hat. Meine Gedanken rasen. Ich habe jetzt zwei Möglichkeiten: Entweder raste ich aus, oder ich bleibe ganz cool. Eigentlich wäre mir mehr nach ausrasten, aber in diesem Fall kann ich für nichts garantieren. Ich bin nämlich leider ein ziemlich temperamentvoller Mensch, um es mal positiv zu formulieren. Und um mich herum stehen einfach zu viele harte Gegenstände, die ich in meiner Wut nach Gregor werfen könnte. Vielleicht würde ich ihn mit dem Radiowecker, der neben mir auf dem Nachttisch steht, tatsächlich treffen. Ich glaube, auf Körperverletzung stehen schlimme Strafen. Das ist ein Grund, weshalb ich mich jetzt zusammenreiße und tief durchatme. Der zweite Grund liegt immer noch an meiner Seite und sieht mich mit einem Dackelblick an, der mir ins Herz schneidet. Ich könnte ihm nie wehtun. Denn ich liebe diesen Mann.

»Da hast du verdammt Recht. Dann hätte ich nichts mit dir angefangen«, sage ich so ruhig wie möglich und wickele mich noch fester in die Decke. Mir ist plötzlich kalt. Mein heimlicher Traum von der gemeinsamen Zukunft mit Gregor bricht zusammen wie ein Kartenhaus. Na schön, wir kennen uns erst seit knapp einem Monat, dennoch war ich davon überzeugt, dass er der Mann meines Lebens ist. Und dabei bin ich für ihn anscheinend nichts als eine kleine Affäre.

»Kannst du mir sagen, wo deine Frau in den letzten vier Wochen war?«, bringe ich mühsam hervor. »Ich meine, hat sie dich nicht vermisst? Du warst doch fast ununterbrochen hier bei mir.«

»Sie war auf Geschäftsreise in den USA.« Ein weiterer Dolchstoß in mein geplagtes Herz. Natürlich ist sie eine erfolgreiche Geschäftsfrau, die das ganze Jahr über durch die Welt jettet und eine Menge Kohle verdient. Dass sie in ihrer Abwesenheit fröhlich von ihrem Mann betrogen wird, und zwar mit mir, kann mich nicht trösten. Sofort fühle ich mich hoffnungslos unterlegen.

»Und wann kommt sie wieder?«

»Äh.«

»Lass mich raten. Heute?« Ich muss gar nicht hinsehen. Ich weiß, dass er nickt. »Tja, dann ...« Meine Augen beginnen, teuflisch zu brennen. Eine eiserne Faust legt sich um mein Herz und drückt langsam zu. »Dann war es das wohl«, quetsche ich endlich hervor. Diesmal ist es Gregor, der sich mit einem Ruck aufsetzt.

»Was?«, fragt er und sieht mich verständnislos an. Dann reißt er mich in seine Arme und legt den Kopf an meine Brust.

»Deshalb wollte ich es dir nicht sagen. Weil ich Angst hatte, dass du mit mir Schluss machst. Bitte, bleib bei mir«, flüstert er, und ich schiele verwundert zu ihm herunter. Eine seiner Locken kitzelt mich an der Nase, und ich versuche, sie möglichst unauffällig in eine andere Position zu pusten. »Bleib bei mir«, unterbricht Gregor mich in meinen Bemühungen. Ich gebe auf, befreie meinen linken Arm aus seiner Umklammerung, streiche die Haare zur Seite und reibe ausgiebig an meiner Nase herum, bis der Juckreiz verschwindet. Der Mann um meinen Hals hebt den Kopf und sieht mich an. Zum Steinerweichen. »Bleib bei mir«, sagt er zum dritten Mal und nimmt mein Gesicht in beide Hände. Er legt den Kopf ein wenig zur Seite, sein Mund mit den weichen, geschwungenen Lippen kommt auf mich zu, berührt schließlich meinen. Seine Augen schließen sich, während er beginnt, mich leidenschaftlich zu küssen. Ich liebe diesen Anblick. Der dichte Wimpernkranz seiner geschlossenen Augen. Er sieht dann so friedlich aus, und so hingebungsvoll. Seine linke Hand fährt unter die Decke, die noch immer schützend meinen Körper umhüllt und schiebt sie zur Seite. Er schmiegt sich an mich, seine Beine umschlingen meine, ich dränge mich dichter an ihn. »Er ist verheiratet, hast du eben nicht zugehört«, schreit eine Stimme in mir empört auf, aber ich höre sie nur noch aus weiter Ferne. »Ist mir egal«, bringe ich sie zum Schweigen, »im Moment gibt es nur ihn und mich.«

Danach fühle ich mich furchtbar. Sicher, ich habe den ganzen letzten Monat über mit einem verheirateten Mann geschlafen, aber da wusste ich schließlich noch nichts davon. Diesmal schon. Und es fühlt sich schrecklich an. Obwohl es gut war. Wie immer. Vielleicht sogar noch besser, aber darüber will ich jetzt nicht nachdenken. Schwer atmend lösen wir uns voneinander und sofort ist der Gedanke wieder da. Er ist verheiratet. Sein betont unauffälliger Blick auf den Radiowecker neben mir tut ein Übriges. Er denkt, ich hätte es nicht mitbekommen, aber schließlich bin ich eine Frau. Und ich habe die Veränderung, die durch seinen Körper gegangen ist, sehr wohl bemerkt. Er wirkt angespannt. Anscheinend ist es später, als er erwartet hat. Und ich kann die Gedanken in seinem Kopf förmlich rattern hören: Wie komme ich so schnell wie möglich aus diesem Bett heraus, ohne unhöflich zu wirken? Er legt seinen Kopf auf meine Brust und flüstert: »Ich liebe dich.« Ja, sicher. Einige Augenblicke liegen wir still da, dann erbarme ich mich.

»Wenn du gehen musst, dann geh ruhig. Ist schon okay.« Überrascht hebt er den Kopf und sieht mich an. Und jetzt setzt er auch noch seinen Unschuldsblick auf. »Tu doch nicht so. Ich weiß, dass du unter Zeitdruck stehst. Wahrscheinlich kommt ihr Flieger gleich an, und du hast versprochen, sie abzuholen. Richtig?« Gregor sieht jetzt aus, als hätte er eine Erscheinung.

»Woher weißt du das«, fragt er verblüfft. Männer! Nur weil sie eins und eins nicht zusammenzählen können, und eine Schwingung im Raum selbst dann nicht wahrnehmen, wenn die Fliegen schon tot von den Wänden fallen, denken sie, wir Frauen wären genauso unsensibel.

»Ich weiß es eben«, sage ich geheimnisvoll und lächele wissend. Soll er ruhig glauben, ich hätte irgendwelche seherischen Fähigkeiten. So was ist immer respekteinflößend. Und so sieht er mich jetzt auch an: ehrfürchtig. Für eine Sekunde habe ich Oberwasser. »Nun geh schon«, fordere ich ihn auf, und er springt so schnell aus dem Bett, dass mein Triumphgefühl im Bruchteil von Sekunden in sich zusammenfällt. Ich klammere mich schon wieder an meiner Decke fest, während ich durch die geöffnete Schlafzimmertür beobachte, wie Gregor im Flur seine verstreuten Klamotten zusammenklaubt. Jetzt ärgere ich mich über mich selbst, dass ich es ihm so leicht gemacht habe. »Nun geh schon.« Ja, bin ich denn noch zu retten? Jetzt erscheint Gregor im Türrahmen und schlüpft hastig in seine hellblauen Boxershorts.

»Kleiner Tipp«, sage ich süffisant, »auch wenn du es noch so eilig hast, du solltest vorher vielleicht duschen. Ich glaube, sie wird dir schon verzeihen, wenn du eine Viertelstunde zu spät kommst. Wenn du pünktlich bist, aber nach Sex riechst, habe ich da so meine Zweifel.« Gregor zieht erschrocken die Luft ein.

»Oh mein Gott, du hast Recht.« Mit diesen Worten dreht er sich um und läuft meinen kleinen Flur hinunter. Ich höre die Badezimmertür klappern und kurz darauf die Dusche rauschen. Normalerweise duschen wir immer gemeinsam. Danach. Aber ich bin im Moment viel zu sehr damit beschäftigt, mich für das größte Schaf der Welt zu halten. Was ist denn heute bloß los mit mir? Mein Freund belügt mich vier geschlagene Wochen lang. Dann erzählt er mir die Wahrheit, und statt ihm sofort die Tür zu weisen, lasse ich mich erstmal gepflegt von ihm durchvögeln. Danach darf er sofort zu seiner Frau eilen und zu guter Letzt gebe ich ihm auch noch Tipps, damit sie ihn nicht erwischt.

Wenige Minuten später steht Gregor fix und fertig angezogen vor meinem Bett, während ich noch immer wie paralysiert vor mich hin glotze.

»Tja, dann, also ... Ich ruf dich an.« Damit beugt er sich zu mir herunter und drückt mir einen Kuss auf die Lippen. Es ist ein bisschen wie bei Schneewittchen. Als sein Mund meinen berührt, erwache ich endlich aus meiner Starre. Gregor ist schon fast aus dem Zimmer raus, als ich ihn zurückrufe:

»Moment mal. Bleib stehen!« Überrascht über meinen Befehlston dreht er sich zu mir um.

»Was ist denn?« Mit einem Satz bin ich aus dem Bett. Jetzt ist es mir egal, dass ich splitterfasernackt vor ihm stehe. Wütend funkele ich ihn an.

»Was los ist? Du hast sie wohl nicht mehr alle! Glaubst du wirklich, du kannst jetzt einfach so gehen?«

»Na ja, ich ...«, meint er achselzuckend, aber ich schneide ihm das Wort ab.

»Das war eine rhetorische Frage. Ich will darauf keine Antwort haben.«

»Ich weiß, was rhetorisch bedeutet«, sagt er grinsend, und ich schnappe empört nach Luft.

»Sehr witzig! Deine blöden Scherze kannst du dir sonst wohin stecken. Ich will wissen, warum du mich angelogen hast. Warum du die Sache mit mir überhaupt angefangen hast. Warum sagst du, dass du mich liebst? Warum ...?« Ich breche ab, weil mich irgendetwas am Reden hindert. Verwundert registriere ich, dass mir Tränen das Gesicht herunterlaufen und ich heftig schluchze. »Warum, warum«, stammele ich, und Gregor sieht richtig erschrocken aus. Er nimmt mich in die Arme und drückt mich an sich, ich weine herzzerreißend an seiner Brust.

»Es wird alles gut, ich verspreche es dir«, murmelt er an meinem Ohr, und seine sanfte Stimme beruhigt mich etwas.

»Ja?«, frage ich kläglich, und er nickt.

»Ganz bestimmt.« Er schiebt mich auf Armeslänge von sich weg und mustert mich besorgt. »Geht's wieder?« Ich schniefe, nicke aber tapfer. Mit dem Daumen seiner rechten Hand fährt er mir leicht über die Wange und wischt meine Tränen weg. Dann schließt er mich noch mal in die Arme, und ich schmiege mich an ihn, vergrabe mein Gesicht an seinem Hals und atme seinen Geruch ein. Es geht mir ein bisschen besser. Es wird alles gut werden. »Wir werden über alles sprechen, versprochen«, flüstert er in mein Ohr. »Beim nächsten Mal. Ich muss jetzt wirklich gehen.« Er lässt mich los und sieht mich bedauernd an. »Es tut mir leid. Ich rufe dich an.« Er drückt mir erneut einen Kuss auf die Lippen, den ich nicht erwidere. »Ciao, ich liebe dich.« Damit verlässt er mit eiligen Schritten meine Wohnung. Wie betäubt stehe ich mitten in meinem Schlafzimmer. Nackt. Ein ganz leichter Windhauch streicht durch das geöffnete Fenster über meinen Körper, der Laminatfußboden scheint unter meinen Füßen zu schwanken. Sehr lange stehe ich so da. Und als mir endlich ein gequältes »Ich liebe dich auch« über die Lippen kommt, ist Gregor wahrscheinlich längst am Flughafen und schließt seine heimkehrende Frau in die Arme. Wie heißt sie überhaupt?

Sie heißt Anna. Liegt es an mir, oder ist das ein blöder Name? Das kann mir Loretta auch nicht sagen, dabei weiß sie doch sonst immer alles. Loretta ist Scheidungsanwältin, hätte aber auch eine echt gute Privatdetektivin abgegeben. Sie ist nämlich ein Ass in jeder Art von Recherche. Praktischerweise ist sie zudem seit Kindertagen meine beste Freundin. Zu ihr bin ich geflüchtet, nachdem Gregor meine Wohnung verlassen hat. Ich erwische sie gerade noch an ihrer Wohnungstür, als sie sich in ihrem schicken grauen Nadelstreifenanzug, der sich um ihren langen, schlanken Körper schmiegt, die kurzen schwarzen Haare akkurat frisiert und die dunklen Augen durch dezentes Make-up betont, auf den Weg in die Kanzlei machen will. Ein Blick in mein Gesicht reicht und schon zieht sie mich in ihre schicke Vier-Zimmer-Altbauwohnung hinein und sagt telefonisch die ersten zwei Termine des Morgens ab.

»Das ist doch nicht nötig«, protestiere ich schwach, bin aber dann doch dankbar, als sie meine Einwände mit einer Handbewegung vom Tisch fegt. Nachdem ich mich ausgeheult habe, drückt Loretta mir meinen mit grünem Tee gefüllten Lieblingsbecher in die Hand, den mit den rosa Rosen drauf, aber selbst der kann mich heute nicht aufheitern. Ich sitze neben Loretta in ihrem Arbeitszimmer und betrachte die langen Reihen von Gesetzesbüchern, die sich in den weißen Regalen an der Wand befinden, während meine Freundin in die Tasten haut und in Windeseile alles Wissenswerte über SIE herausfindet. Über Anna Landahl. Seinen Namen hat sie also auch angenommen. So eine Gemeinheit! Insgeheim hatte ich ja schon meine neue Unterschrift geübt. Luzie Landahl. Ich weiß, vielleicht etwas voreilig, wenn man den Typen erst seit vier Wochen kennt. Aber ich sage doch, er ist meine große Liebe. Der Mann meines Lebens. Dachte ich jedenfalls. Bevor ich wusste, dass es schon eine Frau Landahl gibt. Und zwar eine, die nicht seine Mutter ist.

Carly Phillips

»Rasant und sexy!«
The New York Times

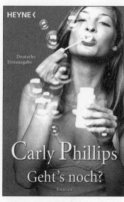

978-3-453-58045-9

Die Hot-Zone-Serie:

Mach mich nicht an!
978-3-453-58021-3

Her mit den Jungs!
978-3-453-58025-1

Komm schon!
978-3-453-58030-5

Geht's noch?
978-3-453-58045-9

Mehr bei Heyne:

Der letzte Kuss
978-3-453-87356-8

Der Tag der Träume
978-3-453-87765-8

Küss mich, Kleiner!
978-3-453-58043-5

HEYNE ‹

Sue Townsend

»Saukomisch.« **Brigitte**

»Townsend ist eine der lustigsten Autorinnen weit und breit.« **The Times**

Die Cappuccino-Jahre
978-3-453-81091-4

Adrian Mole und die Achse des Bösen
978-3-453-40191-4

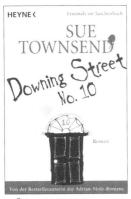

978-3-453-59022-9

978-3-453-40535-6

Amelie Fried

»Mit ihrer Mischung aus Spannung, Humor, Erotik und Gefühl schreibt Amelie Fried wunderbare Romane.« *Für Sie*

978-3-453-40550-9

Rosannas Tochter
978-3-453-40467-0

Liebes Leid und Lust
978-3-453-40495-3

Glücksspieler
978-3-453-86414-6

Der Mann von nebenan
978-3-453-40496-0

Am Anfang war der Seitensprung
978-3-453-40497-7

Geheime Leidenschaften
978-3-453-18665-1

Offene Geheimnisse
978-3-453-59015-1

HEYNE